Das Unkrautland
Auf den Spuren der Nebelfee

Stefan Seitz, geb. 1972 in München, studierte Innenarchitektur und ist Experte für 3-D-Animation sowie Computervisualisierung. Mit seiner Vorliebe für Geheimnisse und rätselhafte Geschichten hat er eine fantasievolle Spukwelt erschaffen, die nicht zuletzt durch ihre eindrucksvollen Grafiken begeistert: das Unkrautland. Die Ideen dazu entsprangen vor allem Mythen und Legenden – so wartet auch »Das Unkrautland« mit einem großen Mysterium auf, das es zu lösen gilt.

Stefan Seitz

Das Unkrautland

Auf den Spuren der Nebelfee

CARLSEN

Außerdem von Stefan Seitz im Carlsen Verlag lieferbar:
Das Unkrautland – Das Geheimnis der Schwarzen Hütte
Das Unkrautland – Die Gipfel der Schwefelzinnen

MIX
Papier aus verantwortungsvollen Quellen
FSC® C083411
FSC
www.fsc.org

Sonderausgabe
Veröffentlicht im Carlsen Verlag
Juni 2017
Mit freundlicher Genehmigung des CLEON Verlages

Umschlagbild: CLEON Studios
Umschlaggestaltung: formlabor
Corporate Design Taschenbuch: bell étage
ISBN 978-3-551-31644-8

Inhaltsverzeichnis

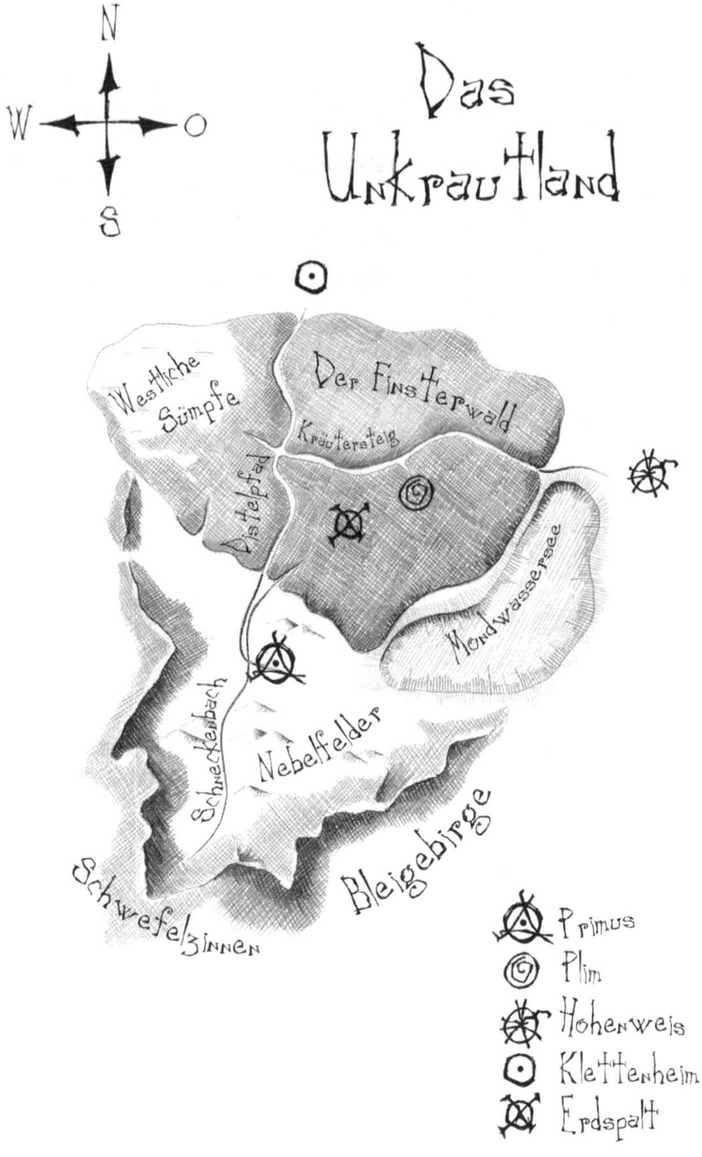
N
W
O
S
Das Unkrautland
Westliche Sümpfe
Der Finsterwald
Kräutersteig
Distelpfad
Mondwassersee
Schneckenbach
Nebelfelder
Bleigebirge
Schwefelzinnen
Primus
Plim
Hohenweis
Klettenheim
Erdspalt

Prolog

So stand es geschrieben – auf den letzten Seiten eines kleinen vergilbten Buches:

Weit zurück liegt eine Zeit
in dunkelster Vergessenheit.
Und weit zurück die tiefen Nächte
voll Zauber und geheimer Mächte.

Einst schnitt der Mond, kaum sichtbar fein,
ein Leuchten in die Nacht hinein.
Als dünne Sichel, scharf und schmal,
bestrahlte er das weite Tal.
Der dunkle Wald ganz leise schlief
zum Lied der Grillen, fest und tief.

Doch plötzlich und gar wundersam
hielt Tier und Land den Atem an.
Als langsam aus dem Wald hervor
ein dünner Nebel stieg empor,
der sanft das hohe Gras durchzog
und lautlos einen Schleier wob.

In dieser Nacht zu jener Zeit
erhob sich sacht das weiße Kleid.
Und Schwaden formten ein Gesicht,
den Mund, das Haar im Sternenlicht,
zu einer Fee, so wunderschön,
wie nie zuvor jemals gesehn.

Die Fee, gar fein wie zarter Hauch,
in Tränen sah zum Mond hinauf.
Zum Mond, den sie um alles liebte,
obwohl sein Licht ihr Leid zufügte.
Es brannte heiß wie tausend Kerzen,
bewirkte allzu große Schmerzen.

Weshalb sie nur konnt' zu ihm gehn,
wenn seine schmalste Sichel schien.
Dann warn die Strahlen so gering,
den kleinen Schmerz, den nahm sie hin.
So tanzte sie in seinem Schein
in ihrem Glück, bei ihm zu sein.

Doch noch ein andrer bei ihr war,
mit scharfem Blick, den sie nicht sah,
der teuflisch böse Pläne heckte,
sich in der Finsternis versteckte.
Und nur der Südwind warnte leis
vor der Gestalt, mit Krone aus Eis.

Da färbte sich jedoch das Licht,
worauf die Nacht dem Morgen wich
und sacht der Nebelschleier schwand
zu feinem Tau über dem Land.
Und leise, fern, zum letzten Mal
ging tiefes Schluchzen durch das Tal.

Die nächste Nacht schien sonderbar,
da Neumond zu erwarten war,
und dennoch überm dunklen Wald
des Mondes Sichel strahlte kalt.
Die Fee, sie freute sich so sehr,
das Licht, es brannte nimmermehr.

Von Süden heftig schrie der Wind:
»Oh, sieh dich vor! Flieg weg geschwind!«
Zu spät! Ein Donner brach durchs Land –
schon griff nach ihr die eis'ge Hand.
Er sperrte sie ein und brachte sie fort
mit schallendem Lachen zu fernem Ort.

Doch dann, mit einem lauten Schlag
vom Himmel fiel der Mond herab.
Zersprang, zerbrach mit Blitz und Sturm,
die Erde riss, der Wald fiel um.
Es taumelten die hohen Berge
und stürzten nieder auf die Erde.

Hagel, Schnee, wie nie gekannt,
erschlugen nun das arme Land.
Die Krone fiel, es kam Dunkelheit
mit Eiseskälte für eine Ewigkeit.
Und erst nach Jahren voller Weh
wurde es still, es schmolz der Schnee.

So mussten tausend Jahre gehn,
bevor das Land konnt' neu entstehn.
Doch nie mehr gab es den Bericht
von der Nebelfee im Mondenlicht.

Und nicht einmal der Wind kann sagen,
was irgendwo noch liegt begraben.

Frühstück nach Mitternacht

Der Distelpfad war ein holpriger Weg. Verwildert, überwuchert und stellenweise vollständig zugewachsen grub er sich durch das Gehölz. Wahrlich, es war alles andere als leicht, diesem kleinen Pfad zu folgen, da man im Finsterwald für gewöhnlich kaum etwas sehen konnte. Vielerorts standen die alten Bäume so eng, dass es nicht einmal mehr der kleinste Lichtstrahl schaffte, durch das dichte Blattwerk zu dringen. Ganz ohne Zweifel, der Finsterwald trug seinen Namen zu Recht. Schritt für Schritt musste man sich zwischen den Bäumen hindurchtasten, wobei man ständig irgendwo hängen blieb. Man stolperte über Wurzeln, verhedderte sich in störrischen Ranken oder stieß mit dem Kopf gegen einen der knorrigen Äste. Mit einem gemütlichen Waldspaziergang hatten diese Strapazen daher wenig zu tun. Und dennoch – trotz der vielen Unannehmlichkeiten hatte der Distelpfad einen großen Vorteil:

Denn dieser gewundene Waldweg war der *einzige*, der sich ohne Unterbrechung von Norden nach Süden durch den gesamten Finsterwald schlängelte. Eine kürzere Strecke, den mächtigen Wald zu durchqueren, gab es nicht. Diejenigen also, die möglichst schnell von den besiedelten Gebieten im Norden zu den südlich gelegenen Nebelfeldern oder gar weiter bis zu den Bleibergen wollten, mussten wohl oder übel jenen Weg einschlagen. Doch darauf ließen sich nur die wenigsten ein.

Der Wald sei verhext, so hieß es, verflucht und voller Gefahren. Zahllose Geschichten wurden um ihn gesponnen, von Geistern, Spuk und schaurigen Orten. Orte, von denen angeblich so mancher Wanderer nie mehr zurückgekehrt war. Die abergläubischen Bauern siedelten sich deshalb allesamt in sicherer Entfernung vom Wald an und mieden ihn, so weit es nur ging. Lediglich zum Sammeln von Feuerholz wagten sie sich hin und wieder an seinen Rand. So kam es auch, dass nur ganz selten einmal jemand die Nebelfelder erreichte und von dem krummen Turm berichtete, der hoch oben auf einem Hügel stand. Und eben auf jenem Hügel, vor dem Gartentor des alten Turms, endete schließlich auch der Distelpfad.

Es war ein wackeliges Gemäuer, das schief und verdreht in den Himmel ragte. Beinahe sah es so aus, als hätte es der Wind über die Jahrhunderte hinweg in sich verbogen. Unmittelbar an die Ostwand des Turms schmiegte sich ein kleines Fachwerkhäuschen mit leeren Fenstern. Verwunschen stand es da inmitten des ummauerten Gartens, in dem sich das Gestrüpp genauso verbreitet hatte wie die Berge alten Laubs. *Wann* dieses Anwesen über den Nebelfeldern erbaut worden war und besonders von *wem*, war weithin unbekannt. Selbst in den Archiven der Stadt Hohenweis, ihres Zeichens die Hauptstadt des Unkrautlands, war kein Erbauer oder Eigentümer mehr verzeichnet. Doch in Hohenweis kümmerte sich ohnehin schon lange niemand mehr um irgendwelche verfallenen Bauten, die außerhalb der hohen Stadtmauern lagen. Erst recht nicht um den alten Turm jenseits des Waldes, dessen Eingangstür mit Brettern vernagelt war und dessen Fensterläden krumm und schief in den Angeln hingen. Das Gebäude sei verlassen, so dachten die

Stadtväter, und schon seit mehreren Jahrhunderten unbewohnt.

Doch dieser Meinung war man nicht überall. Gerade in den Dörfern der näheren Umgebung war man, was *das* betraf, einer völlig anderen Auffassung!

Umherirrende Wanderer wollten in dunklen Nächten flackerndes Licht hinter einem der Fenster gesehen haben. Andere Quellen berichteten von schrillem Gelächter und gar entsetzlichen Schreien. Die abenteuerlichsten Geschichten gingen um und jedes der Dörfer hatte hierbei offenbar seine eigenen.

Man hätte jemanden im Turm beobachtet, flüsterten die Leute … eine dünne schattenhafte Gestalt, die hinter einem der Fenster gekauert habe. Rabenschwarz soll sie gekleidet gewesen sein, mit Weste, Frack und einem zerknautschten Zylinderhut auf dem Kopf. Mancherorts tuschelte man auch von einem Vampir mit blitzenden Zähnen und einem Umhang. Anderswo von einer Nebelkrähe mit Gehrock. Die Gerüchte nahmen kein Ende. In Klettenheim, einem verschlafenen Dörfchen am Nordrand des Finsterwalds, beschrieb man diese Gestalt als fliegenden Schatten mit Hut und Fledermausflügeln. Und das war längst noch nicht alles. Denn die verschreckten Klettenheimer behaupteten obendrein, dass jener Schatten nicht nur dort im Turm sein Unwesen treiben würde, sondern bereits seit mehreren Jahrhunderten ihr Dorf heimsuche. Böse war er angeblich, ein blutrünstiger Vampir, der nachts um ihren Kirchturm flatterte, ihr Essen stahl und alle Einwohner in Angst und Schrecken versetzte.

Aberglaube, möchte man meinen. Ammenmärchen und alberne Schreckgeschichten. Doch einen wahren Kern schienen sie trotz alledem zu bergen. Denn auch in dieser Frühlingsnacht, als der Mond hoch über den Nebelfeldern stand, brannte hinter einem der Dachfenster Licht und lautes Gepolter drang aus dem Turm.

»... ich bekomme sie nicht auf ...«, schallte es durch die Nacht. »Tut mir leid, aber das Ding klemmt.«

»Das kann doch nicht so schwer sein«, krächzte eine andere Stimme. »Hast du denn kein Werkzeug?«

Daraufhin wurde es still. Doch schon wenig später setzte ein ohrenbetäubendes Gerassel ein, wie von Ketten, Blechschüsseln oder Topfdeckeln. Es krachte über die Hügel, dass gewiss ein jeder Wanderer Hals über Kopf Reißaus genommen hätte. Doch wie schon so oft war auch in dieser Nacht niemand in der Gegend, und daher konnte auch niemand die schwarze Gestalt beobachten, die hinter einem der erleuchteten Dachfenster stand.

Das Innere des alten Gemäuers war keineswegs so verfallen, wie es der äußere Eindruck vielleicht hätte vermuten lassen. Es war nur sehr staubig und ausgesprochen unordentlich. Egal welches der Zimmer man auch betrat, überall lagen Bücher, Pergamente und Schriftrollen herum. Es gab Glasampullen, Winkelmesser, Zirkel und zahllose andere wissenschaftliche Geräte. Spinnweben spannten sich quer durch die Räume und in dicken Fäden hing der Staub von der Decke. Ein klein wenig aufgeräumter war es nur in der Dachkammer, wo ein riesiges Eichenbett mit rotweiß kariertem Bettzeug fast den ganzen Raum ausfüllte. Hier oben war es gemütlich. Im Boden befand sich eine Luke, durch die man über eine Leiter zur Küche hinabsteigen konnte. Der Dachboden erstreckte sich jedoch nicht über die ganze Fläche des Hauses, sondern nur bis zur

Hälfte. Dort war er mit einem Geländer abgetrennt und bot einen luftigen Blick in das herrschaftliche Kaminzimmer.

Der Mond schien zu den Fenstern herein und tauchte den Raum in ein milchiges bläuliches Licht. Direkt neben dem Bett flackerte eine Kerze. Diese warf ihren Schein auf eine seltsame schwarze Gestalt, die mit ratlos ausgestreckten Armen danebenstand. Die Gestalt war mittelgroß und überaus dünn. Sie trug einen altmodischen Frack, weiße Gamaschen über den Schuhen und – genau, wie die Leute aus den Dörfern erzählten – einen hohen, zerknautschten Zylinderhut auf dem Kopf.

Den schwarzen Schatten gab es also wirklich, wenngleich er aus Fleisch und Blut war. Unschlüssig stand er vor einer rustikalen Pendeluhr und blickte zum Ziffernblatt. Es schien, als würde er sich mit der Uhr unterhalten, da er eindringlich und lautstark auf sie einredete:

»Nein, ich habe kein Werkzeug«, bemerkte er und zuckte mit den Schultern.

»Das kann doch nicht sein«, kam es dumpf hinter einer Klappe am Uhrenkasten hervor. »Hast du schon in der Kiste nachgesehen? Da liegt doch bestimmt eine Zange drin, oder etwa nicht?!«

Der Schatten sah zur Seite, wobei man deutlich seine spitze Nase erkennen konnte. Er blickte nachdenklich auf eine Truhe, die neben dem Bett in der Ecke stand. Dann wandte er sich wieder der Klappe am Uhrenkasten zu.

»Da ist keine Zange drin, das weiß ich genau. Ich brauche gar nicht erst nachzusehen.« Er winkte ab und wippte nachdenklich mit dem Fuß.

»Du hör mal, Primus«, hallte es aus der Uhr. »Ich habe

jetzt schon neun Minuten und siebenundzwanzig Sekunden Verspätung. Das bringt mir noch den ganzen Tagesplan durcheinander. Eine Blamage ist das. So etwas ist mir in den letzten hundert Jahren nicht passiert.«

Der Schatten, der offensichtlich *Primus* hieß, drehte sich um und schob den Zylinder zurück. Ein scharf geschnittenes Gesicht kam zum Vorschein, mit hohen Wangen und tief liegenden Augen. Die schwarzen Haare waren streng gescheitelt und klemmten hinter den Ohren. Er kratzte sich kurz mit dem Finger an der Stirn und setzte den Hut wieder auf. Dann stellte er sich auf die Zehenspitzen. Neugierig drückte er sich gegen den Uhrenkasten und lugte durch einen Schlitz bei der Klappe ins Innere.

»Huhu!«

»Pah«, tönte es in einem schmollenden Tonfall aus dem Kasten.

»Also gut, Bucklewhee«, sagte Primus, »ich weiß schon, wie wir das anstellen. Halte dich jetzt gut fest. Es könnte vielleicht ein bisschen schwanken.«

Mit diesen Worten packte er die Standuhr und fing an sie umzukippen. Die Gewichte dröhnten in der Uhr, als sich diese nach vorne neigte.

»DAS NENNST DU EIN WENIG SCHWANKEN?!!!«, kreischte die Stimme aus dem Inneren. »Ich möchte wissen, was du sagen würdest, wenn das jemand mit deinem Haus machen würde.«

Primus, der genug damit zu tun hatte, die schwere Standuhr zu stützen, verdrehte die Augen. Dann fuhr er mit dem Fingernagel in den schmalen Schlitz, um die Klappe aufzuziehen.

»Jetzt pass gut auf«, rief er. »Du drückst mit aller Kraft gegen das Türchen, während ich …« Doch weiter kam er nicht. Primus blieben die Worte im Halse stecken, als schlagartig die kleine Klappe aufging.

Er schnappte nach Luft. Schnell zog er den Kopf ein und ging in die Knie. Es hätte nicht viel gefehlt und er hätte vor Schreck die Uhr fallen gelassen. Denn schon im nächsten Moment kam ein metallenes Scherengitter aus dem Uhrenkasten geschossen, das sich quietschend über seinen Kopf hinwegbog. Eine Vogelstange klemmte an dessen Ende, worauf ein schmächtiges Hühnergerippe mit einem Hahnenkamm saß. Dem Gockel stand vor Schreck der Schnabel offen. Gackernd ruderte er mit seinen Flügelknochen, während das Scherengitter geradewegs mit ihm in Richtung Bettpfosten sauste. Primus biss die Zähne zusammen. Er stemmte sich gegen die Uhr und wuchtete sie mit aller Kraft wieder gegen die Wand. Krachend und donnernd landete sie auf ihrem Platz, während der Dachboden unter einer Staubwolke erzitterte.

Just in diesem Moment klappte das Scherengitter wieder ein. Wie der Blitz schnellte es zurück und sauste in den Uhrenkasten. Der kleine Vogel wusste überhaupt nicht, wie ihm geschah. Ruckartig wurde er nach hinten mitgerissen. Eigentlich hätte er die Stange, auf der er saß, bloß loslassen müssen, aber in seiner Aufregung hielt er sich ausgerechnet an dieser fest. Er wedelte mit den Flügelknochen, setzte zu einem lauten Hahnenschrei an und polterte mit Schwung in seine Behausung. Einen Augenblick war es still.

Dann kam ein mitleiderregendes Stöhnen aus der kleinen Öffnung, deren Klappe nun glücklicherweise offen geblieben war. Primus lehnte an der Uhr. Erschöpft ließ er die Arme hängen und atmete durch.

Dann hob er den Kopf und blickte zum Uhrenkasten hinauf. »He«, rief er, »lebst du noch?«

Es dauerte ein wenig, bis ein Glucksen ertönte, das sich fast wie ein verzweifeltes Lachen anhörte. Primus nahm den Hut ab, warf ihn über einen der Bettpfosten und ließ sich auf die Matratze fallen.

Zumindest eine Sache war nun bewiesen: Der Turm war definitiv nicht unbewohnt.

Primus lebte schon, so lange er sich entsinnen konnte, in diesem alten Turm. Er schlich durch die Räume, stöberte in allen nur erdenklichen Winkeln und vergrub seine Nase in jeglichem Buch, das ihm dabei zwischen die Finger kam. Wie lange das bereits so ging, daran konnte er sich nicht erinnern. Aber ehrlich gesagt, er dachte auch nicht weiter darüber nach. Primus konnte seit jeher tun und lassen, was er wollte, und wurde von niemandem dabei gestört. Warum sollte er sich also den Kopf zerbrechen?

Wie alt Primus war, das ließ sich nur schwer einschätzen. Seine Gesichtszüge wirkten bemerkenswert jung, ja beinahe jugendlich. Hingegen die bleiche Haut und die tief liegenden Augen ließen wiederum auf ein viel, viel höheres Alter schließen. Und noch etwas deutete darauf hin, dass Primus älter war, als er aussah: Die ersten Berichte über den geheimnisvollen dunklen Schatten waren bereits vor mehr als zweihundert Jahren aufgetaucht.

Nun gähnte er und rekelte sich genüsslich auf dem Bett. »Bucklewhee«, rief er grinsend, »wie steht es denn jetzt mit deiner Verspätung?«

»Ach du meine Güte«, kam es aus der Uhr, »das hätte ich ja beinahe vergessen.«

Ein Räuspern ertönte und schon sauste das Scherengitter heraus. An seinem Ende saß Sir Bucklewhee auf der Stange und nahm Haltung an. Man hätte auch sagen können, das kleine Gerippe *thronte* darauf. Sir Bucklewhee war ein intellektueller, pünktlicher und in allen Maßen korrekter Präzisionsweckvogel ... staatlich geprüft, wohlgemerkt. Darauf legte er allergrößten Wert.

Mit erhobenem Schnabel, kerzengerader Haltung und respektvollem Blick setzte er zu einem ordnungsgemäßen Mitternachtsweckruf an, der sich hören lassen konnte:

»KICKERIKIIIIIIIIII!!!«

Perfekt ausgeführt folgte ein weiterer Hahnenschrei und noch einer und wieder einer. Bucklewhee war ja schon immer der Meinung gewesen, dass er viel zu talentiert für diese wurmstichige Uhr sei, und behauptete ständig, nur durch eine Fehllieferung in diesen krummen Turm geraten zu sein. Tagsüber und in genau eingehaltenen Trainingszeiten übte er seine Weckbewegungen immer wieder vor der spiegelnden Fensterscheibe und hielt sich in Form. Da er keine Federn mehr besaß, musste er schließlich jeden Knochen einzeln trainieren. Bucklewhee nannte es *Flugübungen* und hasste es, dabei gestört zu werden.

Nach dem zwölften Hahnenschrei fuhr er voller Stolz zurück in seinen Kasten. Die Klappe ging zu.

Wartend schaute Primus zur Uhr. Es dauerte nicht lange, bis die Klappe wieder aufging und Bucklewhee vorwurfsvoll seinen Kopf herausstreckte.

»Ich hatte beinahe eine Viertelstunde Verspätung«, grummelte er. »Nicht zu fassen. Schlimmer könnte ein Sonntag gar nicht anfangen.« Er spitzte den Schnabel und reckte seinen Kopf. »Ich möchte nur kurz darauf hinweisen, dass ich in meiner gesamten Zeit als staatlich geprüfter Präzisionsweckvogel ...«

Primus horchte auf. »Moment mal«, unterbrach er ihn mit strahlender Miene, »soll das etwa heißen, dass wir heute schon wieder Sonntag haben?«

Welch Ignoranz! Bucklewhee war sichtlich erschüttert von so viel Unwissenheit. »Um präzise zu sein, seit fünfzehn Minuten und zweiundfünfzig Sekunden«, sagte er.

»Na, das ist ja wunderbar.« Primus sprang aus dem Bett. Er sauste zum Dachfenster, wo er schnüffelnd seine Nase ins Freie hielt. Dann schnippte er mit dem Finger. »Kirschtorte!«, jubelte er. »Da bin ich mir diesmal ganz sicher.« Ohne Zeit zu verlieren, schnappte er sich seinen Zylinder und eilte durchs Zimmer. »Was soll ich dir mitbringen?«, rief er Bucklewhee zu.

Der Gockel kam herausgefahren und zappelte aufgeregt auf der Stange: »Auf jeden Fall Sonnenblumenkerne, die sind ganz wichtig. Und sollten in der Backstube auch noch Johannisbeeren herumliegen, dann nimm mir bitte davon auch welche mit, ja?!«

»Alles klar«, entgegnete Primus. »Sonnenblumenkerne und Johannisbeeren. Ich bin gleich wieder da.«

Nach diesen Worten war von Primus nichts mehr zu sehen. Er verpuffte in einer weißen Rauchwolke, aus der Sekunden später eine kleine Fledermaus geflattert kam. Das hohe Alter war demnach nicht das Einzige, was an ihm außergewöhnlich war: Primus konnte sich verwandeln – zu jeder Tages- und Nachtzeit, wann immer er wollte. Und da er in seiner zweiten Gestalt eine Fledermaus war, konnte er zudem auch noch fliegen.

Auf dem Haupt trug er immer noch seinen Zylinder, der

natürlich jetzt um einiges kleiner war. Er besaß ein dichtes schwarzes Fell, große Augen und zwei lange Eckzähne, die im Mondlicht funkelten. Mit diesen sah er aus wie eine typische Vampirfledermaus … eine Vampirfledermaus mit Hut, wohlgemerkt. Sonderlich Furcht einflößend wirkte Primus zwar nicht, aber für die ängstlichen Dorfbewohner aus Klettenheim reichte es allemal. Entweder liefen sie schreiend vor ihm davon oder sie rannten mit Schaufeln und Mistgabeln bewaffnet hinter ihm her. Eines von beidem war sicher. Doch ganz egal, was sie auch taten, für Primus war es immer wieder ein Riesenspaß.

Ein Vampir war er trotz alledem nicht, ganz im Gegenteil. Primus wäre nicht einmal im Traum auf die Idee gekommen, Blut zu saugen, da er normalerweise überhaupt keine Nahrung zu sich nehmen musste. Er brauchte weder zu essen noch zu trinken – und Hunger verspürte er auch nicht. Allerdings schien das eine Eigenschaft zu sein, die ihm selbst gar nicht richtig bewusst war. Stattdessen verspeiste er alles, worauf er gerade Appetit hatte, und das waren vor allem Süßigkeiten, Plätzchen und leckere Torten.

Die besten Torten gab es seit jeher in der Klettenheimer Dorfkonditorei. Ein ausgezeichneter Laden, wo er längst zu den Stammkunden zählte – wenngleich auch zu jenen der ungebetenen Sorte.

Nun flatterte er zur gegenüberliegenden Seite der Dachkammer und segelte freudig über das Geländer zum Kaminzimmer hinunter. Dieser Raum war wohl der Ort, an dem sich Primus, von seinem Bett einmal abgesehen, am allerhäufigsten aufhielt. Ein mächtiger Eichensessel befand sich darin, durchgesessen und mit abgewetzten Polstern. Der kleine Bucklewhee wartete immer darauf, dass irgendwann einmal die Sprungfedern durch das Leder stießen und er vielleicht eine von ihnen bekommen könnte. Damit wollte er dann seine Uhr wieder auf Vordermann bringen. Direkt neben dem Sessel befand sich ein Tisch, auf dem sich ein Stapel staubiger Bücher türmte. Aber Bücher gab es im Kaminzimmer ohnehin in Hülle und Fülle. Kreuz und quer waren sie über den Boden verteilt oder entlang der Wände aufgereiht. Der Raum verfügte nur über eine Tür, die geradewegs zur Küche führte. Von dort gelangte man weiter zur Wendeltreppe des Turms und anschließend, mit einigen Windungen, zum Eingang hinunter.

Primus aber bevorzugte seit jeher einen anderen Weg, um den Turm zu verlassen. Er zog den Kopf ein und steuerte auf ein Loch in der Fensterscheibe zu. Zielsicher schoss er hindurch, bevor es im Sturzflug in den Garten ging.

»Heda!«, ertönte es aus der Dunkelheit. »Darf man vielleicht erfahren, warum ihr zwei da oben solch einen Krach gemacht habt? Bei diesem Lärm kann man ja meilenweit kein Auge zutun.«

Primus blickte nach unten. Auf einem Komposthaufen dicht neben der Gartenmauer saß ein kugelrunder orangefarbener Kürbis. Sein Name war Snigg.

Snigg war so groß wie ein Medizinball, hatte leuchtende Augen und ein riesiges Maul. Von Beruf war er Gärtner oder so etwas Ähnliches. Genau konnte er es nicht sagen. Auf jeden Fall hatte er den Komposthaufen selbst zusammengetragen und war mächtig stolz darauf. Immerhin stellte dieser Haufen sowohl sein Bett als auch seine Vorratskammer dar. Er wühlte ständig darin in der Hoffnung, unter den Blättern etwas Essbares zu finden. *Frühstück im Bett* nannte er diese

Buddelei, was mit Abstand zu einer seiner allerliebsten Beschäftigungen zählte.

Nur wenige Ellen neben dem Komposthaufen ragte eine hohle Eiche in die Höhe, deren Äste fast bis zum Boden reichten. Sobald dieser Baum einmal Blätter tragen würde, so hoffte Snigg, bekäme seine Traumwohnung sogar ein eigenes Dach. Allerdings vergaß er dabei, dass sein Komposthaufen zum Großteil aus jenen Blättern bestand, welche die Eiche einst getragen hatte, bevor sie vor langer Zeit abgestorben war.

Mit vollen Backen kaute er auf einem Apfel und spuckte die Kerne ins Gras. Dann hüpfte er gewandt auf die Gartenmauer. Eines musste man ihm lassen: Snigg war trotz seiner Leibesfülle erstaunlich beweglich.

»Ich habe jetzt leider keine Zeit«, rief Primus im Vorbeifliegen. »Ich muss schnell noch zur Konditorei. Hast du irgendwelche Sonderwünsche?«

Snigg riss die Augen auf. Etwas Schöneres hätte man ihn gar nicht fragen können. »Ist doch egal«, jubelte er. »Nimm einfach so viel mit, wie du tragen kannst. Bisher hat alles gut geschmeckt.«

Der Kürbis wollte noch etwas zum Besten geben, doch da war Primus auch schon in der Dunkelheit verschwunden. Besorgt schrie Snigg ihm aus vollem Halse nach: »Pass aber auf! Ich habe gehört, im Norden soll es Nebel geben.« Und er fügte hinzu: »Nicht dass am Ende dem Kuchen noch etwas passiert!«

Wie der Wind sauste Primus durch die Nacht, vorbei an ein paar Bienenstöcken und anschließend pfeilgerade den Hügel hinunter. Unten angekommen ging es über eine kleine Holzbrücke, bevor er schnurstracks zum Finsterwald flatterte.

Der Schneckenbach, der von den fernen Bleibergen kam, floss hier nur wenige Schritte neben dem Distelpfad her. Primus blickte nach vorne. Rabenschwarz ragten die mächtigen Bäume gen Himmel und stellten sich ihm in den Weg. An jener Stelle aber, wo der Distelpfad in den Wald eintauchte, verbogen sich die Bäume wie zu einem Schlund, der in die nächtliche Finsternis des Waldes führte. Ohne zu zögern, schoss Primus hinein.

Es war eine Dunkelheit, wie sie undurchdringlicher nicht hätte sein können. Doch nach all den Jahren hätte Primus den Weg nach Klettenheim auch mit geschlossenen Augen gefunden. Geradeaus an der Eiche vorbei, dann ein kurzer Schwenk nach rechts, den Kopf einziehen und anschließend immer weiter geradeaus. Mitten im Wald kam er an eine Kreuzung. Es war die einzige weit und breit und diese hatte sogar einen Wegweiser. Rechts ging es nach Hohenweis, geradeaus nach Klettenheim und links zu den Westlichen Sümpfen. Dieser letzte Pfad führte allerdings nicht sehr weit, da bereits nach wenigen Schritten eine Absperrung kam. *Todesgefahr* stand dort auf einem Schild. Die Westlichen Sümpfe waren weitgehend unerforscht und überaus gefährlich. Doch gab es Gerüchte, dass mit der Warnung auf dem Schild keineswegs die blubbernden Sümpfe gemeint waren, sondern etwas völlig anderes. Irgendwo in jenem Gebiet sollte eine schwarze Hütte stehen. Eine Hütte, in der angeblich der Teufel hauste!

Primus war allerdings schon immer der Meinung gewesen, dass die Leute damit ihn und den alten Turm meinten, und er verdrehte den Wegweiser jedes Mal in eine andere Richtung. Letztendlich war es auch völlig egal, wohin man hier ging – geheuer war es nirgendwo.

Häufig hatte man kleine Lichter beobachtet, die nächtens durch die Bäume schimmerten. Lichter, die genau wie die hell erleuchteten Fenster einer Wirtsstube aussahen. Mehrfach schon waren müde Wanderer diesen Irrlichtern gefolgt, hatten den Weg verlassen und wurden daraufhin tief ins Unterholz gelockt. Dort verschwanden die Lichter dann schlagartig und guter Rat war teuer. Außerdem gab es überall magische Quellen, Nebelschleier und geheimnisvolle Pflanzen. Dornenranken verknoteten sich in Windeseile zu gefährlichen Netzen, die ihre Beute einwickelten und nie wieder freigaben. Auch gab es kleine Grasbüschel, die sich bewegten oder wie von Geisterhand geführt über den Waldboden sausten. Das Schlimmste aber waren eindeutig die stinkenden Staubpilze! Reihenweise wuchsen sie am Wegesrand und platzten auf, sobald man sie auch nur hauchzart antippte. Die faustgroßen Knollen waren gefüllt mit einem Pulver, das so extrem nach Kuhstall und faulen Eiern stank, dass man sich anschließend nirgendwo mehr hätte blickenlassen können. Primus beeindruckte das alles herzlich wenig. Im Vorbeifliegen verdrehte er schnell noch den Wegweiser und flatterte weiter.

Als er sich schließlich dem nördlichen Waldrand näherte, musste er an Sniggs letzte Worte denken. *Im Norden soll es Nebel geben*, hatte der Kürbis gerufen, womit er offensichtlich Recht gehabt hatte. Denn mit jedem Flügelschlag wurde es jetzt dunstiger und dunstiger. Doch der Nebel im Wald war nichts im Vergleich zu dem, was Primus erwartete, als er hinter den letzten Bäumen das Feld erreichte. Vor ihm lag eine weiße Wand! Mit so einer Nebelsuppe hatte er wirklich nicht gerechnet – und schon gar nicht zu dieser Jahreszeit. Von Klettenheim war nicht die geringste Spur zu sehen. So etwas wie Straßenbeleuchtung gab es dort ohnehin nicht, wenn man von einer einzigen Laterne, die auf dem Marktplatz stand, einmal absah.

Unter größten Mühen spähte er aus. Die dunklen Flecken unter ihm waren mit Sicherheit Hausdächer. Aber wo war die Konditorei? Wie es schien, würde sein Ausflug heute ein wenig länger dauern. Er flatterte über die Schindeldächer und beschloss sich zunächst am Kirchturm zu orientieren. Nur leider konnte er diesen nirgendwo entdecken.

»Der muss doch hier irgendwo sein«, knurrte er. »Ich bin bestimmt schon mehr als hundert Mal um ihn herumgeflogen.«

Dann aber fiel ihm etwas auf. Ein Schatten im Nebel, viel größer als er. Aus kurzer Distanz schien dieser direkt auf ihn zuzusteuern. Primus erschrak. Im nächsten Moment erkannte er, was da auf ihn zugeflogen kam. Es war ein dicker Kauz, der offenbar auch nicht mehr wusste, wo er sich befand. Ein Eulenschrei ertönte und Primus wich aus. Um ein Haar wären die beiden in der Luft zusammengestoßen.

»Verflixt«, rief er, als der Kauz vorbeizog. »Will mir denn heute Nacht jedes nur erdenkliche Federvieh die Nerven rauben?«

Er blickte sich um, wobei er dem Kauz lauthals hinterherschimpfte. Anschließend zog er noch ein paar Grimassen, streckte die Zunge heraus und schaute dann wieder nach vorne. Zu spät! Es gab einen Schlag und Primus wurde schwarz vor Augen. Den Kirchturm hatte er nun doch noch gefunden.

Mit voller Wucht war Primus dagegengeprallt. Für einige Momente blieb er an der Turmuhr kleben, bevor er knirschend am Ziffernblatt herunterrutschte. Bäuchlings klatschte er auf das Sims des Kirchturmfensters. Es dauerte einige Zeit, bis er wieder zu sich kam.

»Ooooh, was für eine Nacht«, keuchte er. »Zuerst zerquetscht mich fast Bucklewhees Standuhr und jetzt auch noch das.« Er hielt sich den Kopf. »Steht heute vielleicht in meinem Horoskop, dass ich um alles in der Welt von einer Uhr erschlagen werden soll?« Er blickte zum Himmel und schrie aus voller Kehle: »STEHT DAS VIELLEICHT IRGENDWO DA OBEN IN DEN STERNEN??? WENN JA, DANN KANN ICH ES LEIDER NICHT SEHEN BEI DIESEM LÄSTIGEN NEBEL!!!«

Schmollend klopfte Primus sich den Schmutz von den Flügeln. »Da wäre ich wohl besser im Bett geblieben.« Er setzte sich auf das Fenstersims und ließ die Flügel baumeln. »Aber was soll's«, murmelte er, »dann komme ich eben morgen wieder. Ich hoffe nur, dass keiner der Klettenheimer diese Blamage gesehen hat. Ansonsten werden sie in Zukunft alle laut klatschen, wenn ich daherkomme, anstatt vor mir davonzulaufen.«

Er atmete tief durch und bewegte seine Gelenke. Doch als er seinen Kopf in den Nacken legte, um ihn von einer Seite zur anderen zu drehen, hielt er mit großen Augen plötzlich inne.

»Was soll denn das bedeuten?«, staunte er. »Das habe ich ja noch nie gesehen!«

Gleich neben dem Fenster steckte ein Haken in der Mauer, an den das Ende eines Stricks geknotet war. Wortlos starrte Primus auf das Seil, das straff gespannt an der Kirchturmmauer nach oben führte. Diese seltsame Konstruktion erschien ihm doch aufs Äußerste verdächtig. Sofort war er wieder bei Kräften und sah sich den Haken mit kritischem Blick an.

»Kein Rost«, stellte er fest. »Der Haken ist nagelneu. Die Klettenheimer werden doch wohl nicht …?! Na, das will ich mir gleich mal ansehen.«

Mit diesen Worten stieß er sich vom Fenstersims ab, bevor er schnüffelnd und mit einem diebischen Grinsen dem Seil entlang nach oben flatterte.

Je höher Primus nun kam, desto breiter wurde sein Grinsen. Das Seil roch ebenso neu, wie der Haken gefunkelt hatte. Ein kurzes Stück weiter über der Turmuhr entdeckte er ein kleines Metallrädchen, das an der Mauer befestigt war. Das Seil wurde über das Rädchen geführt und verlief horizontal an der Turmwand entlang. Primus traute seinen Augen nicht, als er sah, was sich die Klettenheimer hatten einfallen lassen. Hier oben, wo er üblicherweise seine Kreise zog, hing eine riesige Schneeschaufel. Der Schaufelstiel war um die Ecke an der benachbarten Turmseite befestigt, während das Seil die Schaufel wie ein Katapult um die Kirchturmmauer bog. Primus wusste sofort, gegen *wen* diese Abwehrmaßnahme gerichtet war.

»Potz Blitz noch mal«, flüsterte er. »So viel Einfallsreichtum hätte ich diesen verschreckten Klettenheimern gar nicht zugetraut. Jetzt entwickeln sie sogar schon Waffen gegen mich.«

Wäre heute Nacht der Nebel nicht gewesen, dann hätte Primus bestimmt wieder lauthals rufend seine Flugbahnen um den Kirchturm gezogen. Schließlich machte er das immer so. Irgendjemand hätte dann nur im richtigen Moment das Seil losbinden müssen, woraufhin ihm die Schaufel einen Schlag verpasst hätte, der mit dem Aufprall von gerade eben nicht zu vergleichen gewesen wäre.

»Mit dieser Klatsche werden mich die Klettenheimer bestimmt nicht los«, kicherte Primus. »Wahrscheinlich hängt die Schneeschaufel noch das ganze Jahr hier oben und keiner denkt mehr daran. Es würde mich nicht einmal wundern, wenn dann im Winter das ganze Dorf anfängt danach zu suchen.«

Er blickte sich um. Der Nebel hatte sich inzwischen ein wenig gelichtet. In einiger Entfernung konnte er sogar schon das Dach der Konditorei erkennen. Na wunderbar! Sogleich ging es den Kirchturm hinunter und zwischen den engen Gassen hindurch. Die Fensterläden an den Häusern waren alle verschlossen. Lediglich am Marktplatz brannte die alte Straßenlaterne und hinter der Tür des Gasthauses kamen heitere Trinkgeräusche hervor.

Primus flatterte durch Wäscheleinen voller Unterröcke und näherte sich der Konditorei. Schon von weitem konnte er das frische Backwerk riechen. Beim Eingang angekommen fand er die Tür verriegelt. Das aber störte ihn nicht sonderlich, da die Klappe der Katzentür wie immer offen stand. Er schlüpfte hindurch, flatterte ein wenig durch den Laden und nahm dann seine menschliche Gestalt an.

Es war stockfinster, wenn man von dem schwachen Mondlicht, das durch die Fenster fiel, einmal absah. Doch Primus hatte sich schnell orientiert. Er wusste, wo die Ladentheke mit der Kurbelkasse stand, und auch, wo sich die Regale mit den Torten befanden. Auf Zehenspitzen schlich er nun durch den Raum, wobei sich seine Augen langsam an die Dunkelheit gewöhnten. Endlich erblickte er die Regale. Primus lief das Wasser im Mund zusammen. So viele Torten hatte er nun wirklich nicht erwartet. Die Fächer waren geradezu zum Bersten voll.

Hingerissen schloss er die Augen und atmete den süßen

Duft ein. »Himbeertorte«, jauchzte er. »Die mag ich ja noch lieber als Kirschtorte.«

Die Nacht war nun doch noch gerettet. Sofort griff er ins nächstbeste Regal, schwang sich auf die Ladentheke und fing genüsslich an sich den Bauch vollzuschlagen. Es war wie immer ein Festmahl.

»Die ist lecker«, brabbelte er mit vollem Mund. »Das ist eine der besten, die ich je gegessen habe.« Er biss in ein weiteres Stück und verdrehte dabei seine Augen. »Nein, das ist mit Abstand die allerbeste. Da gibt es überhaupt keinen Zweifel.«

Es war immer das Gleiche. Jedes Mal, wenn Primus Torten stahl, dann war er der Meinung, gerade die beste seines Lebens gegessen zu haben.

Nach einiger Zeit hatte er schließlich genug. Jetzt musste er sich nur noch um die Bestellungen seiner Freunde kümmern. Er öffnete eine Schublade hinter der Theke, holte Sonnenblumenkerne hervor und stopfte sich seine Taschen voll. Johannisbeeren fand er leider keine, aber dafür steckte er noch ein paar Sesamkörner ein. So wie er Bucklewhee kannte, mochte dieser Sesam ebenso gerne.

Anschließend griff er sich ein großes Blatt Kuchenpapier, in das er zwei Stücke Himbeertorte wickelte. Diese waren für Snigg. Der dicke Kürbis hätte zwar bestimmt auch eine ganze Torte verdrückt, aber Primus konnte als Fledermaus nicht so viel schleppen. Als er mit dem Einpacken fertig war, stellte er das Paket auf den Boden und schob es durch die Katzentür nach draußen.

Gerade wollte Primus hinterherschlüpfen, da fiel sein Blick auf ein paar Flaschen, die auf einem Regal neben der Eingangstür standen.

»Kirschsaft«, las er das Etikett. »Frisch gepresst.«

Er grübelte. Dann griff er mit spitzen Fingern nach einer der Flaschen, zog den Korken ab und nahm einen tiefen Schluck.

»Nicht schlecht«, urteilte er. »Habe auch nichts anderes erwartet.« Entschlossen nickte er mit dem Kopf. »So, liebe Klettenheimer. Ihr denkt also, ich sei ein Vampir? Na, dann will ich euch nicht enttäuschen.«

Er setzte die Flasche ein zweites Mal an, wobei er den Saft nun für einige Momente im Mund behielt. Wäre in diesem Augenblick die Konditorsfrau hereingekommen, sie wäre sicherlich in Ohnmacht gefallen. Mit einem teuflischen Blick und leicht gesenktem Kopf stand Primus im Mondschein vor dem Fenster, während er sich langsam den roten Saft aus dem Mund über das Kinn laufen ließ.

»HIHIHIII!« Ein schrilles Lachen folgte und schon war Primus, in seiner Gestalt als Fledermaus, nach draußen gehuscht.

Er packte das Tortenbündel, flog damit zum Marktplatz und legte es in einer sicheren Ecke nieder.

»Jetzt kommt der spaßige Teil der Nacht. Zeit zum Aufstehen!«

Mit lauten Rufen flog er über den Marktplatz, woraufhin schon nach kurzer Zeit die ersten Lichter angingen. Bevor die Leute aber aus den Häusern stolpern konnten, klatschte er einmal laut mit den Flügeln und legte sich dann regungslos unter die Laterne – die Flügel ausgestreckt, wie nach einem Sturz.

»Wo ist er? Wo ist der Schatten?«, riefen die Leute. »Haben wir ihn endlich erwischt?« Die Menge schaute sich um. »Da drüben liegt er«, schrie jemand. »Seht ihr?! Die Schleuder am Kirchturm hat funktioniert!«

Ein Raunen ging durch das Dorf.

Überall strömten die Leute in Nachthemden und Pantoffeln auf die Straße. Die Tür des Gasthauses öffnete sich und eine Schar Betrunkener kam herausgetorkelt. Einige Frauen mit rüschenbesetzten Schlafhauben blickten ihre Männer streng an. Dann schauten sie wieder auf Primus, der immer noch platt auf dem Boden lag.

»Ist er tot?«, fragte ein Mann. »Was machen wir jetzt?«

»Vollkommen egal«, meinte ein anderer, »zumindest sind wir diese Landplage los.«

Die Menge verstummte und alle starrten auf die Fledermaus.

Eine dicke Frau mit puterroten Pausbacken beugte sich vor: »Ich glaube nicht, dass er tot ist«, flüsterte sie mit zitternder Stimme. »Der ist bestimmt nur ohnmächtig.«

»Wir sollten ihn vielleicht untersuchen«, kam es aus der Menge. »Man kann ja nie wissen.«

Ein nervöses Getuschel machte sich breit. Vorsichtig nahm ein Mann einen Ast, um die Fledermaus damit anzustupsen. Die Dorfbewohner hielten den Atem an. Es herrschte Totenstille, als der Ast die Fledermaus berührte.

Darauf hatte Primus gewartet.

Mit einem Schrei und einer Rauchwolke verwandelte er sich zurück und sprang auf die Beine. Er riss die Augen auf, wobei er die Menge mit blutrotem kirschsaftverschmiertem Gebiss anbrüllte.

Das hatte gesessen.

Die Leute stürmten davon, als wäre der Teufel hinter ihnen her. Ein jeder wollte nach irgendetwas greifen, wollte Anweisungen geben, aber keiner konnte auch nur ansatzweise einen klaren Satz hervorbringen. Alle kreischten in Panik durcheinander und ruderten mit den Armen, während Primus laut schreiend hinter ihnen herlief.

»DER SCHATTEN LEBT!«, riefen die Leute. »ER LEBT! Dieses Ungeheuer ist lebendig. Und er hat auch noch Blut gesaugt!!!«

Der Aufruhr nahm zu.

Dann aber kam die Szene der Vorstellung, die Primus jedes Mal am liebsten hatte. Denn als die Ersten wieder zur Besinnung kamen, holten sie wie immer ihre Waffen und gingen zum Gegenangriff über. Schnell verwandelte sich Primus und segelte durch die aufgebrachte Menge auf sein Bündel zu. Er schnappte es sich mit den Krallen, bevor er zur Laterne steuerte. In großen Kreisen flog er um die Straßenlaterne herum, während ihm die Leute wieder einmal mit Schaufeln, Mistgabeln und Fackeln bewaffnet hinterherliefen … immer im Kreis und immer im Kreis …

Schließlich verlor er die Lust. Er schlug die Richtung zum Finsterwald ein und flatterte lachend zum Turm. Der Heimweg dauerte nun ein wenig länger, da er mit den Tortenstücken nicht gar so flink war. Außerdem musste er gut aufpassen, dass er mit dem Bündel nicht gegen einen der Äste schlug. Snigg hatte ihn doch ausdrücklich zur Vorsicht ermahnt. Als er endlich zu Hause ankam, saß Snigg noch immer auf der Gartenmauer und blickte ihm entgegen.

»So, mein dicker Freund«, rief Primus ihm zu. »Hier kommt dein Frühstück.«

Sniggs Augen leuchteten, als Primus das Paket auf der Gartenmauer auspackte. Mit einem einzigen Happen verschlang er das erste Stück.

»Prima«, kam es mit einigen Bröseln aus seinem vollen Mund. »Himbeertorte, frisch vom Bäcker.«

Primus lachte und setzte sich zu ihm auf die Mauer. Er nahm den Zylinder ab und strich sich die Haare aus dem Gesicht.

»Du hattest Recht«, sagte er, »es gab Nebel. Aber auch wie immer einen Riesenspaß.«

Hexenjagd im Finsterwald

Ein paar Wochen später brach der Sommer aus und es wurde heiß. Endlich! Nach dem viel zu langen und trüben Frühling war es für alle eine willkommene Abwechslung. Zunächst jedenfalls. Denn die Heiterkeit fand schon bald ein Ende, als die Hitze ständig zunahm. Von Tag zu Tag wurde es schlimmer. Wie eine Glocke lag die heiße Luft über dem Land, ohne dass auch nur die kleinste Wolke am Horizont zu sehen war. Der Finsterwald war zu einem stickigen Backofen geworden, in dem man fast nicht mehr atmen konnte. Die Bäume ächzten vor Trockenheit und die laufenden Grasbüschel trotteten nur noch langsam über den Waldboden dahin. Aber neben der Hitze gab es noch eine weitere Plage: Die stinkenden Staubpilze platzten bei diesen Temperaturen von ganz alleine auf und verbreiteten ihre übel riechenden Wolken mit Pilzsporen an allen nur erdenklichen Stellen im Wald. Folglich vermehrten sie sich auch mit galoppierender Geschwindigkeit, so dass manche Waldteile fluchtartig von jedem verlassen wurden, der auch nur ansatzweise eine Nase besaß.

Mit knackenden und knarrenden Holzbalken stöhnte auch der alte Turm unter der Hitze, und das rund um die Uhr. Am Tag brannte die Sonne so lange auf die Mauern hernieder, dass sich diese immer weiter aufheizten. Wenn es dann draußen am Abend ein wenig abkühlte, gaben die

Steine die gespeicherte Wärme an alle Räume ab. Im Turm herrschte praktisch vierundzwanzig Stunden Mittagshitze, mit sagenhaften Höchstwerten im Dachgeschoss. Bucklewhee hielt es in seinem Uhrenkasten überhaupt nicht mehr aus. Die ganze Zeit hockte er auf dem ausgeklappten Scherengitter und wippte völlig außer Atem auf und ab, um wenigstens für ein bisschen Wind zu sorgen.

Primus hingegen schlich die ganze Zeit über mit einer mürrischen Laune durchs Haus und wusste überhaupt nicht, was er mit sich und dem lieben langen Tag anfangen sollte. Zwar bereitete ihm helles Tageslicht keine Schwierigkeiten, wie man es bei einer Gestalt wie Primus vielleicht vermuten würde, aber alles hat irgendwo seine Grenzen. Ein derartig grelles Sonnenlicht, verbunden mit einer so unerträglichen Hitze, konnte er ganz und gar nicht gebrauchen. Stundenlang ging er mit rücklings verschränkten Armen im Kaminzimmer hin und her, wobei er immer wieder aus dem Fenster schielte. Prüfend blickte er zum Himmel, ob er nicht irgendwo eine kleine erlösende Wolke oder vielleicht auch nur einen Dunstschleier sehen konnte. Aber nichts dergleichen war in Sicht. Dafür wehte ihm jedes Mal ein heißer Luftstoß ins Gesicht, wenn er seine Nase aus dem Fenster hielt. Mit einem lauten Pusten zog er dann den Kopf wieder ein, machte auf dem Absatz kehrt und wanderte weiter durchs Haus. Die Hitze war schlicht und einfach zum Verzweifeln.

Der einzige Raum, der nicht von diesen Temperaturen heimgesucht wurde, war der kleine Keller tief unterm Turm. Primus hätte sich natürlich einen gemütlicheren Ort vorstellen können, aber immerhin war es dort unten kühl. Außerdem ging ihm das Quietschen von Bucklewhees wippendem

Scherengitter mit der Zeit gehörig auf die Nerven, weshalb er oft noch vor der Mittagsstunde die Flucht ergriff. Im Schneckentempo schlurfte er dann kopfschüttelnd aus dem Kaminzimmer, schlenderte durch die staubige Küche bis zur Wendeltreppe und stieg hinab. Schritt für Schritt ging es die engen Stufen hinunter, da er zum Fliegen mittlerweile viel zu erledigt war. Er passierte die große Eingangshalle, kam an der vernagelten Haustür vorbei und erreichte dann endlich den Keller. Erleichtert öffnete er jedes Mal das eiserne Gitter und genoss die kühle Luft, die ihm hier unten entgegenströmte.

Da saß er dann zwischen den mächtigen Weinfässern auf dem Boden und grummelte vor sich hin. Eine Laterne baumelte von der Decke und beleuchtete die riesigen Eichenfässer, auf denen fingerdick der Staub lag. *Dunkeltropfen Spätlese* stand in schwer lesbarer Schrift auf den Fässern, die in zwei gegenüberliegenden Reihen vor den Kellerwänden lagerten. Der Dunkeltropfen war mit Abstand der älteste, teuerste und beste Wein, den man im ganzen Land bekommen konnte. Doch Primus war das völlig egal. Wein hatte er noch nie leiden können, ganz egal wie er auch heißen mochte. *Schmeckt wie Suppenwürze oder das saure Zeug aus dem Gurkenglas*, hatte er einmal gesagt. Daher empfand er diesen Raum auch schon seit jeher als ausgesprochen langweilig und unsagbar uninteressant.

Uninteressant – bis auf eine kleine Ausnahme! Denn hier unten wurde im Licht der Laterne noch etwas anderes sichtbar als Weinfässer und Staubfäden.

Am ersten Tag seiner hitzebedingten Kelleraufenthalte saß Primus mit angezogenen Beinen auf dem Boden und lehnte an einem der großen Holzfässer. Gelangweilt blickte er an die gewölbte Backsteindecke, folgte mit den Augen den Spinnweben von einem Fass zum nächsten und ließ seinen Blick über die Wände bis runter zum Boden wandern. Dort stockte er. Denn mitten auf dem Boden dieses quadratischen Raums fiel ihm, unter dem flackernden Schattenwurf der Laterne, ein großes Zeichen auf, das exakt und messerscharf in die Steinplatten gehauen war. Er hob den Kopf und blickte das Zeichen nachdenklich an. Natürlich war es ihm schon vor Jahren einmal aufgefallen, schließlich wohnte er in diesem Turm. Aber er hatte nie herausgefunden, was es damit auf sich haben könnte. Irgendwann hatte er es dann einfach vergessen.

Jetzt aber rutschte er langsam auf den Knien vorwärts und blies den Staub aus den Rillen. Anschließend stand er auf und schlich in Gedanken versunken um das Zeichen herum. Es war ein großer Kreis von etwa zwei Schrittlängen Durchmesser. Im Inneren befand sich ein verwirrendes Muster, das aussah wie ein Geflecht aus Algen oder Schlingpflanzen. Um den Kreis herum war in einem geringen Abstand ein weiterer, aber wesentlich stärkerer Halbkreis gezogen, dessen Enden spitz zuliefen. Es schien, als umklammere eine dünne Sichel die seltsame Kreiskonstruktion, die von einem verworrenen Tragwerk ausgesteift wurde. Nachdem er das Zeichen lange von allen Seiten betrachtet hatte, ging er in die Hocke. Gedankenlos fuhr er mit dem Finger die Rillen entlang. So vergingen die Stunden.

In den kommenden Tagen kletterte er auch ab und zu auf eines der Fässer, um das Zeichen von oben zu begutachten. Meistens dauerte es nicht sehr lange, bis Primus dabei müde wurde, sich bäuchlings auf dem Fass ausstreckte und irgendwann einschlief.

Sobald aber der Abend kam, flog er schleunigst die Treppe zum Kaminzimmer hinauf, segelte mit einem *JUHUU* aus dem Fenster und schnappte flatternd im Garten nach frischer Luft. Auch Snigg hatte offensichtlich unter der Hitze zu leiden und sah furchtbar zermatscht aus. Primus machte ihm ab und zu im Vorbeifliegen Komplimente wie: *»Schön braun bist du geworden«* … und brauste davon.

Während der sonnigen Tage war das Gras auf den Hügeln der Nebelfelder üppig gewachsen und dichtes Schilf umgab den Schneckenbach. Im Nordosten lag der große Mondwassersee, der sich eng an den Rand des Finsterwaldes anschmiegte. Eifriges Treiben herrschte dort in jenen Tagen, da sich viele Waldbewohner um das Seeufer scharten, um der unangenehmen Luft im Wald zu entkommen. Bereits von weitem war das Gequake der Kröten zu hören, wenn Primus seine Runden zog. Kreuz und quer flatterte er am See durch die Schilfrohre, flog am Südrand des Finsterwaldes entlang, bevor es gleich wieder über den Schneckenbach in Richtung Turm zurückging. Für alles Weitere war er, nach solch anstrengenden Tagen im Keller, viel zu faul. Primus dachte nicht einmal im Entferntesten daran, die Klettenheimer zu besuchen. Daher dauerte es auch heute nicht lange, bis er seinen Ausflug beendet hatte und wieder zum Dachfenster hereingeflogen kam.

Die Nacht war sternenklar. Es war eine Neumondnacht, wie sie funkelnder nicht hätte sein können. Alle Fenster des Dachgeschosses standen offen, während Primus seitlich auf dem Bett lag und in einem dicken Buch las. In dieser Nacht konnte er besonders gut lesen, da er einen leuchtenden weißen Stein auf den Bettpfosten gelegt hatte, der den ganzen

Raum in ein angenehm helles Licht tauchte. Diese Art der Beleuchtung war wesentlich komfortabler als das übliche Kerzenlicht, aber leider leuchtete der Stein nur einmal im Monat. Ansonsten war das Ding völlig nutzlos und lag die restliche Zeit mit anderem Krempel in der großen Truhe neben dem Bett.

Primus hatte den fremdartigen Stein vor Ewigkeiten einmal irgendwo im Wald gefunden und mitgenommen. Der Stein war spitz und dreieckig, ähnlich einem schmalen, aber sehr hohen Tortenstück. Nur wer ganz genau hinsah, konnte erkennen, dass dieses keilförmige Stück ein wenig gekrümmt war. In all den Jahren hatte Primus niemals einen ähnlichen Stein gesehen. Das leuchtende Material schien seltsam trüb, so wie eine erstarrte milchige Flüssigkeit oder das schimmernde Wachs knapp unterhalb einer Kerzenflamme. Seine Ober- und Unterseite waren absolut glatt geschliffen und wie von Meisterhand poliert. Es gab nicht die geringste Unebenheit. Das Gleiche galt auch für die beiden gekrümmten Seiten, die darüber hinaus mit einem hauchdünnen Muster aus verschlungenen Wellenlinien verziert waren. Nur die Seite, die sich gegenüber der Spitze befand, sah anders aus. Sie war abgeschlagen und zerkratzt, als wäre dort einmal ein Stück abgebrochen.

Diese behelfsmäßige Nachttischlampe beschien nun die vergilbten Seiten des Buches, das Primus mit aufgestütztem Kinn betrachtete. Er hatte keine Schwierigkeiten, die altmodische Schrift mit all ihren Schnörkeln zu lesen, und schaute sich interessiert die vielen Zeichnungen an, mit denen die Seiten illustriert waren. Genau genommen waren es Baupläne, denn schließlich handelte dieses Buch von rätselhaften Häusern, gruseligen Spukschlössern und verhexten Burgruinen.

Primus war ein wenig enttäuscht, dass sein alter Turm darin mit keiner Silbe erwähnt wurde. Aber dafür gab es eine ganze Reihe anderer Dinge, die mindestens genauso unterhaltsam waren. Zum Beispiel wurde von Häusern mit allzu garstigen Türen berichtet, welche die Besucher grundsätzlich in einen vollkommen anderen Raum führten, als sie eigentlich erwartet hatten. Wollte man beispielsweise durch die Tür zum Schlafzimmer gelangen, dann stand man plötzlich im Kohlenkeller oder gar in der Besenkammer. Es gab auch Türen, durch die man hindurchging und im gleichen Moment wieder herauskam. Ähnliche Verwirrungen stifteten Fenster, durch die man auch bei schönstem Sonnenschein in trübes Regenwetter blickte. Pünktliche Leute wiederum hatten die größten Schwierigkeiten mit bösartigen Schlafzimmerfenstern, die noch zur fortgeschrittenen Mittagsstunde nächtliches Mondlicht zeigten.

Es gab seitenlange Berichte über eigenwillige Schlösser, verhexte Fußböden und sogar über Gartenzäune. Im Nordosten des Finsterwaldes soll einmal ein Bauer mit Namen Ewald Schindelböck den Zaun seines Nachbarn Gilly Unterbach verwünscht haben, woraufhin dessen Grundstück von Tag zu Tag immer kleiner wurde. Zum Schluss kam dieser kaum noch aus seinem Haus heraus. Der Gartenzaun von der Familie Graustein, östlich von Hohenweis, wurde je nach Tageszeit höher oder niedriger, so dass ihr Haus den ganzen Tag über im Schatten stand. Ein wirklich bemerkenswerter Zauber! Des Weiteren enthielt das Buch viele nützliche Informationen, die man beim Bau eines Gebäudes beachten sollte.

Primus kratzte sich interessiert am Kinn und überlegte, was er davon alles im Turm einbauen könnte. Etwas gegen die mörderische Sommerhitze im Dachgeschoss fand er allerdings nicht.

Knirschend ging die Klappe an der Pendeluhr auf und Bucklewhee lehnte sich aus dem Uhrenkasten. Primus winkte mit der Hand nach hinten ab, ohne sich dabei nach ihm umzudrehen.

»Ich bin erstens hellwach und zweitens ist es noch lange nicht Mitternacht. Falls du also vorhattest ein wenig zu krähen, dann mach das doch bitte in deinem Kasten.«

»Kasten kann man inzwischen bei dieser Hitze nicht mehr sagen«, entgegnete Bucklewhee und ließ den Kopf aus der Klappe hängen. »Zutreffender wäre *Brutkasten* oder vielleicht auch *Eierkocher.* Die Temperatur hier drinnen bringt mich völlig aus meinem Zeitgefühl.«

»Nun hör dir mal an, was hier steht.« Primus tippte auf die Seite des Buchs. »Hast du gewusst, dass man ein Gebäude erdbebensicher bauen kann, indem man es in einen Sumpf setzt?«

»Natürlich habe ich das gewusst«, sagte Bucklewhee unbeeindruckt mit geschlossenen Augen. »Wenn es einmal untergegangen ist, dann kann es ja schließlich auch nicht mehr umfallen.«

Primus drehte sich auf den Rücken und verschränkte schmunzelnd die Arme hinter seinem Kopf. »Stimmt genau«, sagte er. »Und man müsste nicht einmal mehr einen Keller einplanen, da früher oder später jedes Geschoss automatisch zum Keller wird.« Er deutete zum Boden. »Auf diese Art bekommt man sogar noch einen Aufzug. Nur schade, dass der lediglich in *eine* Richtung fährt.«

Albernes Gejohle setzte daraufhin im Dachzimmer ein. Bucklewhee hing aus der Klappe und klatschte gackernd mit den Flügelknochen. »Nur darf man dann morgens die Fenster nicht mehr aufmachen«, sagte er. »Sonst gibt's eine Überraschung. Frei nach dem Motto: Morgenstund' hat Sumpf im Mund.«

Lachend und kichernd blödelten sie weiter.

Dann aber wandte sich Primus wieder seinem Buch zu. Konzentriert suchte er nach der letzten Zeile. »Ah«, rief er, »hier steht, dass man den Sumpf vorher mit Strohballen füllen und anschließend dicke Erdschichten darüberschaufeln muss. Das Ganze wirkt dann wie ein Kissen, schreiben die hier, und fängt so die Schwingungen des Erdbebens ab.« Er blickte über die Schulter zu Bucklewhee hinauf. »Na, was hältst du davon? Wir wollten doch schon lange einmal renovieren. Tragen wir die ganze Bude einfach ab und bauen sie woanders erdbebensicher wieder auf. Besser geht es doch gar nicht, oder?«

Bucklewhee sauste mit dem Scherengitter hinaus, wippte auf der Stange über dem Bett und blickte prüfend in das Buch. »Du meinst, das könnte klappen? Ja, das wäre doch mal eine Abwechslung. Wie lange, glaubst du, würde so etwas denn dauern?«

Die beiden steckten ihre Köpfe über dem Buch zusammen.

»Na, ich schätze, so ungefähr hundert Jahre«, meinte Primus. »Vielleicht auch zweihundert. Ist doch egal, wir haben es sowieso nicht eilig. Aber stell dir nur mal vor, was wir dabei alles unter den Fußbodenbrettern oder in den Mauerritzen für tolle Sachen finden würden.«

Für gewöhnlich waren derartige Themen mit solch fragwürdigem Sinngehalt immer die beste Basis für eine nächtefüllende Diskussion zwischen den beiden. Doch plötzlich verstummte Primus und hob wie vom Blitz getroffen den Kopf.

Bucklewhee öffnete gerade den Schnabel, als Primus aufgeregt den Finger an seine Lippen hielt.

»Psssst«, zischte er.

Bucklewhee klappte den Schnabel zu, neigte sein Köpfchen zur Seite und blickte Primus verdutzt an. Von irgendwo aus weiter Ferne drang Musik an Primus' Ohr! Er kniff die Augen zusammen, streckte seinen Zeigefinger in die Höhe und horchte.

»Hörst du das?«, fragte er Bucklewhee flüsternd.

Dieser schwieg, schielte grübelnd zur Decke und wackelte mit seinem Hahnenkamm. »Nein«, antwortete er, »was soll ich denn hören?«

Primus hielt die Luft an. Mit einem Satz sprang er aus dem Bett, verwandelte sich und flatterte über das Geländer zum Kaminzimmer. Dort landete er auf dem Fensterbrett. Durch das Loch in der Glasscheibe spähte er in die Nacht hinaus. Er schirmte die Augen mit dem Flügel ab, während er langsam und suchend in alle Richtungen blickte. Auf einmal ging ein Ruck durch seinen Körper.

»HA!«, rief er. »Das habe ich mir gedacht.«

»Was ist?«, schrie Bucklewhee vom Dachzimmer herunter. »Kannst du etwas erkennen?«

Weit entfernt in der Dunkelheit sah Primus viele kleine Lichter, die sich im Takt zu einer heiteren Marschmusik über die Hügel bewegten. Er wusste sofort, um wen es sich dabei handelte.

»Das sind unsere Untermieter«, antwortete er. »Und noch dazu eine ganze Menge von ihnen.«

Tief in der Erde unter den Nebelfeldern erstreckte sich,

in unendlich verzweigten Gängen, das Reich der Hügelkobolde. Diese kleinen Leute waren ein freundliches, aber allzu misstrauisches Volk, das kaum Kontakt zu den Menschen pflegte – es sei denn, es ging um etwas Geschäftliches. In diesem Fall waren die Kobolde nämlich sofort zur Stelle. Sie waren Meister im Bergbau und ebenso gute Händler. Ihre Tunnel führten daher auch bis nach Hohenweis, damit sie sich möglichst früh die besten Stände auf dem Marktplatz schnappen konnten. All das, was sie verkauften, stellten sie selber her, und für alles verlangten sie unverschämte Wucherpreise. Sie konnten schnitzen, spinnen, knüpfen und vor allem ausgezeichnet kochen. Die Kobolde machten die beste Butter, das beste Vollkornbrot und, was Primus am meisten interessierte, den weltbesten Kuchen.

Wo und vor allem *wie* man in ihr Tunnelsystem hineinkam, das wusste außer ihnen niemand. Geschickt hatten sie jeden Zugang versteckt oder mit einem Zauber getarnt. Egal ob an Hügeln, alten Bäumen oder großen Steinen, überall konnte plötzlich eine jener Türen erscheinen und anschließend auch wieder verschwinden. Primus brannte schon seit Jahren darauf, eine der magischen Pforten zu finden, um die vielen unterirdischen Gänge mit all ihren Schätzen zu erforschen. Doch bisher hatte es leider keine Gelegenheit dazu gegeben.

Heute aber, so dachte er, könnte er Glück haben. Ihm war klar, dass es sich bei den Lichtern in der Ferne um eine Gruppe Kobolde handelte, die gerade singend und musizierend durch die Nacht zog. Bei diesem Festumzug würde sich früher oder später garantiert irgendwo dort draußen eine der Geheimtüren öffnen. Jetzt musste er die Gesellschaft nur noch gut beobachten und das konnte er am besten von ganz weit oben: vom Turmzimmer aus.

Er flog in die Küche und von dort aus weiter ins Treppenhaus. Bläulich schimmerten die Stufen der Wendeltreppe im nächtlichen Licht, das durch die kleinen Gitterfenster hereinfiel. Primus war sehr aufgeregt und schoss nach den vielen Windungen der Treppe mit einem gehörigen Drehwurm ins Turmzimmer hinein.

Der Raum hatte eine quadratische Form und verfügte über drei spitze Fenster. Zwei davon zeigten nach Südwesten zum Schneckenbach und das dritte blickte von der gegenüberliegenden Wand nach Nordosten. Dort war auch eine Tür, die nach draußen auf einen Balkon führte. Das kleine Turmzimmer war vollgestopft mit wissenschaftlichen Geräten verschiedenster Art und glich auf den ersten Blick mehr einer Rumpelkammer als einem Arbeitszimmer. Überall standen Mikroskope oder Messlatten herum. Blechmodelle von Himmelskörpern lagen auf dem Boden oder hingen an Drähten von seltsamen Apparaturen herunter. Es gab Sonnenuhren, Rechenschieber, eigenartige Kalender, von Riemen betriebene Maschinen sowie eine Unzahl anderer Geräte, die kaum noch sichtbar waren, da sich haufenweise zusammengerollte Pläne und Karten darüber stapelten. Unter einem Berg von Büchern, Metallfedern und anderem Zeug befand sich ein großer Holztisch, über dem mehrere Sternkarten baumelten. Das einzige Gerät, das von jeglichem Plunder freigeräumt war, war ein riesiges Fernrohr mit zahlreichen Handrädern und Hebeln. Dieses stand vor dem Fenster neben der Tür – und genau darauf steuerte Primus schnurstracks zu.

Er verwandelte sich zurück in Menschengestalt und blickte durch das Fernrohr in die Nacht. Allerdings war das alte Instrument weder richtig eingestellt noch zeigte es in die Richtung, in der er die Kobolde vermutete. Er drehte daher einige Male am Objektiv, bis er überhaupt etwas erkennen konnte. Ungeduldig schwenkte er das Fernrohr hin und her, bis ihm nach einiger Zeit ein unscharfer Lichtfleck vor die Linse kam. Das mussten sie sein! Eilig schraubte er weiter, bis sich ein klares Bild abzeichnete.

Aber was war denn das? Primus zwinkerte. Bei dem Lichtfleck handelte es sich keineswegs um die heiteren Kobolde, denn dafür hatte er das Fernrohr in seiner Hektik viel zu weit nach rechts gedreht. Das Fernrohr zielte stattdessen genau auf den dunklen Mondwassersee, auf dem ein kleines Ruderboot schwamm. Am Heck des Bootes hing eine Öllampe. Die Sterne spiegelten sich in der pechschwarzen Wasseroberfläche, die, bis auf ein paar kleine Wellen, gespenstisch glatt war. Aber es war weniger das Boot, weswegen er sich Gedanken machte, sondern vielmehr die große Person mit dem schwarzen Umhang, die gebückt in jenem Ruderboot stand.

Wie gebannt starrte die Gestalt in das tiefe Wasser. Primus runzelte die Stirn. Diese Szene wirkte doch mehr als seltsam.

»… wer ist das?«, hauchte er. »… was macht der da, mitten in der Nacht?«

Es sah beinahe so aus, als würde sich diese Person mit aller Intensität auf das Wasser konzentrieren – oder noch zutreffender:

»… der sucht etwas …«, flüsterte Primus.

Aber sosehr er sich auch bemühte, leider konnte er kein Gesicht erkennen, da eine Kapuze den Kopf der Gestalt verhüllte. Das einzige Detail, welches ihm auffiel, war eine schlanke Hand mit einem breiten Ring am Mittelfinger, die den Umhang zusammenhielt. Primus drehte langsam und mit spitzen Fingern am Objektiv, um näher an die Szene heranzufahren, als plötzlich eine dunkle Stimme aus dem Hintergrund ertönte:

»Und wonach suchst *du* gerade, mein Kleiner?«

Primus zuckte zusammen. Vor lauter Schreck verschob er das Fernrohr.

»Nach nichts Besonderem«, schnaufte er, »und verflixt noch mal, erschreck mich nicht so.«

Er schwenkte das Fernrohr, als ihm plötzlich die Lichterkette der Kobolde ins Blickfeld rutschte.

»Hast du vielleicht irgendetwas Seltsames da draußen gesehen«, sprach die Stimme weiter, »oder versuchst du immer noch, die Tür zum Reich der Kobolde zu finden?«

Primus wandte den Kopf. Er hob das Kinn und blickte an die gegenüberliegende Wand. Dort hing, inmitten der fensterlosen Steinmauer, ein gewaltiger Spiegel mit einem Rahmen aus pechschwarzem Ebenholz. Der Spiegel hatte geschliffenes Glas, war überaus hoch und wurde nach oben hin breiter. Aber zweifellos waren es die Schnitzereien des Rahmens, die den Spiegel zu etwas Außergewöhnlichem machten. Sie waren so raffiniert gearbeitet, dass es aussah, als würde die Scheibe in einem großen Umhang stecken, der von zwei knochigen Händen aufgehalten wurde. In wilden Falten schwang sich das schwarze Holz am Spiegelglas entlang, bis es abschließend wallend zum Boden hinabfiel. Ein markantes Gesicht mit spitzem Kinnbart und zwei Hörnern thronte darüber, welches Primus mit funkelnden Augen anblickte.

Welcherart Zauber den alten Spiegel irgendwann einmal zum Leben erweckt hatte, war Primus gänzlich unbekannt. Der Spiegel sprach hochgebildet und hatte bemerkenswert kultivierte Umgangsformen. Allerdings war das nicht immer der Fall, da er auch genauso gehässig und ausgekocht sein konnte. Ihn überheblich zu nennen wäre wohl untertrieben gewesen, wenn er von oben herab seine Kommentare gab oder Primus auslachte, dass die Wände wackelten. Doch dann gab es wiederum Momente, in denen ihm der Spiegel mit sehr nützlichen Ratschlägen zur Seite stand – auch wenn er seine Hinweise gerne in Rätseln versteckte.

»Ich bin mir sogar absolut sicher, dass ich heute Nacht eine Tür finden werde«, antwortete Primus, als er wieder durch das Fernrohr blickte. »Warte nur ab, es kann nicht mehr lange dauern.« Er stellte die Linse scharf, um sich die Kobolde genauer anzusehen.

Es waren etwa vierzig kleine Gestalten, die gar fröhlich im Gänsemarsch über die Hügel zogen. Die Kobolde am Anfang des Zugs spielten auf ihren Musikinstrumenten, während die anderen im Schein ihrer Bergwerkslampen munter hinterherspazierten. Kobolde machten grundsätzlich gerne Musik, sofern sie einmal Zeit dafür hatten. Sie spielten Flöte, Fiedel, Dudelsack oder Maultrommel. Genauso die Kobolde dort unten. Einige hatten sogar Trompeten und dicke Pauken dabei. Die Hügelkobolde waren allesamt drahtig und klein, hatten dünne Beinchen, aber relativ große Köpfe. Sie trugen spitze Stoffschuhe und breite Gürtel, hatten Mützen oder Kapuzen auf. Die Truppe bestand jedoch nicht nur aus Männern. Es waren auch viele Koboldfrauen dabei, die mit großen Hauben und Pluderröcken wackelnd zur Marschmusik tanzten.

Primus musterte sie genau. »Jammerschade«, murmelte er. »Von der ganzen Truppe kenne ich keinen Einzigen. Das hätte die ganze Sache sonst vielleicht ein wenig einfacher gemacht.«

»So?«, sprach der Spiegel mit erhobenem Haupt. »Was hättest du denn gesagt, wenn du einen von ihnen gekannt hättest und sich gleichzeitig eine der geheimen Türen öffnen würde? Wärst du dann vielleicht zufällig vorbeigeflattert und hättest beiläufige Sprüche von dir gegeben, wie zum Beispiel: Hallo, werte Leute. Ach, was für ein Zufall, da wollte ich auch gerade rein. Oder: Entschuldigt bitte, könntet ihr mich vielleicht vorbeilassen? Ich habe es heute wieder einmal schrecklich eilig.« Der Spiegel brach in schallendes Gelächter aus.

Doch Primus ließ sich nicht beirren. »Ich werde das schon hinkriegen«, murrte er, »mach dir bloß keine Sorgen.«

Dann verstummte er. Die Kobolde wanderten jetzt auf einen mittelgroßen Hügel zu, der nicht weit vom Rand des Finsterwaldes entfernt lag. Voller Spannung wartete Primus darauf, was nun passieren würde. Und siehe da, mit einem Mal leuchtete ein heller Fleck auf der Vorderseite des Hügels auf. Genau, wie er erwartet hatte. Kurz darauf erschien eine kreisrunde Pforte, die sich langsam öffnete. Die Kobolde schritten darauf zu und Primus gab einen jubelnden Aufschrei von sich.

»Da ist die Tür«, rief er freudig, »ich habe es doch gewusst.« Sogleich wollte er zum Fenster hinausfliegen, machte dann aber wieder kehrt. »Moment mal«, sagte er und schaute sich die Situation noch einmal durchs Fernrohr an. »Gut, den kenne ich. Das ist der dritte Hügel vor dem Wald und der vierte links vom Mondwassersee. Das wäre ja gelacht …«

Mit diesen Worten breitete er seine Flügel aus, schwang sich aus dem Fenster und zischte wie der Wind den Turm hinunter.

Snigg saß zu dieser Zeit gerade wieder einmal genüsslich kauend auf seinem Komposthaufen. Verwundert blickte er nach oben, als er das Rauschen vernahm. Dem Kürbis stand der Mund so weit offen, dass ihm das Essen wieder herausfiel, als er die Fledermaus von oben auf sich herabstürzen sah. Er zog den Kopf ein und Primus schoss pfeifend über ihn hinweg.

»NA HÖR MAL«, rief Snigg. »Geht das vielleicht auch, ohne dass du mich über den Haufen fliegst? Ich bin gerade beim Essen!« Nach einer kurzen Pause hüpfte er neugierig auf die Gartenmauer und blickte Primus in Richtung Waldrand hinterher. »Da muss es heute irgendwo etwas ganz Besonderes geben, so wie der rast. Das wollen wir uns doch gleich einmal ansehen.«

Er sprang von der Mauer und hoppelte der Fledermaus wie ein dicker Ball hinterher.

Primus war inzwischen an jenem Hügel angekommen, an dem er zuvor die Tür gesehen hatte. Aufgeregt flatterte er mehrmals um diesen herum. Doch von der großen, runden Tür war nicht mehr das Geringste zu sehen.

»Das gibt es doch nicht«, rief er fassungslos. »Ich bin überzeugt, dass es an dieser Stelle hier war.« Er hob den Kopf und zählte: »Eins, zwei, drei – der Dritte vor dem Waldrand und – eins, zwei, drei, vier – der Vierte links vom Mondwassersee. Komische Sache. Na, vielleicht täusche ich mich ja auch?!«

Er flog höher und verschaffte sich einen besseren Überblick. Anschließend flitzte er von hier nach dort und suchte fieberhaft nach einem Türrahmen, einer Schwelle oder zumindest einer Türklinke.

»Nichts«, zischte er. »Es muss aber hier gewesen sein, da bin ich mir sicher.«

Er untersuchte zwei weitere Hügel, als Snigg durch das Gras auf ihn zugesprungen kam.

»Was gibt es denn hier so Interessantes?«, fragte der Kürbis und rang nach Luft.

»Ich weiß genau, dass hier irgendwo eine Tür versteckt ist«, grummelte die Fledermaus und drehte den Kopf in alle Richtungen.

»Eine Tür? Hier?«

»NATÜRLICH HIER!!!«, plärrte Primus.

Dann landete er neben Snigg im Gras und rückte mit seinem Flügel den Zylinder zurecht.

»Was denn für eine Tür?« Der Kürbis hatte keine Ahnung, wovon Primus sprach.

»Ach, so eine große, runde HOLZTÜR eben.« Er fuchtelte mit den Flügeln. »Da war eine ganze Mannschaft von Kobolden, die durch diese Tür verschwunden ist. Die kann sich doch nicht einfach in Luft aufgelöst haben.«

Nach diesen Worten hielt er inne.

Snigg wollte gerade noch etwas sagen, als ihm die Fledermaus kurzerhand mit dem Flügel den Mund zuhielt. Gebannt presste Primus seinen Kopf an den Hügel und lauschte. Irgendwo aus dem tiefsten Inneren der Erde konnte er Musik vernehmen. Aber da mischte sich noch etwas anderes hinzu – so eine Art Zischen!

Primus rümpfte die Nase und überlegte. Was konnte das wohl sein? – rätselte er. Ein derartiges Geräusch hatte er vorher noch nie gehört.

Snigg saß unterdessen regungslos da und hielt den Atem an. Das lag allerdings weniger daran, dass Primus ihm noch immer den Mund zuhielt, sondern vielmehr, weil er plötzlich etwas Beunruhigendes bemerkt hatte. Denn während die Fledermaus noch immer dabei war, die Ohren zu spitzen, starrte Snigg mit großen Augen zum Nachthimmel empor. Irgendetwas, so war er sich sicher, kam aus der Dunkelheit auf sie zugeflogen.

»Mmmmmhhh«, brummte der Kürbis hinter zugehaltenem Mund.

»Sei doch mal still. Ich kann ja sonst gar nichts mehr hören.« Primus knurrte und horchte weiter.

»Mmmmmmmmmhhhhh, mmmmmmmmhhhh«, tönte Snigg immer lauter, als das fliegende Etwas deutliche Formen annahm.

»Was ist denn jetzt schon wieder los?«, rief Primus wütend und entfernte seinen Flügel von Sniggs Mund. »Kannst du nicht einmal ruhig sein?«

Der Kürbis sah Primus mit aufgerissenen Augen an. Hechelnd suchte er nach den richtigen Worten, bevor er ihm laut ins Gesicht schrie: »LUFTANGRIFF!!! HEXE VON RECHTS OBEN!!!«

Genau in diesem Moment sauste eine Fliegenklatsche auf Primus hernieder, der er gerade noch ausweichen konnte. Mit einem Schmettern traf sie Snigg direkt ins Gesicht.

Primus konnte es nicht fassen. Er blickte zum Himmel und sah eine junge Hexe in einem langen blauen Kleid. Diese saß auf einem knatternden Besen mit einem Fahrradlenker und machte gerade für einen weiteren Angriff kehrt. Noch bevor die beiden einen klaren Gedanken fassen konnten, holte die Hexe ein zweites Mal mit ihrer Fliegenklatsche aus. Sie preschte zwischen dem Kürbis und der Fledermaus hindurch, die fluchtartig auseinanderstoben. In Panik hüpfte Snigg durch das Gras zum Mondwassersee und suchte nach einer Möglichkeit, sich zu verstecken. Aber es war eindeutig die Fledermaus, hinter der die Hexe her war! Die Fliegenklatsche zischte durch die Luft und verfehlte ihr Ziel ein weiteres Mal. Primus ergriff die Flucht.

Mit wippendem Zylinder schlug er kurze Haken in der Luft. Nach links und rechts ging die Hetze. Nach oben oder unten und in rasender Geschwindigkeit über die nächtlichen Hügel. Doch die Hexe ließ nicht locker. Unablässig flog sie mit ihrem knatternden Besen hinter ihm her. Sie hatte den Kopf eingezogen und blinzelte siegessicher hinter einer alten Rennfahrerbrille hervor. Auf dem Kopf trug sie eine Pilotenmütze und mit langen Damenhandschuhen umklammerte sie den Fahrradlenker. Primus setzte zur Flucht über den Schneckenbach an. Mit Karacho sauste er durch das hohe Schilf – den Hexenbesen im Rücken, dass die Schilfkolben durch die Luft flogen.

Langsam aber schien Primus die Verfolgungsjagd Spaß zu machen. Er überschlug sich in der Luft und flog über den Kopf der Hexe hinweg. Diese gab einen quietschenden Aufschrei von sich, wendete ihren Besen und holte ihn schnell wieder ein. Primus flatterte kreuz und quer über den Schneckenbach und dann auf die Holzbrücke zu. Immer näher kam die Hexe. Als er die Schneckenbachbrücke direkt vor Augen hatte, machte er einen gekonnten Abschwung und tauchte unter der Brücke hindurch. Schimpfend krachte die Hexe durch das Geländer.

Aber ganz so leicht war sie anscheinend nicht abzuschütteln. Primus wusste, dass ihm früher oder später die Luft ausgehen würde. Die einzige Rettung, die ihm jetzt noch einfiel, war der Finsterwald mit all seinen Hindernissen. Sofort setzte er zu einem Bogen an. Er flog über den Distelpfad und brauste wie der Wind auf die Bäume zu. Die Hexe schnellte mit ihrer Fliegenklatsche bewaffnet hinterher. Primus musste schon sehr bald feststellen, dass er offensichtlich nicht der Einzige war, der die Route durch den Finsterwald blind zurücklegen konnte. Immer schneller ging die Verfolgungsjagd. Über Wurzeln und durch Gestrüpp, links und rechts an den knorrigen Bäumen vorbei, dann unter dem Wegweiser hindurch und Stück für Stück immer weiter nach Norden. Das Laub auf dem Boden wirbelte auf, wenn der Besen darüberschoss, und da sie zahllose Staubpilze rammten, hinterließen die beiden eine stinkende Spur durch den gesamten Finsterwald.

Mit einem Satz kam Primus aus dem Wald geschossen. Im klaren Sternenlicht tauchte Klettenheim aus der Dunkelheit auf, während er dicht über dem Ackerboden auf das Dorf zuflog. Äste zerbarsten, als die Hexe aus dem Wald herausbrach. Sie spuckte Holzreste aus und zupfte sich im Flug die Blätter von der Brille. Primus wusste inzwischen überhaupt nicht mehr, wie er diese Nervensäge wieder loswerden sollte. Verzweifelt flog er über die Schindeldächer und suchte nach einer Lösung. Und schließlich fand er sie auch. Denn als er vor sich den Kirchturm erblickte, kam ihm der rettende Gedanke. Das könnte funktionieren, schoss es ihm durch den Kopf. Vielleicht hatte er Glück.

Doch bevor er seinen Plan in die Tat umsetzen konnte, musste er erst einmal für ein klein wenig Aufmerksamkeit sorgen. Stürmisch tauchte er in die Gassen des Dorfes ein und stieß dabei lauthals seine in Klettenheim nur allzu bekannten Rufe aus. Mit der Hexe auf den Fersen verursachte er einen noch weitaus größeren Lärm als sonst, da sich diese durch das Gebrüll der Fledermaus offensichtlich verspottet fühlte. Trötend maulte sie ihm, mit ihrer Blechhupe am Lenker, hinterher.

In scharfen Kurven ging es nun um die Häuserecken, über mehrere Heuwagen hinweg und zwischen Unmengen von Wäscheleinen mit Bettlaken, Socken und Unterhosen hindurch. Es dauerte nicht lange, bis die ersten Lichter in den Häusern angingen und die Leute, wie bei jedem seiner Besuche, in Pyjamas und Nachthemden auf die Straße stürzten. Offenen Mundes verfolgten die Dorfbewohner das wilde Treiben in den Gassen.

»Seht nur«, rief einer, »jetzt sind es sogar schon *zwei*! Der Schatten hat Verstärkung geholt.«

Nun musste alles sehr schnell gehen. Primus steuerte auf den Kirchturm zu, während einige der Klettenheimer ebenfalls diese Richtung einschlugen. Quer über den Marktplatz ging es an der Laterne vorbei, in Spiralen den Kirchturm hinauf und unterhalb der Turmuhr ein paarmal im Kreis. Er hoffte nur, dass die Dorfbewohner die Schneeschaufel in der Zwischenzeit noch nicht abgenommen hatten. Aber da entdeckte er schon das Seil und den gebogenen Schaufelstiel. Die Lage wurde jetzt langsam kritisch, da Primus immer schwächer wurde und die Hexe stetig näher kam. Nur noch ein bisschen höher und einmal um den Turm herum – da war sie auch schon neben ihm.

Mit letzter Kraft blickte Primus sie verzweifelt an, während diese triumphierend zum abschließenden Schlag ausholte. Doch dann passierte es: Die Klettenheimer setzten ihre Geheimwaffe ein. Einer der Dorfbewohner löste das Seil, das die Schneeschaufel gespannt hielt. Diese kam daraufhin wie ein Katapult aus der Dunkelheit hervorgeschossen. Die Schaufel zischte über Primus hinweg, der gerade noch den Kopf einziehen konnte. Der Hexe wiederum wurde schwarz vor Augen.

Ein ohrenbetäubendes Kreischen war zu hören, als die Schaufel mit voller Wucht zuschlug. In hohem Bogen wurde die Hexe über die Dächer in den Wald geschleudert. Immer leiser wurde ihr Aufschrei und immer lauter das Jubeln der Klettenheimer. Applaus ertönte in den Straßen und festlich läuteten die Kirchturmglocken. Ihre Abwehrvorrichtung hatte funktioniert – wenngleich auch nicht bei Primus, für den sie ursprünglich gemacht worden war.

Dieser landete japsend im Schatten des Kirchturms auf einem Hausdach. Es dauerte einige Minuten, bis er sich stöhnend auf den Rücken drehte, die Flügel ausbreitete und in den Himmel blickte.

»Was, bitte schön, war denn das für eine Wahnsinnige?«, keuchte er. »Die habe ich ja noch nie gesehen. Fliegen kann sie ja, das muss man ihr lassen.«

Er blieb noch ein wenig auf dem Dach liegen, dann setzte er sich auf. Mit seinem Flügel hob er den Zylinder und strich sich mit dem anderen den Schweiß von der Stirn. »Wenn ich nicht so erledigt wäre, dann würde ich bei dieser Gelegenheit gleich ein paar Tortenstücke mit nach Hause nehmen. Aber das verschieben wir lieber aufs nächste Mal.«

Er ließ seinen Blick über die Dächer gleiten. Bis zum Turm hatte er noch ein gutes Stück Weg vor sich. Aber heute Nacht, so war er sich sicher, würde schon nichts Schlimmes mehr passieren. Ein angenehm kühles Lüftchen wehte ihm von Süden entgegen und mit Erleichterung entdeckte er ein paar kleine Wolken am Himmel.

»Aha«, murmelte er, »noch ein Problem weniger, wie es scheint!«

Und er setzte zum Heimflug an.

Leicht schwankend und sichtlich entkräftet flatterte er durch den Finsterwald, bis er in der Ferne seinen Turm aufragen sah. Snigg saß auf der Gartenmauer und blickte der Fledermaus gespannt entgegen.

»Stell mir jetzt bloß keine Fragen«, sagte Primus, während er an Snigg vorbeiflog. »Ich bin fix und fertig. Ich werde dir alles morgen erzählen.«

Als er durch das Dachfenster in sein Schlafzimmer geflogen kam, stand die Klappe von Bucklewhees Uhrenkasten immer noch offen. Der Vogel hatte den Kopf auf die Kante seines kleinen Fensters gelegt und blinzelte ihn im Halbschlaf an.

»Na, hattest du einen lustigen Ausflug?«, murmelte er. »Wann ziehen wir denn nun um?«

»Heute Nacht bestimmt nicht mehr«, erwiderte Primus. Dann steckte er den leuchtenden Stein in die Truhe und warf sich todmüde ins Bett.

Ein rätselhafter Spielzeugladen

Mit Erleichterung empfing das ganze Land am nächsten Morgen die kühle Brise, die von den Bleibergen aus nach Norden wehte. Endlich! In leuchtenden Farben erhob sich die Sonne und ließ die Nebelfelder im Morgentau funkeln. Zwar sah es nicht danach aus, als würde in den nächsten Tagen auch einmal Regen fallen, aber zumindest schien die Zeit der großen Hitze überstanden zu sein. Aus allen Richtungen konnte man das Aufatmen hören. Vogelgezwitscher drang durch die Luft, Libellen schwirrten umher und an den Bienenstöcken vor dem Turm brummte der Verkehr in lauten Tönen.

Snigg merkte von all dem Trubel rein gar nichts. Im Tiefschlaf lag er auf seinem Komposthaufen und wirbelte mit großen Atemstößen das Laub vor sich auf. Die letzte Nacht hatte ihm doch schwer zu schaffen gemacht. Zuerst die Sprünge durch das Gras, dann der Schlag mit der Fliegenklatsche und anschließend die Flucht zum Mondwassersee. Am meisten hatte ihn jedoch der Rückweg mitgenommen. Hechelnd hatte er sich zu guter Letzt noch den Hügel hinaufgeschleppt, bevor er kopfüber und mehr als müde ins Bett gefallen war. Aber geschadet hatte ihm die Bewegung nicht, ganz im Gegenteil. Snigg hatte wieder richtig Farbe bekommen und glänzte schon von weitem in einem gesunden Orange. Außerdem schien er gerade von etwas Leckerem zu träumen. Er brabbelte im Schlaf vor sich hin, wobei er mit einem zufriedenen Grinsen zu kichern begann. Von den Ästen des hohlen Baums fiel ab und zu ein Tautropfen auf ihn herunter und kullerte ihm in einer seiner Rillen übers Gesicht. Aber davon ließ er sich keineswegs stören. Er gab ein verträumtes Grunzen von sich und schlief weiter. Was waren denn schon ein paar Tautropfen im Vergleich zu den Anstrengungen der letzten Nacht?

Nun, zumindest waren sie nichts im Vergleich zu dem Schlag, den er kurz darauf verspürte, als eine dicke zusammengerollte Zeitung aus dem hohlen Baum herausgeflogen kam und mitten auf seinem Kopf landete. Snigg riss die Augen auf. Er hustete und blickte sich um. Neben ihm lag der *Zauberzirkel.*

Der Zauberzirkel war *das* renommierte Fachmagazin für Hexen, Zauberer und Druiden, welches einmal im Monat erschien und vom Kesselverlag in Hohenweis herausgegeben wurde. Der Kürbis grummelte verärgert. Glücklicherweise kam nur selten Post zum Turm, aber jedes Mal, *wenn* welche eintraf, dann merkte Snigg das unter dem hohlen Baum als Erster. Schließlich war dieser Baum der Postkasten vom Turm.

Das Unkrautland verfügte über ein ausgeklügeltes und weitestgehend einzigartiges Rohrpostsystem. Zugegeben, in den Städten und Dörfern war dieses System zwar nicht unbedingt notwendig, da sich dort die Post auch ganz normal mit Kutschen oder zu Fuß austragen ließ. Aber niemand konnte von einem Briefträger erwarten, dass er einfach so durch den Finsterwald spazierte, sich in die entlegenen Sumpfgebiete begab oder zwischen den Gebirgszügen herumkletterte. Viele Routen waren einfach zu unwegsam und zu gefährlich. Aus diesem Grund hatte die Regierung in Hohenweis vor einigen Jahrhunderten eine Rohrpost entwickelt, die über ein verzweigtes Netzwerk aus Baumwurzeln zu allen entlegenen Häusern und Höfen führte. Selbstverständlich hatte so etwas nur mit Hilfe der Hügelkobolde gebaut werden können, da diese über die größten Erfahrungen im Tunnelbau verfügten. Wahrscheinlich hatten die Kobolde für das Verlegen der Wurzelrohre ein Vermögen kassiert und machten seitdem mit der Rohrpflege ein noch viel größeres Geschäft. Denn sollte einmal ein Paket unter der Erde stecken bleiben, dann musste man selbst zusehen, wie man die Wucherpreise für den Wurzeldienst der Kobolde bezahlen konnte. Diese taten anschließend nicht viel mehr, als einen Haufen laufender Grasbüschel durch das Wurzelwerk zu schicken und dabei zuzuschauen, wie sie am anderen Ende wieder herauskamen. *Rohrputzen* nannten sie diesen Einsatz.

Es gab aber auch immer mal wieder Vorfälle, die sich weitaus schwieriger gestalteten und die man nicht so einfach mit einer Putztruppe von Grasbüscheln beheben konnte. In den östlichen Ausläufern der Bleiberge wollte zum Beispiel einmal ein Bauer während eines feuchten Frühlings seinen Hof erweitern und hatte dafür eine Ladung frischen Zement gekauft. Da ihm die Lieferung zu seinem Gehöft zu teuer gewesen war und die Zementsäcke leider nicht durch die Rohre gepasst hatten, hatte er das Zeugs einfach lose hineingeschüttet. Meilenweit mussten die Kobolde den harten Zement anschließend wieder aus den feuchten Rohrleitungen klopfen.

Hier am Turm hatte es in all der Zeit noch nie solche Probleme gegeben, weshalb sich Primus jeden Monat aufs Neue über sein Lieblingsmagazin freuen konnte. Das Schöne an diesem Heft war außerdem, dass er es niemals selbst bestellt und auch noch nie etwas dafür bezahlt hatte. Trotzdem traf es immer wieder pünktlich zum Monatsanfang bei ihm am Turm ein.

Der Zauberzirkel war voll mit spannenden Berichten über Geistervorkommnisse, Naturphänomene oder magische Utensilien. Vor allem die Gebrauchsanweisungen für Zaubersprüche fand Primus immer wieder sehr interessant. Zwar hatte er nicht viel mit Zauberei am Hut, aber er staunte stets aufs Neue darüber, was man alles mit ein bisschen Magie anstellen konnte.

Snigg hingegen konnte das Magazin überhaupt nicht leiden. Er nannte es *Weckprügel* und zuckte schon beim Namen *Zauberzirkel* zusammen. Besonders schmerzhaft waren die dicken Ausgaben, direkt nach den Zaubermessen. Kurzzeitig hatte er sogar schon darüber nachgedacht, seinen Komposthaufen zu verschieben, aber dafür war er wiederum viel zu faul. Gähnend blickte er nun zum Himmel und überlegte, wie spät es wohl war. Aus dem Fachwerkhaus vom Turm hörte er Primus schnarchen. Snigg hatte heute überhaupt keine Lust, sein Bett zu verlassen, wäre da nicht dieses Rumoren in seinem Bauch gewesen.

»Ich habe Hunger«, lallte er.

Verschlafen schnüffelte er auf dem Komposthaufen und wühlte unter dem Laub. Dort hoffte er, vielleicht noch ein paar alte Äpfel zu finden. Aber das Einzige, was er in seiner Matratze aufstöberte, war eine Horde dicker Raupen und Käfer. Er zog ein langes Gesicht, sofern das einem Kürbis überhaupt möglich ist, und fasste kurzerhand den Entschluss, sich nun doch auf richtige Futtersuche zu begeben. Allerdings sorgte schon der Sprung vom Komposthaufen für eine böse Überraschung.

»AAAH! Mein Hintern!«, brüllte er. »Das darf doch nicht wahr sein.«

Die gestrige Flucht hatte einen bemerkenswerten Muskelkater hinterlassen. Mit einem mitleiderregenden Gesichtsausdruck saß er auf dem Boden und dachte nach. Sollte er vielleicht doch wieder in sein Bett klettern? Der knurrende Magen ließ ihm aber keine Wahl: Er musste etwas zum Essen finden. Und zwar schnell.

Hoppelnd ging es vorwärts. Bei jedem seiner Hüpfer gab er ein leises Stöhnen von sich und schon nach kurzer Zeit tat ihm sein Hinterteil so weh, dass er von nun an versuchte beim Springen ein wenig seitlich aufzukommen. Sonderlich elegant sah das natürlich nicht aus, aber es war um einiges angenehmer. Auf diese Weise wackelte er durch das Gartentor und sprang den Distelpfad entlang.

Der Honig in den Bienenstöcken duftete, dass ihm das Wasser im Mund zusammenlief. Doch er wollte nicht einmal daran denken, sich etwas davon zu nehmen. Die Flucht vor einem Bienenschwarm würde in seiner heutigen Verfassung zwangsläufig zu einer Katastrophe führen. Wehmütig ging er von dannen. Weil er sich aber so eigenartig verrenken musste, dauerte es wesentlich länger als gewöhnlich, bis er endlich bei der Schneckenbachbrücke ankam, oder besser gesagt: bei dem, was noch von ihr übrig war.

»Wie sieht es denn hier aus?«, staunte er. »Das ist mir gestern gar nicht aufgefallen.«

Der Boden war übersät mit zersplittertem Holz. Das Brückengeländer hing bis zur Hälfte im Wasser, und zwischen den Schilfrohren, die allesamt niedergemäht waren, lagen reihenweise zerschlagene Bretter. Der Kürbis blies die Backen auf.

»Die beiden haben hier ja ganz schön gewütet«, brummte er. »Es würde mich brennend interessieren, was Primus und die Hexe gestern noch so alles kaputt gemacht haben.« Vorsichtig sprang er über die Brücke, bevor er sich weiter auf Futtersuche begab.

Snigg fraß vor allem Obst. *Fallobst* – um genauer zu sein. Dabei war es ihm ganz egal, ob das Obst von einem Baum heruntergefallen oder durch ein Küchenfenster hinausgeworfen worden war. Wichtig war lediglich, dass es auf dem Boden lag. Wie hätte er als Kürbis auch alleine Obst pflücken sollen? Er konnte allenfalls ein wenig nachhelfen, dass es herunterfiel.

Jetzt folgte er dem Distelpfad und machte bei jedem Gebüsch am Wegesrand halt, um nach Brombeeren oder etwas Ähnlichem zu suchen. Zu Anfang sah es aber ziemlich mager aus, weshalb er sich immer weiter nach Norden begab. Hier hatte er endlich Erfolg. Unter einer Eiche, nahe beim Schneckenbach, stand ein reich bewachsener Himbeerstrauch. Gewandt kroch er zwischen den Ästen hindurch, schlüpfte unter das Gebüsch und biss mit seinen Zähnen in den dicken Stängel. Dann rüttelte er so lange, bis die Beeren herunterfielen. Jetzt musste er sie nur noch von der Erde aufsammeln. Zwar waren sie zuckersüß, aber satt wurde er davon noch lange nicht. Schmatzend kam er unter dem Busch hervor und betrachtete noch einmal den Boden, um sicherzustellen, dass er auch keine Beeren übersehen hatte. Dann streckte er sich, so weit es nur ging, schielte in alle Richtungen und zog weiter.

Zwar fand er immer wieder die eine oder andere Kleinigkeit, aber sonderlich ergiebig war sein Ausflug bisher nicht gerade gewesen. Nach einiger Zeit verging ihm schließlich die Lust und er wackelte nur noch gelangweilt über den Pfad dahin. Vielleicht hätte er doch lieber an den Bienenstöcken naschen sollen?! Eines war sicher: Seinen Hintern hätten sie gewiss nicht schlimmer zurichten können. Irgendwann blieb er dann stehen und blickte sich um. Trotz seines Muskelkaters hatte er eine beachtliche Strecke zurückgelegt. Er war bis zum Ende der Nebelfelder gekommen und stand nun vor dem Rand des Finsterwaldes, der wie eine schwarze Wand vor ihm in die Höhe ragte. Hier befand sich auch jene Stelle, wo der Schneckenbach zwischen den Bäumen in den Wald hineinfloss. Allerdings verlief der Bach von nun an nicht mehr weiter neben dem Distelpfad her, sondern bog scharf nach Nordosten ab.

Snigg stand da und dachte nach. Sollte er auf dem Distelpfad bleiben, um im Wald nach etwas Essbarem zu suchen? Oder sollte er einfach umdrehen und zurück zum Turm springen? Die erste Möglichkeit verwarf er schnell. Nach der großen Hitze der vergangenen Tage würde er am Rand des Waldwegs bestimmt nur eklige Staubpilze finden. Aber nach Hause wollte er auch nicht. Dafür hatte er noch viel zu großen Hunger. Dann kam ihm plötzlich ein Gedanke: Was wäre, wenn er dem Bach durch das Unterholz folgen würde? Bisher war er zwar nie in dieser Gegend gewesen, aber eigentlich musste es im Unterholz neben einem plätschernden Bach doch jede Menge Sträucher geben. Wieder guter Dinge machte er sich auf den Weg.

Zuerst ging es noch locker an der Uferböschung entlang. Aber schon nach wenigen Sprüngen stellte sich heraus, dass er sich diesen Spaziergang wohl ein bisschen zu einfach vorgestellt hatte. In engen Kurven und an Felsen vorbei schlängelte sich der Schneckenbach durch das Dickicht. Dabei wurde es Stück für Stück dunkler. Allerdings waren es nicht nur die hohen Bäume, die hier dem Sonnenlicht den Weg versperrten. Dicke Wurzeln ragten aus dem Boden und überspannten den Schneckenbach in weiten Bögen. Snigg hatte mittlerweile seinen Muskelkater vergessen und nur noch Essen im Sinn. Der Hunger verhalf dem dicken Kürbis zu sportlichen Höchstleistungen. Im Halbdunklen sprang er von einem Stein zum nächsten, schlüpfte unter Wurzeln oder umgefallenen Bäumen hindurch und zog unter all den Strapazen eine Fahne klebriger Spinnweben hinter sich her. Überall gab es Mückenschwärme, die ihm in den Mund flogen, oder Schneckenschleim, auf dem er ausrutschte. Pilze wuchsen zwischen den Steinen, wie er sie noch nie gesehen hatte. Ihre Schirme waren größer als Suppenteller und schmeckten trotz seines Hungers abscheulich. Doch nach einiger Zeit lichtete sich schließlich der Wald und dichtes grünes Gras tauchte vor ihm auf.

Snigg verschnaufte. Er schüttelte sich die Spinnweben vom Kopf und spuckte die letzten Mücken aus. So eine friedliche Lichtung hatte er hier im Wald bestimmt nicht vermutet. Die Sonne blinzelte durch die Blätter und strahlte in hellen Bahnen auf die Wiese. Doch Augenblick, was war das? Snigg riss die Augen auf. Mitten auf der Lichtung stand ein kleiner Pfirsichbaum, der schon dicke Früchte trug. Snigg verlor keine Zeit. Er hüpfte um den Baum herum und begann sofort nach abgefallenen Pfirsichen zu suchen. Aber leider vergeblich. Er konnte nirgendwo auf dem Boden etwas entdecken. Allerdings hingen dafür umso mehr schmackhafte Früchte ganz oben in der Baumkrone.

Der Kürbis setzte zum Sprung an. Wie ein dicker Ball prallte er gegen den Baum, der leicht zurückfederte. Energisch sprang er weiter, woraufhin das Bäumchen immer stärker hin- und herwippte. Nach kurzer Zeit prasselten auch schon die ersten Pfirsiche herunter, über die sich Snigg wie ein Wildgewordener hermachte. Seine Laune hatte sich schon wieder stark verbessert, wenngleich er immer noch hungrig war. Er schüttelte das Bäumchen erneut, doch diesmal ohne Erfolg.

»Soll das vielleicht schon alles gewesen sein?«, knurrte er. »Na, das wollen wir doch mal sehen.«

Er nahm ein klein wenig Abstand und blickte in die Baumkrone. Tatsächlich! Ganz oben im höchsten Wipfel hingen ausgerechnet die größten Pfirsiche und leuchteten im Sonnenlicht.

»Wartet nur«, sagte er, »euch hol ich mir.« Und er setzte zum Sprung an.

Mit ganzer Kraft knallte er so lange gegen das Bäumchen, bis dieses regelrecht zu wedeln begann. Pfeifend sausten die Pfirsiche daraufhin durch die Luft. Snigg stand der Mund weit offen, als die herrlichen Früchte über seinen Kopf durch die Lichtung flogen. Platschend landeten sie hinter ihm im Bach.

»NEIN!«, rief er. »NICHT! Hiergeblieben!«

Er sprang zum Ufer, wo er zusehen musste, wie die Pfirsiche vom Wasser weggetragen wurden.

»Das darf doch nicht wahr sein«, jammerte er. »Da schwimmt mein hart verdientes Essen davon!«

Verzweifelt versuchte er den Früchten hinterherzuhüpfen, aber aus irgendeinem Grund wurde der Bach nun immer schmaler und schneller. Hechelnd ging es durch das dichte Gehölz.

»Ich kriege euch schon noch«, schnaufte er. »Gleich hab ich euch.«

Und tatsächlich, es sah ganz danach aus, als würde er Recht behalten. Snigg hatte die schwimmenden Pfirsiche eingeholt und konnte von der Uferböschung auf sie hinabsehen. Aber nun wurde ihm auch klar, warum der schmale Bach hier mit so einer Geschwindigkeit durch den Wald floss. In kurzer Entfernung öffnete sich der Boden zu einem schwarzen Erdspalt, in den sich das Gewässer mit lautem Getöse ergoss. Snigg sprang von links nach rechts, überholte die Pfirsiche und warf sich ins Wasser, dass es nur so spritzte. Volltreffer! Zwei der Früchte hatte er geschnappt. Doch leider blieb ihm keine Zeit, sie zu essen. Augenblicklich wurde er von der Strömung erfasst und mitgerissen.

Mit entsetztem Gesicht trieb er immer schneller und schneller dahin. Schaukelnd zog es ihn auf den Erdspalt zu. Es drehte ihn in alle Richtungen, dass er bald nicht mehr wusste, wo oben und unten war. Sein Aufschrei wurde von einem Wasserschwall erstickt und endete in einem kreischenden Gurgeln, als er frontal gegen einen der Felsbrocken stieß. Doch dieser Felsen war seine Rettung. Jetzt musste er springen, dachte er. Ganz egal in welche Richtung – er hatte ja sowieso keine Orientierung mehr. Nur raus aus dem Bach! Snigg sprang in die Höhe, überschlug sich und landete krachend auf einem Stein. Neben ihm stürzte der Bach in die Tiefe.

Kopfüber lag er da und rang nach Luft. Er hörte sich an wie Bucklewhees quietschendes Scherengitter, als er mit den Pfirsichen im Mund zu atmen versuchte. Langsam fing er an zu kauen, schluckte die Stücke hinunter und spuckte die Kerne in hohem Bogen aus.

»Hhhhhh, hhhhhh, also die … hhhhhh … waren jetzt … aber wirklich köstlich«, hechelte er.

Nach einiger Zeit raffte er sich auf. Er rutschte zur Kante des Felsens und blickte in den Spalt. Das Wasser fiel etwa dreißig Fuß senkrecht nach unten, wo es spritzend auf einem Felsvorsprung auftraf. Hier schwammen auch die restlichen Pfirsiche, die er nicht mehr hatte retten können. Aber damit nicht genug! Mit Verwunderung entdeckte er eine große Anzahl alter Eisenbügel, die verrostet in der Steinwand steckten. Wie eine Leiter führten diese zum Felsvorsprung hinunter. Der besagte Vorsprung war nicht viel mehr als ein kleines Podest, von dessen Rand aus das Wasser weiter in die Tiefe stürzte.

Snigg beugte sich vor. Da unten war doch *noch* etwas oder täuschte er sich?! Denn genau an jener Stelle, wo die Eisenbügel endeten, schien sich eine kleine Höhle zu befinden. Oder war es gar ein Gang, der ins Innere des Felsens führte? Genau konnte er es nicht erkennen.

Traurig musste er zusehen, wie seine Pfirsiche von einem Strudel erfasst wurden und über die Kante des Vorsprungs nach unten sausten. Sie wurden immer kleiner, bis sie in der Dunkelheit verschwanden. Wie tief sie fielen, das konnte Snigg nicht sehen, und was dort unten in der Finsternis lag, erst recht nicht.

Primus schlief zu dieser Zeit noch immer tief und fest. Von allen Beteiligten hatte ihn die Hetzjagd in der letzten Nacht am meisten mitgenommen. Von draußen schien die Sonne herein und strahlte durch das Dachfenster auf sein Bett. Eingerollt lag er unter der karierten Decke, die sich bei seinen Atemzügen langsam hob und senkte. Ein Zucken ging durch seinen Körper, gefolgt von einem tiefen Seufzen. Primus träumte.

Es war ein seltsamer Traum, fremdartig und dennoch so vertraut. Es war einer jener Träume, bei welchen man denkt, man würde sie schon kennen und die man offenbar nicht zum ersten Mal durchlebt. Primus drehte sich auf die Seite und vergrub den Kopf im Kissen.

Im Traum blickte er über die weiten Nebelfelder, die vor seinen Augen im Licht einer Sommernacht lagen. Der Vollmond thronte über den Hügeln und mit seinen weißen Gipfeln erhob sich in der Ferne das schneebedeckte Bleigebirge. Leichten Fußes schritt Primus durch das Gras. Blütensamen tanzten in der Luft und ein warmer Windhauch streifte über seine Haut. Dann drehte er sich um. Auf seinem schlafenden Gesicht zeichnete sich ein Lächeln ab, als er im Traum seinen Turm erblickte. Prächtig stand dieser im Mondlicht und beinahe wirkte er so, als hätte man ihn erst vor wenigen Jahren erbaut. Der Putz zwischen dem Fachwerk erstrahlte in hellem Weiß, das Dach war gedeckt und alle Mauern waren frei von Moos.

Primus sah an seinem Körper herab. Seine Schuhe glänzten wie frisch poliert und auch seine Kleider waren sauber gebügelt. In Freude schritt er auf den Hügel zu und blickte zum Turm empor. Doch was war das? Er war nicht allein! Dort oben schien jemand auf ihn zu warten. Im Schatten neben der Eingangstür stand ein alter Mann. Gebückt stützte er sich auf einen Stock und winkte zu Primus hinunter. Ein Gefühl der Vertrautheit breitete sich in ihm aus. Primus hob den Arm und winkte zurück. Dann begann er zu laufen. Er hatte den Hügel fast erreicht, als er plötzlich ein helles Klingeln vernahm. Gebannt blieb er stehen. Es hörte sich an wie das Klingeln von Glöckchen oder kleinen Schellen. Mit Unbehagen drehte er sich um.

Der Mond stand jetzt um einiges tiefer über den Feldern und war weitaus größer als jemals zuvor. Primus schärfte seinen Blick. Da hinten schien sich etwas zu bewegen – eine kleine Gestalt, die über die Hügel sprang. Mit spindeldürren Beinen und einer Narrenkappe auf dem Kopf hüpfte sie wie eine Gämse umher. Hoch und runter, hin und her und Stück für Stück immer näher auf Primus zu. Wer mochte das sein? – schoss es ihm durch den Kopf. Primus blickte über die Schulter zum Turm. Der alte Mann war verschwunden, wie vom Erdboden verschluckt. Sofort schaute Primus zurück nach Süden und bemerkte, dass der hüpfende Narr schon sehr viel näher gekommen war. Eines wurde ihm plötzlich klar: Wer auch immer das war, dieses Kerlchen verhieß mit Sicherheit nichts Gutes!

Gespenstisch wirbelten die dünnen Beinchen herum, wenn der kleine Wicht in hohem Bogen durch die Luft sprang. Alles an ihm war schmutzig und zerschlissen. Er trug braune Strumpfhosen, spitze Stoffschuhe und ein altes, dreckiges Hemd. An seinem Wams hing eine Kappe, an der zwei lange, krumm abstehende Zipfel mit Messingglöckchen baumelten. Doch solche Glöckchen hingen auch an einem Strick, den der Bursche als Gürtel um den Bauch gewickelt hatte. Primus wich zurück. Mit feurigen Augen und gelben Zähnen grinste der Kleine ihn an. Primus wollte weglaufen, aber seine Füße waren mit einem Mal so schwer, dass er sich kaum noch von der Stelle bewegen konnte. Immer näher kam der Narr und immer böser wirkte sein Gesicht. In Panik schaute Primus sich um, doch da stand der Narr auch schon hinter ihm. Entsetzt blickte er in das weiß geschminkte Gesicht, das zu einer grinsenden Fratze verzerrt war. Mit seinen dürren Fingern griff er nach Primus und packte ihn an den

Schultern. Dieser setzte zu einem gellenden Aufschrei an und riss die Augen auf.

Aber damit wurde es nicht besser! Denn das Erste, was er nach seinem Erwachen sah, war Bucklewhees aufgerissener Schnabel:

»Aaaaauuuufstehen!«, brüllte er Primus ins Gesicht.

Dem blieb vor Schreck die Luft weg. Er wusste überhaupt nicht, wie ihm geschah. Ängstlich schaute er sich zu allen Seiten um, wobei er mit Erleichterung feststellte nur geträumt zu haben.

Dann kam er langsam wieder zu Atem. Er strich sich die schweißnassen Haare aus dem Gesicht und blickte abwesend auf sein Kopfkissen. Was zum Kuckuck war denn das? Saß dort etwa Bucklewhee? Tatsächlich, nicht zu fassen! Und der Vogel grinste ihn auch noch an.

»Darf ich fragen, was du hier in meinem Bett machst?«, rief er. »Raus mit dir, aber sofort!«

Er packte das Kopfkissen und schüttelte es aus. Gackernd sprang Bucklewhee durchs Zimmer.

»Wie spät ist es überhaupt?«, murrte Primus.

Bucklewhee setzte sich auf seine Stange. »Es ist schon Mittag«, antwortete er. »Wenn du heute Nacht wieder um die Häuser fliegen willst, dann solltest du jetzt besser aufstehen und dich vielleicht später noch einmal hinlegen. Du wirst dich dann bestimmt viel besser fühlen.« Damit klappte das Scherengitter ein und Bucklewhee verschwand im Uhrenkasten.

Primus rieb sich die Augen. »Na, das hat mir gerade noch gefehlt«, brummte er. »Jetzt umsorgt er mich auch noch.«

In diesem Moment sprang die Klappe ein zweites Mal auf.

Lässig lehnte sich Bucklewhee über die Kante und zwinkerte mit den Augen. »Ich weiß übrigens etwas«, sagte er wichtigtuerisch.

»Kann nicht mehr lange dauern, dann weiß ich es auch«, murmelte Primus.

»Der Zauberzirkel ist da«, kam es wie erwartet. »Die Zeitung liegt unten auf dem Komposthaufen.«

»Ach ja?« Primus sprang aus dem Bett, verwandelte sich und flog ins Kaminzimmer. »Fürwahr«, rief er, als er aus dem Fenster sah. »Und ein Wetterchen ist das heute wieder einmal.«

Er segelte zum Komposthaufen. Im Flug schnappte er sich die Zeitung und kehrte sofort wieder ins Kaminzimmer zurück. Nachdem er alle Fenster im Raum aufgeklappt hatte, schnaufte er tief durch. Daraufhin schaute er noch einmal in den Garten.

»Wo ist denn Snigg geblieben?«, rief er zu Bucklewhee hinauf.

»Wahrscheinlich auf Futtersuche«, kam es von oben zurück.

Primus nickte und ging zum Sessel vor dem Kamin. Er lümmelte sich entspannt hinein, legte die Füße auf den Tisch und fing an in der Zeitung zu blättern.

Erfolgreiche Vampirfalle in Klettenheim stand auf der Titelseite.

»Also, wenn die mit dem Vampir etwa *mich* meinen, dann war die Falle alles andere als erfolgreich.«

Sichtlich amüsiert las er den Artikel. Darin wurde er als furchterregender, riesig großer, geflügelter Blutsauger beschrieben, den die Klettenheimer mit einer streng geheimen Erfindung verscheucht hatten.

»Streng geheime Erfindung, dass ich nicht lache! Das war eine lächerliche Schneeschaufel und sonst nichts.«

Er blätterte weiter. Der Zauberzirkel war diesmal besonders dick und prall gefüllt mit interessanten Neuigkeiten. Es gab einen Bericht über zwei Alchemisten, die ein neues Schießpulver entdeckt hatten und derzeit im Hospital von Hohenweis versorgt wurden. Außerdem standen tolle Spukgeschichten darin. Am Ostrand des Finsterwaldes klagte eine Familie über einen aufdringlichen Poltergeist, der inzwischen nicht nur sein eigenes Zimmer im Haus beanspruchte, sondern jetzt sogar schon seine Freunde einlud und mit ihnen rauschende Feste feierte. Primus schmunzelte.

Doch plötzlich fiel aus der Zeitung ein kleines, buntes Reklameblatt heraus, auf dem viele Bauklötze, Bälle und Puppen abgebildet waren.

»PLIMS SPIELZEUGLADEN«, las er. »Wer in aller Welt ist denn *Plim*?« Er drehte den Zettel um und betrachtete staunend den Reklametext.

Soll Ihr Kind am Festtag bocken,
so schenket Mützen und warme Socken.
Doch freudig tanzt das Kleine dahin,
wenn es Spielzeug findet von Miss Plim.

Plims Spielzeugladen
Tannenstumpf 1 am Kräutersteig
Finsterwald

»Wo kommt die denn auf einmal her?«, fragte er. »Von der habe ich ja noch nie etwas gehört.«

Er zerknüllte den Werbezettel und warf ihn geradewegs in

den Kamin. Dann las er weiter. Nach einigen Seiten stolperte er über einen Artikel, der von seltsamen wandernden Lichterketten im Wald berichtete. Primus rümpfte die Nase. Er setzte sich aufrecht hin, bevor er sich mit größter Aufmerksamkeit über den Artikel beugte. Das Bemerkenswerte war, dass die Lichter allesamt in der Nähe eines großen Steinquaders verschwunden waren, der östlich der Wegkreuzung im Finsterwald stand. Nach seinen eigenen Beobachtungen der letzten Nacht war ihm sofort klar, dass hier von Hügelkobolden die Rede war. Und wenn diese Kobolde zuletzt bei dem besagten Stein gesehen worden waren, dann musste sich wohl oder übel genau dort eine der geheimen Türen befinden.

Den Stein kannte er nur allzu gut und dieser würde bestimmt nicht so leicht zu verwechseln sein wie die Hügel von gestern Nacht.

»Ich komme gleich zurück«, rief er und schwang sich aus dem Fenster.

Die Luft roch angenehm frisch. Primus war richtig gut gelaunt und flog dicht über dem Schneckenbach nach Norden. Kurz vor dem Waldrand zog er nach oben, bevor es in den Wald hineinging. Nur wenige Minuten später kam er zu der Kreuzung mit dem Wegweiser. Wie gewöhnlich gab er ihm einen kräftigen Stoß, verdrehte die Schilder und bog dann scharf nach Osten ab. Von nun an folgte er dem Kräutersteig, einer Querverbindung, die bis in die Hauptstadt führte. Aber so weit musste er gar nicht fliegen, denn der gesuchte Steinquader befand sich hier ganz in der Nähe. Nach einer Reihe mächtiger Eichen erreichte er einen kleinen Hügel, der neben dem Wegesrand in einer Lichtung lag. An diesem besagten Hügel lehnte der Quader, umringt von hohen Dornenbüschen.

»So«, sagte Primus, »da wären wir. Jetzt gilt es nur noch, die Tür zu finden.«

Er verwandelte sich in seine menschliche Gestalt und betrachtete mit prüfendem Blick den großen Stein. Aber leider war von einer Tür nicht die geringste Spur zu sehen. Der Steinblock war doppelt so hoch wie Primus selbst, rechteckig gehauen und verhältnismäßig glatt geschliffen. Primus trat ganz nahe an den Quader heran und tastete ihn neugierig ab. Jede einzelne Ritze betrachtete er aus nächster Nähe, so dass er diese schon fast mit seiner Nase berührte. Doch finden konnte er nichts. Er presste sein Ohr gegen den Stein, um zu lauschen. Aber das Einzige, was er hörte, waren ein Specht und ein Kuckuck irgendwo in den Bäumen. Grimmig verschränkte er die Arme. Dann lehnte er sich rücklings gegen den Stein.

»Ich möchte wissen, wie diese Burschen das anstellen. Es muss da irgendeinen Trick geben.«

Er wechselte erneut die Gestalt und flatterte zur Oberseite des Steins. Allerdings war auch hier nichts weiter zu finden. Enttäuscht setzte er sich auf die Vorderkante und ließ seine Flügel baumeln.

Dann hielt er die Luft an. Von irgendwoher drangen Geräusche an sein Ohr. Sie kamen von der Wegkreuzung. Knackend näherten sich Schritte und das Geplapper von mindestens drei Personen war zu hören. Konnten das womöglich die Kobolde sein? Primus biss die Zähne zusammen. Wenn ja, dann würden sie vielleicht unter ihm den Stein öffnen?! Er breitete seine Flügel aus und legte sich ganz flach auf die Oberseite des Quaders, um von unten nicht gesehen zu werden. Vorsichtig lugte er zum Weg.

Die Schritte kamen näher.

Wenige Sekunden später war es so weit. Von seinem Versteck aus konnte er drei kleine Gestalten erkennen. Primus triumphierte. Allerdings war seine Freude nur von kurzer Dauer, denn Kobolde waren das leider nicht. Es handelte sich lediglich um drei kleine Kinder, die über den Kräutersteig spazierten und laut aufeinander einredeten.

Für Primus schien das äußerst ungewöhnlich. Zwar liebte er es, Leute zu erschrecken, aber Kinder zu ärgern war nicht gerade seine Art. Vielmehr empfand er es als ausgesprochen seltsam, dass kleine Kinder einfach so im Finsterwald herumliefen. Selbst die Erwachsenen hatten viel zu viel Angst vor dem Wald und blieben immer ängstlich am Waldrand stehen. Die drei Kleinen mussten etwas Besonderes vorhaben, wenn sie sich in dieser Gegend herumtrieben. Eifrig plauderten sie miteinander und achteten weder auf die gespenstischen Bäume noch auf die unheimlichen Geräusche des Waldes.

»Ich kann sehr wohl mit Pfeil und Bogen schießen«, sagte das Mädchen zu dem größeren der beiden Jungen.

»Stimmt«, antwortete dieser abfällig. »Schießen kannst du vielleicht, aber treffen tust du nicht.« Und er fügte lachend hinzu: »Mädchen kriegen bei Miss Plim sowieso kein Spielzeug. Die hat nur Sachen für Jungs.«

»Das stimmt überhaupt nicht«, schrie die Kleine.

Der andere Junge klopfte ihr auf die Schulter. Er sah ihr sehr ähnlich und war offensichtlich ihr Bruder. »Lass dich nicht ärgern, Tinchen«, beruhigte er sie. »Irgendwas finden wir auch für dich.«

»Da wäre ich mir nicht so sicher«, lachte der andere.

»DU BIST GEMEIN!«, brüllte die Kleine. »Wenn du

nicht bald aufhörst, dann kommst du zum Teufel in die Schwarze Hütte!«

Die Kinder zankten weiter, bis sie hinter der nächsten Wegbiegung verschwunden waren. Primus lag noch immer regungslos auf dem Stein. Das Interesse an der versteckten Tür hatte er inzwischen verloren. Viel spannender fand er nun eine andere Sache, und zwar: diesen seltsamen Spielzeugladen von einer gewissen Miss Plim!

Er schwang sich vom Stein und flog den Kindern hinterher. Ihr Geschnatter war kaum zu überhören. Unbemerkt sauste er über die kleine Truppe hinweg und flatterte ganz gemütlich den Kräutersteig entlang.

Der Kräutersteig war ein wenig breiter als der Distelpfad und verlief durch dichten Nadelwald. Überall lagen Tannen- oder Fichtenzapfen auf dem Boden, der zudem knöcheltief mit Nadeln übersät war. Das Sonnenlicht blinzelte durch die Bäume, wodurch der Finsterwald schon fast ein wenig freundlich wirkte. Nach einem beachtlichen Stück Weg kam Primus schließlich zu einer Abzweigung, an der ein hölzernes Schild stand:

ZUM SPIELZEUGLADEN – Bitte rechts abbiegen

Er bog um die Kurve und flog einen kerzengeraden Weg zwischen dunklen Tannen hindurch. Am Ende angelangt öffnete sich der Wald zu einer mit Gras bewachsenen Lichtung, auf der ein winziges Häuschen im Sonnenschein stand. Das Grundstück war von einem Bretterzaun umgeben, von dessen Gartentor ein Trampelpfad zur Haustür führte.

»Und das hier soll ein Spielzeugladen sein?!«, spöttelte

Primus. »Das sieht mir eher wie ein Hexenhaus mit Gemüsegarten aus.«

Das Häuschen hatte eine bauchige Form, Fenster mit Butzenglas und ein buschiges gelbes Strohdach. Eine Rauchfahne stieg aus dem Kamin, auf dem ein verlassenes Storchennest lag. Auf den ersten Blick sah diese Hütte überaus einladend und gemütlich aus. Seitlich am Haus befand sich ein Anbau mit einem riesigen kreisrunden Fenster. Eine Messingglocke hing neben der Tür und über dieser ein Schild mit der Aufschrift:

PLIMS SPIELZEUGLADEN

Primus flatterte über den Lattenzaun und schaute sich neugierig um. Überall standen Gartengeräte, Blumentöpfe oder Pflanzentröge mit allen möglichen Gewächsen. Mitten im Salatbeet entdeckte er neben einigen Bohnenstangen eine lächelnde Vogelscheuche, die verträumt in den Himmel blickte. Bei näherer Betrachtung merkte er jedoch schon bald, dass diese Vogelscheuche äußerst lebendig war, da sie leise ein Lied trällerte und dabei mit dem Kopf wippte. Sie trug ein helles Leinenhemd und einen Lederhut. Mit ihren großen braunen Knopfaugen sah diese Vogelscheuche allerdings keineswegs zum Fürchten aus.

»Vor der hat doch nicht einmal ein junger Spatz Angst«, lachte er und flog weiter zum Haus.

Vor der Eingangstür entdeckte er einen Brunnen mit einer Kurbelwinde und etwas weiter weg im Gebüsch einen hohlen, morschen Baumstamm. Zweifellos gehörte auch dieser zur Wurzelpost. Im Großen und Ganzen gab es hier aber nichts, was ungewöhnlich erschien.

Primus wollte gerade wieder zum Wald zurückfliegen, als plötzlich die Tür aufging. Fast wäre ihm das Herz stehengeblieben! Wie von der Tarantel gestochen bog er um die nächste Mauerecke, wo er in einem kleinen Kräuterbeet landete. Er presste seine Flügel an die Wand und schielte um die Hausecke. Fröhlich summend lief eine junge Frau mit silberweißen langen Haaren durch den Garten und tänzelte auf das Gemüsebeet zu. Sie trug viel zu große Filzschlappen und ein langes ärmelloses Sommerkleid. Primus klappte der Kiefer runter.

»Das ist ja die Wahnsinnige von gestern Nacht«, flüsterte er. »Der Schlag mit der Schneeschaufel kann ja nicht allzu schlimm gewesen sein, so vergnügt, wie die heute schon wieder durch den Garten hüpft.«

Miss Plim bückte sich und schnitt mit einer Schere ein wenig Schnittlauch ab. Dann huschte sie wieder zum Haus zurück. Primus wandte sich dem Kräuterbeet zu. Was sollte er jetzt wohl machen? Er blickte grübelnd und mit leeren Augen auf ein kleines Schild, das vor ihm in der Erde steckte. Nach einer Weile verschärfte sich sein Blick, wobei er lautlos die Aufschrift las – *Teufelspfeffer.*

Er blickte sich um und betrachtete das Beet, in dem er gerade saß. Überall steckten Schilder mit Namen von Zauberkräutern und zu allen Seiten quoll das Zeug aus der Erde. Da gab es Drachenstängel, Geisterwurz oder Ginsterbusch. Höllendorn, Seifenklette, Riesenzahn und viele andere. Primus hob den Kopf. Nebenan waren mindestens noch sieben weitere Beete voller Zauberkräuter, die Miss Plim hinter ihrem Haus versteckt hatte. Primus flatterte über die Pflanzen und schaute sich die Namen an:

»Dünkelblatt, Hexenfarn, Nachtfeder. Das ist ja unglaublich! Welche Art von Spielzeug stellt die eigentlich her, möchte ich wissen?«

Mit jenem Gedanken flog er zur Eingangstür, die im oberen Bereich ein kleines vergittertes Fenster besaß. Durch dieses versuchte er ins Haus zu sehen. Doch leider konnte Primus durch das gelbe Butzenglas nur verschwommen etwas erkennen. Undeutlich zeichnete sich ein kleiner Vorraum ab, an dessen Seiten, wie ihm schien, ein paar Regale standen. Primus drückte seine Nase dichter an das Glas. An der Wand gegenüber musste sich wohl eine Tür oder zumindest so etwas wie ein Vorhang befinden. Genau konnte er es nicht sehen. Auf jeden Fall gab es dort einen Durchgang zu einem weiteren Raum, so viel stand fest. Primus ließ das Gitter los und flatterte ums Haus. Seitlich am Anbau gab es ja noch das große, runde Fenster, fiel es ihm ein. Durch dieses konnte er gewiss viel mehr erkennen.

Wieder ging es am Garten vorbei. Primus freute sich mächtig, als er auf dem Fensterbrett in Position ging. Tatsächlich hatte er von hier aus einen ausgezeichneten Überblick über das gesamte Innere des Ladens. Langsam ließ er seinen Blick von links nach rechts durch den Innenraum wandern. Das Haus bestand lediglich aus einem einzigen großen Zimmer, das komplett bis unter das Dach reichte. Nur gegenüber der Eingangstür war eine Trennwand eingezogen, hinter der sich wohl der kleine Vorraum befand. Genau wie er erwartet hatte, gab es in dieser Trennwand auch einen Durchgang, in dem ein dicker weinroter Vorhang hing. Wahrscheinlich war der kleine Vorraum das Verkaufszimmer, während dieser Raum hier allem Anschein nach die Werkstatt darstellte. Und eines musste man wirklich zugeben: Diese Werkstatt war in einem unglaublich vorbildlichen Zustand!

Jeder Kunde, der sich vom Kräutersteig her dem Spielzeugladen näherte und durch das große Fenster sah, musste beim Anblick einer solchen Werkstatt sofort auf eine ausgezeichnete Qualität der Ware schließen. Der gesamte Innenraum war penibel aufgeräumt und sauber geputzt. Kein einziges Staubkörnchen war auf den Möbeln zu sehen und der Fußboden war spiegelglatt gewischt und poliert. An den Wänden hingen, fein säuberlich der Größe nach geordnet, Holzhämmer, kleine Feilen oder Stemmeisen aus blitzblankem Metall. Auf einem Tisch, vor einer schmucken Nähmaschine, lagen ausgebreitete Stoffbahnen aus prächtig funkelnder Seide. Viele Päckchen mit bunten Schleifen türmten sich neben einem Sessel, in dem Miss Plim saß und lächelnd in einem Buch las. *Jauchzende Kinderherzen* war der Titel.

»Das ist ja ein rührender Anblick«, sagte Primus abfällig. »Und so schön aufgeräumt hat sie, die nette Miss Plim. Gestern jagt sie mich noch hupend auf ihrem stinkenden Motorbesen durch den Wald und heute scheint sie beinahe ein Engel zu sein.«

Primus fiel allerdings auf, dass sich Miss Plim offenbar in Sekundenschnelle umgezogen haben musste. Schließlich war sie vor einigen Augenblicken noch in einem blauen Kleid durch den Garten gelaufen und jetzt saß sie hier in einem rosaroten Abendkostüm. Misstrauisch spähte er durch die Scheibe. Doch sosehr er sich auch anstrengte, er konnte nichts Ungewöhnliches entdecken. Plötzlich aber drang ein Poltern aus dem Inneren des Hauses und lautes Fluchen war zu hören.

»SCHLICK UND SCHLABBER!«, schallte es aus der Werkstatt. »Du blödes Ding, willst du wohl endlich aufgehen?!«

Primus zog verdutzt die Nase hoch. Wo um alles in der Welt kam das Geschrei her? Außer Miss Plim hatte er doch niemanden in der Hütte gesehen. Er kniff die Augen zusammen und starrte durch das Fenster. Hatte er sich etwa getäuscht? Nein, dachte er, da war sonst niemand. Aber irgendwer musste diesen Lärm doch gemacht haben. Miss Plim konnte es nicht gewesen sein, denn schließlich saß diese noch immer lächelnd im Stuhl und las in ihrem Buch. Seltsam erschien ihm auch das Scheppern. Denn sollte im Haus etwas heruntergefallen sein, dann hätte er es mit Sicherheit vom Fensterbrett aus sehen müssen.

Doch da knallte es schon wieder und auch das Fluchen ging weiter.

»ZUM TEUFEL, JETZT REICHT'S MIR ABER«, kam es von drinnen.

Schnell flog er zurück zur Eingangstür. Dort blickte er noch einmal durch das kleine Fenster in den Vorraum. Umsonst. Er konnte keine Menschenseele erkennen.

Wieder rumpelte es.

Jetzt war sich Primus vollkommen sicher: Nebenan musste jemand in der Werkstatt toben. Wie der Blitz hastete er vor zum großen Fenster und presste sich gegen die Scheibe – aber vergeblich. Dann kam ihm langsam ein Verdacht. Gab es hier am Haus vielleicht noch ein *anderes* Fenster? Möglich wäre es ja …

Sofort begab er sich auf die Suche.

Und mit Erfolg! An der Rückseite des Ladens entdeckte er ein verborgenes Fenster, das man vom Weg aus nicht hatte einsehen können. Primus heftete sich an die Scheibe und blickte schmunzelnd hindurch. Genau das hatte er erwartet. Durch dieses Fenster sah das Innere der Hütte komplett anders aus – und von einer ordentlichen Werkstatt konnte wahrlich nicht mehr die Rede sein.

Aber das war noch lange nicht alles: In diesem Haus befand sich keineswegs eine nette Manufaktur für Kinderspielzeug, sondern eine brodelnde, dampfende Hexenküche! Auf einem Sockel in der Mitte des Raums stand ein riesiger Kessel, in dem eine grünliche Brühe blubberte. Darüber klaffte ein Rauchabzug, von dessen Seiten büschelweise getrocknete Wurzeln hingen. Einmachgläser stapelten sich in den Regalen voller Pulver, Salben oder schillernder Pasten. Der blitzblanke Boden aber, den Primus zuvor durch das große Fenster gesehen hatte, war wohl der größte Scherz, den sich hier jemand erlaubte. In Wirklichkeit konnte man in dieser Hütte keinen Schritt mehr tun, ohne über irgendwelche alten Kochtöpfe, Pfannen oder rostige Schüsseln zu stolpern. Neben dem Fenster, an dem Primus hing, stand ein Holzregal mit Einmachgläsern, deren Aufschriften er lesen konnte. Da gab es ein Glas mit Mottenstaub, eines mit Schneckenschleim und eines mit Quallenschenkeln. Zerstoßene Fliegenpilze, rostige Nägel, zerbröselte Fischschuppen, getrocknete Tollkirschen und vieles, vieles mehr. Aus einem der Gläser blickte ihn der Inhalt sogar an. Zwei dicke Kröten saßen darin und unterhielten sich allem Anschein nach gerade über ihn.

Der ganze Raum erhob sich bis unters Dach und hatte nur über dem Vorraum einen winzigen Dachboden. Zu diesem gelangte man über eine Holztreppe, die um den Kamin herumführte und an deren Ende Primus ein hellblau geblümtes Himmelbett stehen sah. Ein paar Wäscheleinen spannten sich durch das Dach, an denen, neben einer Menge bunter Wollsocken, vor allem haufenweise Giftpflanzen zum

Trocknen aufgehängt waren. Schließlich erkannte Primus auch das große Fenster, durch das er noch vor wenigen Minuten eine streberhaft vorbildliche Werkstatt gesehen hatte. Plim benutzte offenbar einen Fensterzauber – und einen ziemlich raffinierten obendrein.

Vor vielen Jahren hatte Primus einmal im Zauberzirkel über diese Art von Magie gelesen, aber er hätte sich niemals träumen lassen, dass man damit jemanden so gut hinters Licht führen konnte. Die Betrachter sahen von außen völlig andere Dinge als die, die sich tatsächlich im Inneren des Hauses abspielten. In diesem Fall saß Miss Plim auch nicht lächelnd in ihrem Sessel, sondern stand gebückt mit einer zerdrückten Blechdose zwischen den Knien vor der Feuerstelle. Wütend versuchte sie diese mit einem alten Büchsenöffner aufzubekommen.

Miss Plim war erstaunlich hübsch und wesentlich jünger, als Primus anfangs angenommen hatte. Sie war hochgewachsen und ausgesprochen schlank. Geschminkt war sie genauso, wie es sich für eine junge Hexe gehörte, so dass sich Primus fragte, warum ihre Tarnung nicht schon längst aufgeflogen war. Sie trug einen dunkelroten, fast schwarzen Lippenstift und einen scharfen Lidstrich. In ihrem glatten silbrigen Haar hatte sie zwei weiße Strähnen, die an den Augen vorbei über die Schultern fielen.

Wie sie gerade mit dem Büchsenöffner vor dem Kessel umhersprang, sah allerdings nicht gerade vornehm aus, und die Dinge, die sie lautstark von sich gab, waren keinesfalls damenhaft. Plim schien das aber vollkommen egal zu sein. Momentan hatte sie ganz andere Sachen im Kopf. Sie bückte sich, verdrehte die Augen und biss angestrengt die Zähne zusammen. Ein Knirschen kam aus ihrem Mund und ihr Kopf schwoll hochrot an. Da brach der Griff des Büchsenöffners ab. Scheppernd sauste die Dose durchs Zimmer, zerschlug ein Einmachglas voller Regenwürmer und landete anschließend genau im kochenden Kessel. Plim fing an zu kreischen.

»ICH SCHMEISS DICH AUS DEM FENSTER, FREUNDCHEN!«

Mit ganzer Wucht ließ sie den Büchsenöffner gegen den Rauchabzug donnern.

Die beiden Kröten im Einmachglas schüttelten sich vor Lachen. Sie applaudierten und hielten ihre wackelnden Bäuche.

»Taddel und Mills!«, schrie sie. »Ihr zwei alten Ladenhüter seid mal ganz still. Mir fällt schon noch ein Rezept ein, für das ich euch gebrauchen kann.«

Aber das führte lediglich dazu, dass die Kröten in noch lauteres Gelächter ausbrachen.

Plötzlich klingelte es an der Tür. Plim verstummte sofort. Sie drehte sich um, wobei sie sich kerzengerade aufrichtete. Dann huschte sie zu einem Spiegel neben dem Durchgang, strich sich die Haare glatt, prüfte ihr Make-up und verschwand sogleich hinter dem Vorhang. Primus flatterte die Hauswand hoch und über das Strohdach zur Vorderseite. Dort klammerte er sich mit den Krallen am Dachbalken fest, so dass er mit dem Kopf nach unten über der Eingangstür pendelte.

Unter ihm standen die drei kleinen Kinder. Sie wippten allesamt von einem Bein aufs andere, als Miss Plim lächelnd die Tür aufmachte.

»Ja hallo, meine lieben Kinderchen«, rief sie mit einem zuckersüßen Ton. »Das freut mich aber, dass ich heute so netten Besuch bekomme. Was führt euch denn hierher zu mir?«

»Äh«, setzte der kleinere der beiden Jungen an. »Unsere Eltern haben uns erlaubt … dass wir … äh …« Dann brach er ab.

»Was haben sie euch denn erlaubt, hm?«, fragte Plim und beugte sich zu den Kleinen hinunter.

»Dass wir … weil wir doch so gute Noten bekommen haben … in Hohenweis etwas zum Spielen kaufen dürfen«, sagte der Junge verlegen.

»Und da kommt ihr vorher zu mir?« Plim war sichtlich begeistert. »Das ist ja toll. Und du, meine Kleine? Gehst du auch schon zur Schule?«

»Nein, aber ich helfe immer zu Hause im Garten«, sagte das Mädchen freudestrahlend. »Deswegen darf ich mir auch etwas aussuchen. Habt Ihr vielleicht einen Bogen für mich, Miss Plim?«

»Du triffst doch sowieso nicht«, kam es wieder von dem Größeren.

»Tu ich wohl«, rief die Kleine.

»Jetzt kommt doch erst einmal herein und schaut euch um«, besänftigte Miss Plim. »Wir finden bestimmt für jeden etwas Passendes.«

Sie machte die Haustür auf und trat zur Seite. Nacheinander spazierte die Truppe herein.

Unterdessen war es Primus auch endlich einmal möglich, in den Vorraum zu sehen. Dieser sah haargenau so aus, wie er ihn sich vorgestellt hatte. Er war tatsächlich relativ kurz und hatte an jeder Seite ein Holzregal voll mit bunten Spielsachen. Es gab magisch schillernde Bauklötze, kleine Kristallkugeln mit blitzenden Bildern und viele Waldtiere aus Stoff oder Stroh. Auch Schachteln mit herausspringenden Teufeln oder lustigen Ungeheuern standen auf den Brettern –

ja, sogar ein paar laufende Grasbüschel aus Plüsch zum Kuscheln gab es hier. An der gegenüberliegenden Wand hing der rote Samtvorhang, der das Spielzeugparadies von der dampfenden Hexenküche trennte. Dann ging mit einem Schlag die Tür zu.

Primus glitt herab und klammerte sich an das Fenster der Eingangstür. Neugierig schielte er hinein. Es war nicht schwer, die vier verschwommenen Silhouetten zu unterscheiden. Die große dünne Gestalt war eindeutig Miss Plim, die gerade eine Schachtel vom Regal nahm und sie den Kindern zeigte. Die beiden Jungen unterschieden sich auch in ihrer Größe und das kleine Mädchen war ebenfalls sofort zu erkennen. Die Kinder blieben bestimmt eine halbe Stunde in dem Laden, wobei sie sich allem Anschein nach prächtig amüsierten. Heiteres Lachen kam hinter der Tür hervor und immer wieder wurde gejubelt und geklatscht. Dann öffnete sich erneut die Tür. Primus huschte sofort wieder nach oben zum Dachbalken.

»Danke schön«, riefen die Kinder.

»Und passt schön auf, wenn ihr nach Hohenweis geht«, sagte Plim.

»Ach, da wollen wir jetzt gar nicht mehr hin«, winkte der kleine Junge ab. »Wir gehen lieber gleich nach Hause. Aber uns wird schon nichts passieren. Wir passen auf, versprochen.«

»Genau!«, rief das Mädchen. »Und außerdem bin ich jetzt bis zu den Zähnen bewaffnet.« Stolz hielt sie ihren neuen Flitzebogen in die Höhe.

Plim nickte. »Richtig«, sagte sie. »Und ich bin mir sicher, dass du mit diesem sehr gut treffen wirst. Bestimmt viel besser als alle anderen, warte es nur ab.« Zwinkernd nickte sie dem Mädchen zu.

Dann wandte sie sich an den größeren Jungen, der die Kleine die ganze Zeit über gehänselt hatte: »Für dich habe ich noch etwas ganz Besonderes. Warte noch einen Augenblick, ich bin gleich wieder da.« Sie verschwand im Haus und kam schnell wieder mit einer kleinen Trillerpfeife zurück.

»Hier«, sagte sie. »Damit kannst du im Wald ganz toll Pilze suchen. Du pustest einfach hinein und die Pilze kommen von selbst zu dir geflogen. Du wirst schon sehen, das ist ganz einfach.«

»Vielen Dank auch, Miss Plim.« Freudig steckte er die Pfeife ein.

Dann marschierten die Kinder durch den Garten davon. Miss Plim winkte ihnen hinterher und sah ihnen nach, wie sie durch die hohen Tannen zum Kräutersteig gingen. Wartend verschränkte sie die Arme. An der Ecke mit dem Schild blieben die Kinder schließlich stehen. Jetzt holte der Junge seine Pfeife hervor und schaute sie an. Plim spitzte ihre Lippen. Mit einem hämischen Grinsen hob sie ihr Kinn. Der Junge inspizierte die kleine Pfeife von allen Seiten, setzte sie an die Lippen und blies kräftig hinein. Ein lauter Pfiff schallte durch die Bäume. Wie aus einer Kanone geschossen kamen aus dem Wald dicke Staubpilze geflogen, die dem Flegel genau ins Gesicht platschten. Die anderen beiden Kinder kreischten vor Lachen und rannten über den Kräutersteig nach Hause.

Plim drehte sich um. Sie schnippte mit den Fingern und stolzierte fröhlich ins Haus zurück.

»Nicht übel, Frau Hexe«, nickte Primus respektvoll. »Jetzt wollen wir aber mal sehen, wie ich *dir* ein wenig einheizen kann.«

Flink ging es zur Rückseite des Hauses, wo er zum Fenster

hineinschaute und alles aufs Genaueste betrachtete. Irgendetwas würde er schon finden, womit er ihr einen gehörigen Schrecken einjagen könnte. Neben dem Fenster saßen die beiden Ladenhüter Taddel und Mills in ihrem Einmachglas und gähnten gelangweilt.

Plim schob den Vorhang beiseite, kam hereinspaziert und blickte in den Spiegel. Ein wenig betrübt drehte sie sich um. Dann ging sie durch das Zimmer zum Kessel. Dort nahm sie einen Löffel, fischte die Dose heraus und fing an in der blubbernden Suppe zu rühren.

»Es würde mich ja brennend interessieren, was die da gerade kocht«, brummte Primus, wobei er sich mit dem Flügel am Kopf kratzte.

Doch mit einem Mal und wie aus dem Nichts heraus ertönte hinter seinem Rücken eine laute Stimme, so dass er in Panik zusammenzuckte:

»Hallo, mein Freund!«, schallte es entzückt in einem hohen Ton.

Primus fuhr herum. Hinter ihm stand die Vogelscheuche aus dem Gemüsegarten. Mit strahlenden Augen blickte sie ihn an.

»Ich habe Euch jetzt schon die ganze Zeit hier herumfliegen sehen und wollte mich kurz einmal vorstellen.« Sie holte tief Luft. »Also! Ich bin Chuck und ich wohne im Salatbeet. Das ist da drüben, also da hinten, wenn man neben dem Brunnen nach links ...«

»Ja, wunderbar«, flüsterte Primus und wedelte hektisch mit dem Flügel. »Ich werde dich bestimmt bald einmal besuchen, aber jetzt bin ich gerade ...«, doch weiter kam er nicht.

»Hahaha, da freue ich mich aber riesig, wenn Ihr mich besuchen kommt«, unterbrach ihn die Vogelscheuche. »Könnt

Ihr mir ungefähr sagen, *wann* das sein wird? Nur, damit ich vorbereitet bin. Das soll jetzt nicht so klingen, als hätte ich viel zu tun, aber man will ja auch keinen schlechten Eindruck hinterlassen, nicht wahr?«

Chuck hörte überhaupt nicht mehr auf. Er verdrehte seine Knopfaugen und redete unaufhörlich weiter.

»Wisst Ihr, was ich Euch unbedingt schon die ganze Zeit sagen wollte … also … Euer Zylinder ist todschick. Ein wirklich ausgefallener Hut, der würde mir auch gut stehen. Umwerfend, kann ich da nur sagen. Wo bekommt man so etwas denn her?«

Primus winkte energisch mit den Flügeln.

»Hör mir jetzt einmal zu«, flüsterte er. »Ich habe überhaupt keine Zeit für …«

»Oh, das ist aber schade«, rief Chuck und drehte sich einmal im Kreis. »Was macht Ihr denn? Ich meine … nicht dass ich neugierig bin, aber vielleicht kann ich Euch ja helfen. Ich bin nämlich …«

»Nein, vielen Dank«, zischte Primus. »Ich komme bestens zurecht. Das ist nur eine Routinekontrolle. Ich wollte prüfen, ob …« Primus überlegte kurz. »Genau, ich wollte prüfen, ob alle Zutaten ordnungsgemäß im Kessel sind.«

»Nicht ganz«, hörte er eine andere Stimme sagen.

Und als Primus sich umdrehte, erblickte er Miss Plim. Siegessicher stand sie hinter ihm und holte mit der Fliegenklatsche zum Schlag aus.

»Eine hat mir noch gefehlt«, sagte sie.

Primus konnte noch sehen, wie die Fliegenklatsche auf ihn heruntergesaust kam – dann wurde ihm schwarz vor Augen.

Trübe Aussichten

Seltsame Geräusche lagen in der Luft. Es hörte sich an, als würde jemand einen Gartenschlauch an den Mund halten und durch diesen zusammenhangslose Worte brabbeln. Von allen Seiten dröhnte es, als Primus langsam zu sich kam. Er hatte keine Ahnung, wo er sich befand oder was mit ihm geschehen war. Die verzerrten Töne sausten durch seinen Kopf wie ein wütender Hornissenschwarm. Primus versuchte nachzudenken. Vielleicht war er ja aus dem Bett gefallen?! Es fühlte sich zumindest danach an, denn er lag ausgesprochen hart und unbequem. Doch als er sich bewegen wollte, stellte er zu seiner Überraschung fest, dass er weniger irgendwo lag als vielmehr in irgendetwas steckte.

Stöhnend schlug er die Augen auf, um sie gleich wieder zu schließen. Nach einer Weile blinzelte er zaghaft zwischen seinen Lidern hindurch und versuchte die Bilder um sich herum zu deuten. Alles sah auf einmal völlig verbogen aus. Dazu kam, dass er sich kaum noch bewegen konnte. Er schüttelte seinen Kopf und erkannte das Innere einer Hütte, die auf dem Kopf zu stehen schien. Aber damit nicht genug. Die Wände und Möbel wirkten alle seltsam verzogen oder aufgebläht. Primus schluckte, als er merkte, dass nicht die Hütte auf dem Kopf stand, sondern er selbst. Und warum alles um ihn herum so seltsam aussah, lag ganz einfach daran, dass er in ein Einmachglas gestopft worden war, durch dessen gewölbtes Glas er nun blickte. Damit war ihm auch ganz klar, wo er sich befand: im Häuschen von dieser Miss Plim!

Mit knirschenden Bewegungen begann Primus sich in dem engen Glas umzudrehen. Sein Bauch und seine Backen rutschten quietschend am Glas entlang und seine kleine Lippe zog sich langsam hinterher. Als er auf halbem Weg mit platt gedrückter Nase im Glas hing, verschnaufte er kurz und schaute nach draußen. Genau neben ihm stand das Glas mit den beiden Kröten Taddel und Mills, die ihn fasziniert bei seinen Verrenkungen beobachteten. Primus wollte etwas sagen, aber er brachte in dieser Haltung nur ein unverständliches Blubbern hervor. Das war auch der Moment, in dem die beiden vor Lachen fast explodierten. Heulend schnappten die Kröten nach Luft.

»Hallo, Herr Nachbar«, rief die dickere der beiden, »du hast ja eine richtig exklusive Unterkunft. Können wir bei dir vielleicht noch etwas unterstellen?«

»Der hat gerade keine Zeit, Taddel«, rief die zweite. »Du siehst doch, dass er seine Fenster putzt.«

Taddel und Mills prusteten und klopften sich auf ihre Froschschenkel.

Die beiden Kröten standen schon seit einer Ewigkeit auf dem Regal von Miss Plim und wollten inzwischen gar nicht mehr heraus. Plim hatte keine Ahnung, was sie eigentlich mit ihnen anfangen sollte, da keines ihrer Rezepte alte Kröten als Zutat beinhaltete. Doch im Regelbuch für Hexen stand wiederum ganz deutlich, dass jede anständige Hexe ein paar Kröten besitzen musste. Daher behielt sie die beiden auch, obwohl ihr Taddel und Mills manchmal gehörig auf die Nerven gingen.

Primus gestand sich ein, dass er heute einen miserablen Tag hatte. Er wäre wohl besser zu Hause geblieben und hätte sich Bucklewhees Geschrei angehört. Mit einem Ruck drehte er sich in die richtige Position und renkte knackend seinen Hals ein. Dann blickte er nach oben. Der Deckel seines Einmachglases hatte kleine Löcher, so dass er Luft bekam und auch viel besser hören konnte. Plim stand vor ihrem Kessel und war anscheinend sehr vergnügt. Auf einem Tisch unter dem Fenster lag ein aufgeschlagenes Buch, zu dem sie zwischendurch hinüberhuschte. Wahrscheinlich studierte sie eine Rezeptur oder eine andere Teufelei. Sie schnappte sich ein paar Kräuter, zerbröselte sie mit der Hand über dem Kessel und rührte fleißig in der blubbernden Brühe. Anschließend ging sie zur hinteren Wand des Raums, wo ein mächtiger Kleiderschrank stand. Die Türen waren halb geöffnet, da der Schrank mit Schuhen, Hüten und Kleidern dermaßen vollgestopft war, dass man ihn gar nicht mehr richtig schließen konnte. Plim zog mit Schwung die Türen auf und der halbe Inhalt flog heraus. Das brachte sie aber keineswegs aus der Ruhe. Summend durchwühlte sie den Kleiderberg, zog eine bunte Schürze hervor und stopfte anschließend das restliche Zeug wieder hinein. Nachdem sie sich die Schürze umgebunden hatte, beugte sie sich über das Buch und begann laut zu lesen.

»Zwei Finger Lurchgrütze. Hm, wenn ich Glück habe, dann müsste davon noch etwas übrig sein.« Sie ging zum Regal neben dem Fenster und kramte in einer Pappschachtel. »Ah, da ist sie ja«, murmelte sie, als sie eine zerdrückte Tube herauszog. »Ob die noch gut ist?« Sie drehte den Verschluss auf und schnüffelte. »Puh«, rief sie. »Das stinkt ja noch schlimmer als der Schuhkeller in der Jugendherberge am Dunkelpass.«

Angewidert drückte sie zwei dicke Kleckse in das Gebräu, bevor sie die Tube mit Schwung zurück in die Schachtel warf. Dann ging sie rüber zum Spiegel. Sie blickte hinein, machte ein ernstes Gesicht und nickte einmal fest entschlossen. Primus wusste nicht, was das bedeuten sollte, aber woher auch …

Miss Plim hatte ein Problem! Sie war zwar bildhübsch und außergewöhnlich attraktiv, aber sie besaß einen Spiegel, der alles andere als ehrlich war. Vielmehr war er verlogen und abgrundtief bösartig. Nur leider wusste sie das nicht. Sie hatte den Spiegel vor einiger Zeit von Glasermeister Plundersack aus Hohenweis bekommen – es war eine Art Werbegeschenk. Damit wollte er sich für die lustige Karnevalsnase bedanken, die er nach stundenlanger Verhandlung so günstig bei ihr erstanden hatte und seitdem nicht mehr abnehmen konnte.

Im Normalfall waren die Spiegel von Glasermeister Plundersack alle sehr höflich zu ihren Betrachtern und übertrieben sogar mit ihren Komplimenten. Dieser Spiegel aber, den er für Miss Plim persönlich angefertigt hatte, war von einer gänzlich anderen Sorte:

Am Anfang lobte der Spiegel noch ihre großen Augen und die schönen langen Wimpern. Doch damit war es bald vorbei. Bereits nach kurzer Zeit fing er an ihr Spiegelbild zu verändern und sie auf kleine Unebenheiten ihrer Haut aufmerksam zu machen. Schließlich kam der Tag, da sagte der Spiegel zu ihr: »Plim, du hast Pickel!« Und die zeigte er ihr auch. Von Mal zu Mal wurde es schlimmer. Ständig ließ sich der Spiegel neue Gemeinheiten einfallen. Mit Entsetzen stellte Plim fest, dass sie trotz ihrer jungen Jahre schon Falten bekam. Es folgten fettige Haare und gelbe Zähne. Die Hüftringe wurden genauso groß wie ihr Doppelkinn und ihre makellos weiße Haut sah in jenem Spiegel immerzu speckig und teigig aus. Plim war inzwischen fest davon überzeugt, dass sie potthässlich war, und jeder, der etwas anderes behauptete, den nannte sie einen *alten Lügner.*

Darum tat sie auch alles, um wieder ein wenig attraktiver auszusehen, wofür sie täglich einen Schönheitszauber nach dem anderen braute. Auch heute dampfte ein neuer Trank im Kessel, den sie schon seit langem ausprobieren wollte und der mit einer gesunden Fledermaus angeblich doppelt so gut wirken sollte.

Primus holte Luft.

»Hallo!«, rief er durch die Löcher im Deckel. »Hallo! Ich will hier raus!«

Plim drehte sich um und blickte suchend durch den Raum.

»HE, PLIM!!!«, schrie Primus erneut.

Sie schaute in seine Richtung, sah dann aber zu Taddel und Mills hinüber.

»Was wollt ihr denn schon wieder?«, fragte sie die beiden Kröten.

Taddel und Mills schüttelten mit unschuldigen Blicken die Köpfe. Sie zeigten mit ihren kleinen dicken Fingern auf Primus, der platt wie eine Flunder an der Glaswand klebte. Miss Plim ging auf ihn zu und schaute durch das gebogene Glas zu ihm hinein. Ihr Gesicht wurde dabei zur dreifachen Breite verzerrt.

»Was gibt es denn, mein Kleiner?«, säuselte sie mit einem Lächeln.

»Du schraubst jetzt sofort den Deckel ab und lässt mich hier raus«, rief Primus.

»Ich denke überhaupt nicht daran«, erwiderte sie entrüstet. »Du bleibst schön da drin. Langweilig wird es dir bestimmt nicht werden. Denn so wie es aussieht, hast du ja auch schon Freunde gefunden.«

Taddel und Mills saßen fröhlich da und winkten. Kopfschüttelnd schritt Plim zum Kessel zurück.

»Eigentlich könnte ich meinen Spielzeugladen schließen«, sagte sie. »Wenn ich mit dieser Truppe einen Wanderzirkus aufmachen würde, dann wäre das bestimmt um einiges einträglicher.«

Dann rührte sie weiter.

Primus schielte zum Deckel des Glases hinauf und stemmte sich mit aller Kraft dagegen. Aber es war vergeblich. Der Deckel rührte sich kein bisschen. Verschiedenste Fluchtpläne schossen ihm durch den Kopf, doch keiner war besonders Erfolg versprechend. Selbst den Gedanken, sich in seine normale Gestalt zu verwandeln, verwarf er schnell. Das Glas war derart eng und dick, dass er sich dabei wohl eher das Genick brechen würde, als es zum Platzen zu bringen.

»PLIM!«, rief Primus und klopfte wütend gegen den Deckel. »Warte nur, bis ich hier herauskomme. Dann wirst du dein blaues Wunder erleben. Dagegen wird der Schlag mit der Schneeschaufel gestern Nacht eine Streicheleinheit gewesen sein.«

»ACH, DU WARST DAS«, kreischte Plim und stampfte wütend durch das Zimmer. »Siehst du das hier?« Sie hob ihre rechte Hand, wobei sie den kleinen Finger ausstreckte. »Wegen dir habe ich mir gestern den Nagel abgebrochen! Wenn hier einer sein blaues Wunder erleben wird, dann kannst du dich schon mal gehörig auf etwas gefasst machen, Freundchen. Hörst du?!«

Die Hände in die Hüften gestemmt sah sie Primus mit finsterer Miene an.

»Ach, du großer Schreck«, entgegnete dieser herablassend. »Das ist ja eine fürchterliche Verletzung, die Ihr Euch da eingefangen habt, Miss Plim. Vielleicht solltet Ihr besser noch ein paar Flugstunden nehmen. Wisst Ihr, ich habe da einen Bekannten, zu Hause in meiner Pendeluhr, der Euch bestimmt ein paar Ratschläge in Sachen korrekte Flughaltung geben …«

Plim fauchte. Sie packte das Glas und drehte es knallend auf den Deckel. Kopfüber schaute Primus zu, wie Miss Plim wieder zum Kessel ging. Dann nahm er zum zweiten Mal die Mühe auf sich und drehte sich um.

»Aus freien Stücken lässt die mich hier bestimmt nicht heraus«, knurrte er, »so viel ist sicher.«

Jetzt musste schnellstmöglich ein Fluchtplan her.

Plim hatte sich inzwischen wieder etwas beruhigt und hockte mit einem kleinen Blasebalg auf dem Boden vor dem Feuer. Sie stand auf, eilte zum Tisch und blickte in das Zauberbuch. Obwohl sein Glas auf dem Kopf stand, konnte Primus trotzdem genau verstehen, was Plim gerade aus dem Buch vorlas:

»Also …«, fing sie an, »wir haben fünf Buschrosen, neunzehn zerriebene weibliche Nacktschnecken, acht Esslöffel extrascharfen Teufelspfeffer, einen Esslöffel Zeckensaft, eine Handvoll giftigen Nachtschatten, vier Schlangenzungen und für eine besonders schöne Haut noch zwei getrocknete Schneewurzeln.« Sie machte eine kurze Pause und schaute zur Decke. »Schneewurzeln … Schneewurzeln … Die habe ich doch neulich noch gesehen.«

Plötzlich fiel es ihr ein. Sie schnippte mit den Fingern und huschte die knarrende Treppe zum Dachboden hinauf, wo auch das hellblaue Himmelbett stand. Dort streckte sie sich zur Wäscheleine vor, von der sie zwei blasse Wurzeln nahm. Als sie wieder herunterkam, blickte sie noch einmal kurz in das Buch, wischte mit einem alten Lappen über die Wurzeln und warf sie in den Kessel.

»Habe ich auch nichts vergessen?«, fragte sie sich, als sie nochmals das Kochrezept überflog. »Hoppla, wie töricht von mir …« Sie schaute zu Primus und zuckte mit den Augenbrauen. »Für eine exzellente Wirkung … noch eine ganze Fledermaus!«

Daraufhin nahm sie das Glas und hielt es in die Höhe: »So, mein Kleiner. Jetzt werden wir mal sehen, ob du überhaupt genießbar bist.«

Primus machte große Augen, als Plim mit ihm zum Kessel schritt. Mit Schrecken sah er die Brühe, aus der giftgrüne Blasen stiegen.

»Hör mal, Plim«, rief er. »Du willst mich doch nicht etwa da hineinwerfen?! Das ist ein Irrtum. Ich bin überhaupt keine Fledermaus. Ich sehe vielleicht wie eine aus, aber eigentlich bin ich …«

»Wenn du glaubst«, unterbrach sie ihn, »dass du mir entwischen kannst, sobald ich den Deckel abnehme, dann hast du dich getäuscht. Ich pass schon auf.«

Sie trat vor den Kessel, beugte sich nach vorne und betrachtete kritisch den dampfenden Zaubertrank. Noch einmal kurz umgerührt und schon hielt sie das Glas mit dem zitternden Primus darin über die kochende Brühe. Eine so ungeheure Hitze stieg aus dem Kessel, dass Primus der Schweiß von den Flügeln lief. Miss Plim kippte das Glas um, drehte den Schraubverschluss auf und öffnete blitzschnell den Deckel. Mit aller Kraft spreizte Primus seine Flügel, um nicht aus dem Glas in den Kessel zu rutschen. Plim aber holte mit der anderen Hand aus, um dem Glas einen gehörigen Schlag auf die Unterseite zu verpassen. Doch da verdickte sich plötzlich die Brühe und die Dampfblasen blieben darin stecken.

Plim reagierte sehr schnell. Sofort drückte sie den Deckel wieder zu.

»Modermief und Sabberschleim«, rief sie. »Ich kann mich doch nicht um alles gleichzeitig kümmern.«

Sie ging zur Wand bei der Treppe, vor der ein runder Hocker stand. Dort stellte sie das Glas ab und holte erneut den kleinen Blasebalg.

Primus klebte unterhalb des gelöcherten Deckels und rang vollkommen aufgelöst nach Luft. Jetzt durfte er keine Zeit mehr verlieren. Er musste unbedingt aus dem Glas heraus. Beim nächsten Mal würde er bestimmt nicht so glimpflich davonkommen, so viel stand fest. Allerdings hatte er nun einen kleinen Vorteil: Er wusste jetzt, wann und wie Plim den Deckel abnehmen würde. Er brauchte sich nur lange genug im Glas festzuklammern und den richtigen Augenblick abzuwarten, dann könnte er im letzten Moment aus dem Glas entwischen. Vorausgesetzt natürlich, es käme nichts dazwischen.

Vielleicht sollte er Miss Plim ja vorher ein klein wenig reizen?! Dann wäre sie mit Sicherheit noch unaufmerksamer.

Er sah zu ihr hinüber, wie sie schmollend in das Feuer blies. »He, Plim!«

»Jaja«, schnappte sie zurück. »Du kommst gleich dran. Und zwar schneller, als dir lieb ist, da beißt die Maus kein' Faden ab.«

An ihrem Gekeife konnte er unschwer erkennen, dass sie vor Wut fast explodierte. Seine Chancen standen also gar nicht schlecht. So wie es aussah, brauchte er nur einen dummen Spruch zu sagen und Plim würde völlig die Nerven verlieren. Vielleicht würde sie sein Glas ja auch gegen die Wand donnern, so wie kurz zuvor ihren Büchsenöffner?! Primus überlegte, wie er sie wohl provozieren könnte. Doch mit dem lodernden Feuer im Visier fiel ihm rein gar nichts ein. Mühevoll schaute er sich in der Hütte um. Es musste doch ein Thema geben, mit dem er sie aus der Fassung bringen konnte. Verzweifelt lugte er über seine Schulter an die Wand, vor der sein Einmachglas stand. Hier stockte er und kniff verblüfft die Augen zusammen. Hinter ihm hing ein altes Pergament.

Knittrig sah es aus und zerschlissen. An den Rändern war es eingerissen und die Tinte war stellenweise völlig zerlaufen. Ganz so, als hätte es vor langer Zeit einmal im Wasser gelegen. Er verdrehte den Kopf und versuchte die seltsamen Zeichnungen zu deuten, die er wegen des verzerrenden Glases nur teilweise ausmachen konnte. Anscheinend handelte es sich um einen alten Plan – einen Bauplan! Und zwar von einem dünnen gebogenen Objekt, das von mehreren Seiten dargestellt war. Primus erkannte darüber hinaus auch Schriftzeichen und Zahlen. Nur leider waren sie zu verschmiert, als dass er sie von hier aus hätte lesen können. Doch nicht weiter schlimm. Viel deutlicher zeichnete sich dafür ein Muster ab, das die Seiten des sichelförmigen Objekts zierte. Es war ohne Zweifel das gleiche Muster, das sich auch auf dem schimmernden Stein befand, den er einmal im Monat als Leselampe benutzte. Bei seinem Stein musste es sich wohl um ein Bruchstück handeln, das irgendwann einmal zu dieser Sichel gehört hatte.

Wie auch immer – das Thema war ausgezeichnet dazu geeignet, um Plim zu ärgern. Sofort legte er los.

»Siehst du, Plim, hättest du gestern so ein Ding an deinem Besen gehabt, dann wäre wahrscheinlich auch dein Fingernagel noch dran.«

»Was meinst du?«, zischte Miss Plim, während sie mit energischen Stößen den Blasebalg betätigte.

»Na, du weißt schon. Diesen Stein, der auf deinem Plan da abgebildet ist«, fuhr Primus fort. »Zufällig war gestern die Nacht, in der er geleuchtet hat. Vielleicht solltest du so einen als Nebelscheinwerfer an deinen Lenker binden. Dann findest du bestimmt viel besser nach Hause, wenn man dich das nächste Mal in den Wald katapultiert.« Und mit einem fürsorglichen Lächeln fügte Primus hinzu: »Nur zu deiner eigenen Sicherheit.«

Plim starrte auf das Pergament. Ihre Pumpbewegungen wurden dabei immer langsamer. Sie schaute zum Kessel, dann wieder auf das Pergament und schließlich legte sie den Blasebalg beiseite.

Nun stand sie auf und schritt mit kritischem Blick auf Primus zu. »Woher weißt du, dass so ein Stein leuchten kann?«, fragte sie schnippisch.

»Ganz einfach, der liegt bei mir zu Hause im Schlafzimmer und beleuchtet mir meine Abendlektüre.«

Plims Augen weiteten sich. Sie schnappte sich das Einmachglas.

»DU WILLST MICH WOHL FÜR DUMM VERKAU-

FEN?!«, brüllte sie. »Welcher Stein liegt bei dir im Schlafzimmer?«

Primus war hocherfreut. Nicht mehr lange und Plim würde überkochen. »Na, der da«, sagte er gelassen und deutete auf den Plan.

»Erzähl mir keinen Blödsinn«, rief sie, »dieses Ding ist riesengroß!«

»Meines nicht«, trällerte er. »Handlich und klein.«

Plim schaute ihn von der Seite an. Vielleicht war es nun endlich so weit. Wenn sie das Glas jetzt gegen die Wand warf, dann musste er sich nur im richtigen Augenblick verwandeln. Aber Plim reagierte völlig anders, als er es erwartet hatte.

Sie schritt geradewegs mit ihm zum Tisch, klappte das Zauberbuch zu und stellte das Einmachglas darauf. Dann schnappte sie sich den Hocker, setzte sich, schlug die Beine übereinander und atmete tief durch. Nachdem sie ihre Haare geordnet hatte, stützte sie die Ellbogen auf den Tisch und blickte Primus verführerisch in die Augen.

»Also, noch einmal«, kam es aus ihrem Mund, gefolgt von einem charmanten Augenaufschlag. »Du willst mir also erzählen … dass ein Teil von dieser dünnen Sichel … die auf dem Plan dort drüben abgebildet ist … bei dir in deinem Schlafzimmer liegt?«

Primus drückte seine Nase an das Glas und sah ihr ebenso tief in die Augen. Dann sagte er: »Ja!«

»Aha«, entfuhr es Plim, bevor sie mit gedämpftem Ton näher auf das Thema einging: »Welcher Teil ist es denn genau?«

Primus tat so, als würde er scharf überlegen, und setzte an: »Die …«, darauf machte er eine kleine Pause, bis er schließlich hinzufügte, »… Spitze.«

Plims Gesichtsausdruck verfinsterte sich. Ruckartig beugte sie sich vor.

»AN DIESER SICHEL SIND ABER ZWEI SPITZEN, FALLS DU ES NOCH NICHT BEMERKT HAST«, schrie sie ihn an.

»Na, was weiß denn ich«, entgegnete Primus, wobei er vorwurfsvoll den Kopf schüttelte. »Macht das denn einen Unterschied?«

»UND ZWAR EINEN GEWALTIGEN!!!«, kreischte Plim durch die Löcher in das Glas.

Dann lehnte sie sich wieder zurück. Prüfend sah sie die Fledermaus an.

»Wo ist dein Schlafzimmer überhaupt? Irgendwo im Wald, auf einem Baum?«

»Was soll die Frage?« Primus versuchte, angewidert zu klingen. »Glaubst du vielleicht, ich würde dich zu mir einladen?«

»Ich mache dir einen Vorschlag«, sagte sie spitz. »Du gibst mir diesen Stein und ich lasse dich dafür wieder fliegen.«

Primus lachte. »Dir glaube ich kein Wort. Was willst du denn damit machen?«

Plim rollte mit den Augen. »Leuchtreklame. Eine Leuchtreklame über der Haustür.«

»Bringt aber nicht viel, wenn diese nur einmal im Monat brennt«, winkte er ab.

»Das ist für Sonderaktionen. Außerdem will ich jetzt gar nicht mehr lange mit dir herumdiskutieren. Entweder Stein oder Kochtopf.«

Plim zeigte mit dem Finger auf den Kessel.

Natürlich traute Primus ihr nicht über den Weg. Aber wenn er Plim aus dem Haus locken könnte, dann hätte er genügend Zeit, sich einen neuen Fluchtplan zu überlegen. Außerdem könnte sie den Stein ruhig haben, dann setzte er sich zum Lesen eben in Zukunft vor den Kamin.

»Dachgeschoss, krummer Turm, am Ende vom Distelpfad«, sagte er und fügte hinzu: »In der dicken Truhe unter dem Fenster.«

»Ist das etwa dieses Gemäuer auf dem Hügel, das so aussieht, als würde es jeden Moment einstürzen? Dann dürfen wir keine Zeit verlieren! Ach, und du kommst mit. Nur um sicherzugehen, dass du mir hier in der Zwischenzeit keinen Blödsinn anstellst.«

Mit diesen Worten schnappte sie sich ein dunkelgrünes Einkaufsnetz, warf Primus mit seinem Glas hinein und holte aus der Ecke neben dem Kleiderschrank ihren Rennbesen hervor. Über dem Fahrradlenker neben der Hupe baumelten ihre Pilotenmütze sowie der Rest ihrer Flugausrüstung. Sie schwang das Einkaufsnetz über die Schulter, stülpte die langen Damenhandschuhe bis über die Ellbogen und setzte ihre Mütze auf. Zuversichtlich schritt sie durch den Vorhang aus der Hexenküche.

Bevor sie jedoch die Haustür ganz öffnete, spähte sie erst einmal durch den Türspalt ins Freie. Der gute Ruf des vorbildlichen Ladens wäre schließlich schlagartig ruiniert, wenn ein Kunde sie in dieser Montur erblicken würde. Doch mittlerweile war es spät in der Nacht und weit und breit war niemand zu sehen. Primus wunderte sich, dass es bereits dunkel war, aber schließlich hatte er nach dem Schlag mit der Fliegenklatsche ja eine geraume Zeit ohnmächtig im Glas verbracht.

Als sie aus dem Haus kamen, konnte er das Zirpen der Grillen hören und die frische Waldluft riechen. Damit war es allerdings schnell wieder vorbei, als Plim den knatternden Besen startete.

»So«, rief sie und zog die Rennfahrerbrille auf. »Dann wollen wir uns das Steinchen einmal ansehen!«

Mit einer stinkenden Rauchwolke schoss der Rennbesen aus der Lichtung in den Himmel.

Plim flog schnurstracks über den Finsterwald nach Süden. Wie ein schwarzer Teppich lag der Wald unter ihnen und dehnte sich in alle Richtungen aus. Es war jedoch nicht besonders schwer, sich aus der Luft zu orientieren, da man das südliche Bleigebirge gut am Horizont erkennen konnte. Im Sausetempo ging es quer über den Wald. Das Einkaufsnetz flatterte im Wind, dass sich Primus fast der Magen umdrehte. Schließlich erreichten sie das Ufer des Mondwassersees und bogen leicht nach Westen ab. Schon von weitem war der alte Turm zu erkennen. Plim drückte den Besen nach unten und flog einige Male um den Hügel herum. Dann peilte sie eines der offenen Fenster am Fachwerkhaus an, bevor sie zum Landeanflug überging. Geschickt steuerte sie auf das Fenster zu, zog den Kopf ein und bremste im Kaminzimmer mit knallendem Auspuff und einer dicken Rauchwolke ab.

Hustend fächerte sie mit der Hand den Qualm zur Seite. Sie schob die Rennfahrerbrille auf die Stirn und stieg vom Besen. Plim war ein wenig schwarz um die Nase, was durch die Abdrücke der Brille noch deutlicher zur Geltung kam. Neugierig schaute sie sich im Kaminzimmer um.

»Nicht schlecht«, nickte sie, als sie den großen Sessel begutachtete. »Ein bisschen rustikal für meinen Geschmack, aber nicht übel. Oh, da liegt ja sogar der neue Zauberzirkel, wie schön!«

Ohne mit der Wimper zu zucken, griff sie sich Primus' brandneues Magazin, rollte es zusammen und steckte es neben ihn in das Einkaufsnetz. Dieser war sprachlos über so viel Frechheit.

»Was hattest du vorhin gesagt, wo ist die Truhe?« Aber Plim wartete gar nicht erst auf eine Antwort. »Unter dem Fenster im Dachgeschoss?« Sie blickte zum Geländer nach oben. »Wo mag denn hier die Treppe sein?«

Schnell öffnete sie die Tür, hinter der die staubige Turmküche lag. »Fast wie bei mir zu Hause«, sagte sie, als sie die vielen rostigen Pfannen und Kochtöpfe sah.

Dann aber erspähte sie die Trittleiter, die zu der Luke nach oben führte. Flink huschte sie durch die Küche und trippelte die knarrenden Sprossen hinauf. Vorsichtig hob sie die Luke an und äugte misstrauisch in das Dachgeschoss. Durch die beiden Dachfenster war es im Obergeschoss viel heller als in der Küche. Plim hatte keine Schwierigkeiten, die bauchige Truhe zu entdecken, die genau neben der Pendeluhr stand.

»Jetzt bin ich einmal gespannt«, sagte sie und schlüpfte auf den Dachboden.

Mit einem Ruck hatte sie die Truhe aufgeklappt. Ihre Augen begannen zu leuchten, als sie den milchigen Stein erblickte. Zwar leuchtete dieser nicht, wie er es angeblich in der Nacht zuvor getan hatte, aber dennoch stockte ihr der Atem.

»So, Plim«, rief Primus. »Jetzt nimm das blöde Ding mit und schraub sofort den Deckel runter.«

»Nicht so hastig«, erwiderte sie, als sie den Stein aus der Truhe nahm. »Erst will ich etwas ausprobieren.«

Sie schritt zum Dachfenster und blickte zum Nachthimmel hinauf. Funkelnd strahlten die Sterne durch das offene Fenster ins Dachzimmer. Plim trat zur Seite. Sie stellte sich neben das Fenster und hielt den Stein mit beiden Händen in das Sternenlicht. Feierlich atmete sie ein.

Dann ließ sie den Stein plötzlich los und zog ihre Hände weg. Primus traute seinen Augen nicht. Der Stein fiel nicht krachend zu Boden, sondern schwebte frei im Raum wie von einer unsichtbaren Hand getragen. Damit hatte er nun wirklich nicht gerechnet. Und das war noch lange nicht alles. Schon kurz darauf fing der Stein an sich langsam in der Luft zu bewegen. Er drehte sich gemächlich um die eigene Achse, bis die Spitze genau nach unten zeigte. In diesem Moment war die andächtige Stille im Raum schon wieder vorüber.

»Das ist das falsche Ende«, sagte Plim zickig und stellte sich vor das Fenster. Sofort polterte der Stein auf den Fußboden.

»Was soll denn das nun schon wieder heißen?«, rief Primus empört. »Hast du denn nicht gesehen, was der alles kann? Nicht nur, dass er ab und zu leuchtet – er kann sogar fliegen!«

Plim packte das Einmachglas und tippte mit dem Zeigefinger dagegen: »Auf jeden Fall kann ich ihn nicht gebrauchen.« Und mit deutlichen Worten fügte sie hinzu: »Was für dich bedeutet, dass du in den Topf kommst.«

Genau in diesem Moment schlug hinter ihr die Pendeluhr Mitternacht. Plim zuckte erschrocken zusammen und wandte sich um. Aus nächster Nähe sah sie Bucklewhee direkt in die Augen. Pünktlich saß dieser auf seinem ausgefahrenen Scherengitter und blickte sie fragend an. Plim klappte der Kiefer herunter. Für eine Sekunde herrschte Totenstille. Dann aber präsentierte ihr Bucklewhee von Angesicht zu Angesicht den lautesten und wohl rekordverdächtigsten Weckschrei, den er je von sich gegeben hatte.

Plim standen die Haare zu Berge. Mit einem Schlag wurde sie kreidebleich. Bucklewhee brüllte aus voller Kehle, so laut er nur konnte. Wie vom Blitz getroffen schleuderte sie das Einmachglas gegen die Decke, um sich mit beiden Händen die Ohren zuzuhalten. Klirrend schlug das Glas gegen den Dachbalken und ging in Scherben.

Plim fuhr herum. In Panik wollte sie die Flucht ergreifen, aber da stand Primus auch schon in voller Größe hinter ihr. Plim blieb fast das Herz stehen, als sie ihn sah. Mit einem teuflischen Grinsen blickte er sie an und sagte kurz:

»BUHHH!«

Das Kreischen, das Plim von sich gab, ließ die Fensterscheiben klirren.

Primus packte sie an den Schultern, drehte sie herum und schob sie zur Wand.

»So, mein Fräulein«, zischte er, »jetzt werden wir uns einmal ein wenig unterhalten.«

Er hatte größte Mühe, die wild strampelnde Plim in die Truhe zu stopfen, aber schließlich hatte er es doch noch geschafft. Schnell machte er den Deckel zu und hockte sich drauf. Bucklewhee hatte sich bei Plims Gekreische gleich wieder in seine Uhr verkrochen. Aber dennoch durfte er sich nichts entgehen lassen. Neugierig streckte er seinen Kopf aus der Klappe.

Primus saß triumphierend auf der wackelnden Truhe, aus der dumpfes Geschrei gemischt mit bösesten Beschimpfungen und Flüchen kam. Nur langsam ließ das Poltern in der Kiste nach und Plims Gekreische wich einem mitleiderregenden Wimmern.

»Plim«, sagte Primus, »ist es jetzt gut? Hat sich Madame nun endlich beruhigt?«

Es kam keine Antwort.

Dagegen ertönte weiteres Stampfen und Schreien: »Lass mich sofort hier RAUUUS!«

Primus nickte verständnisvoll. »Also, liebe Plim, jetzt sei mal nicht undankbar. Du weißt ja gar nicht, wie bequem du es in dieser schönen Kiste hast. Die ist geradezu komfortabel. Stell dir einmal vor, du würdest dort drin auf dem Kopf stehen und hättest ein paar dicke, alte Kröten neben dir sitzen, die dich auslachen.«

»Ich dachte, du wärst eine gewöhnliche Fledermaus!«, rief sie. »Ich habe dir doch gar nichts getan.«

»Weißt du«, sagte er nachdenklich, »zuerst wolltest du mich kochen – von dem Schlag mit der Fliegenklatsche einmal abgesehen. Aber damit nicht genug. Du fliegst einfach mit deinem stinkenden Besen in meinem Wohnzimmer umher, klaust meine Zeitung und lässt meine Leselampe durch das Zimmer schweben. Ich finde, du bist eindeutig eine Gefahr für die Umwelt, und alle sollten mir dankbar sein, dass ich dich hier entsorgt habe.«

Sofort folgten neues Fluchen und übelstes Geschimpfe. Aber schon nach wenigen Minuten endete es in leisem Gewinsel.

»Ich mache dir jetzt ein Angebot«, rief Primus durch den Deckel. »Ich lasse dich aus der Truhe und du beantwortest mir einige Fragen. Solltest du dabei aber unangenehm auffallen, wie zum Beispiel beißen oder kratzen, dann geht es – schwups – wieder in die gemütliche Truhe zurück. Na, was hältst du davon?«

Keine Reaktion.

Er klopfte auf den Deckel. »Plim? Hallo?! Hast du mich gehört?«

»Na gut«, kam es schmollend hervor.

Primus sprang von der Kiste und klappte den Deckel auf. Beleidigt saß Plim mit verschränkten Armen da und würdigte ihn keines Blickes.

»Wenn du da drinnen bleiben willst, dann bringe ich dir gerne ein Kissen. Also, was ist?«

Mit gerümpfter Nase gab Plim nach. Sie kletterte aus der Kiste und hockte sich ganz weit vorne auf die Bettkante. Primus schloss den Deckel und setzte sich anschließend wieder drauf.

»Nun erzähl mir doch einmal, was das für eine Zauberei ist.« Er nickte zum Stein hinüber. »Kann dieses Ding vielleicht noch mehr als leuchten und fliegen?«

Bucklewhee lehnte sich aus seiner Klappe. »Genau«, plapperte er, »vielleicht macht er ja auch noch Musik. Würde mich zumindest nicht wundern.«

Plim war sichtlich eingeschnappt. Verächtlich starrte sie in die Luft.

»Also, was nun?«, fragte Primus eindringlich. »Was hat es mit diesem Stein auf sich? Und was ist das für ein Plan, der bei dir zu Hause an der Wand hängt?«

»Der Plan ist nicht von mir«, sagte sie.

»Dass *du* den nicht gezeichnet hast, war mir klar«, warf Primus ein, »dafür ist er zu alt. Aber wo hast du ihn her?«

»Ich habe ihn gefunden.«

»Wo?«, fragte er und verdrehte die Augen. »Muss ich dir denn alles aus der Nase ziehen?«

»Er lag unter einem Haufen Laub. Im Westen, irgendwo in den Sümpfen.«

Primus blickte zu Bucklewhee empor und schüttelte den Kopf. »Nicht zu fassen, wo sich das Fräulein überall herumtreibt. Die Westlichen Sümpfe sind bekanntlich nicht gerade eine Gegend zum Spazierengehen.«

Sir Bucklewhee federte aus der Uhr heraus: »Aber erdbebensicher ist es da. Vielleicht wollte sie ja auch dorthin ziehen.«

»Was für ein Blödsinn«, rief Plim und fuchtelte mit den Armen. »Mein Besen hatte damals verrückt gespielt und ist mit mir kreuz und quer über den ganzen Wald geflogen. Weit im Westen bin ich dann abgestürzt und hatte größte Mühe, aus den stinkenden Sümpfen wieder herauszukommen. Ich bin heilfroh, dass ich in diesen Laubhaufen gefallen bin, sonst hätte ich mir wahrscheinlich noch den Hals gebrochen. Als ich mich durch die Blätter wühlte, fand ich auf einmal den Plan.«

»Und du hast ihn eingesteckt«, nickte Primus. »Was ist das für eine Sichel, die darauf abgebildet ist?«

Miss Plim blickte zu Boden und sah den Stein an. »Ich weiß es nicht genau«, sagte sie ernst. »Dieser Stein ist anscheinend ein Bruchstück von einer Mondsichel, die angeblich vor vielen Tausend Jahren gebaut wurde und hoch oben über dem Finsterwald hing.«

Primus unterbrach sie. »Gebaut? Von wem?«

»Das weiß ich nicht.« Sie zuckte mit den Schultern. »Ich habe auch keine Ahnung, wofür sie letztendlich gut war. Dem Plan nach bestand sie aus einem eigenartigen Material. Oder besser gesagt: aus verschiedenen verführerischen Elementen.«

»Was soll das heißen, *verführerische Elemente*?« Primus richtete sich auf.

»Diese Sichel setzte sich aus mehreren Segmenten zusammen. Fünf, um genau zu sein. In jedem Segment steckte eine bestimmte Eigenschaft. Da waren Reichtum und Glück. Auch Unsterblichkeit und Schönheit waren dabei. Und schließlich *Macht*! Sie schwebte über dem Wald, getragen vom Sternenlicht und zusammengehalten von Dunkelheit. Jedenfalls steht es so auf dem Plan.«

»Aha«, sagte er, »daher hast du auch gewusst, dass der Stein in der Luft schweben kann. Man muss ihn also nur ins Sternenlicht halten.«

Stolz hob sie das Kinn.

»Aber wenn das stimmen sollte, dann kann diese Sichel eigentlich nicht sehr lange über dem Wald geschwebt haben«, wandte Primus ein. »Spätestens bei Tagesanbruch oder bei einer dicken Wolkenschicht wäre sie genauso heruntergefallen wie der Stein gerade eben.«

Plim blies die Backen auf.

Primus aber sprang von der Kiste, hob den Stein auf und betrachtete die abgeschlagene Seite. »So wie es aussieht, ist wohl auch etwas Ähnliches passiert.« Er legte den Finger an die Nase. »Einmal angenommen, diese sonderbare Geschichte mit den Elementen stimmt tatsächlich, was könnte man mit diesem Ding wohl noch alles anstellen?«

»Keine Ahnung«, antwortete Plim. »Aber vielleicht kann man ja die Eigenschaft des Steins für etwas benutzen?! Dabei kommt es natürlich darauf an, welches der fünf Elemente in ihm steckt.«

Primus legte den Stein auf die Truhe und hielt den Finger drauf. »Weißt du vielleicht, welche Eigenschaft dieses Stück hier beinhaltet?«

Plim schüttelte den Kopf. »Als der Stein schwebte, hat er sich nach unten gedreht. Demnach wird es die untere Spitze der Sichel sein. In diesem Bereich ist der Plan leider völlig unleserlich. Es muss sich aber entweder um Glück oder Unsterblichkeit handeln.«

»Darf ich fragen, wonach *du* gesucht hast?« Primus hob die Augenbrauen.

Schweigend blickte Plim zu Boden.

Primus winkte ab. »Egal, ist ja nicht so wichtig. Wir haben hier also ein ganzes Element von dieser geheimnisvollen Mondsichel.«

»Ein *ganzes* Element? Ha, dass ich nicht lache. Das ist nur ein kleiner Splitter. Die Sichel war riesig.«

»Na, umso besser«, sagte er und setzte sich wieder auf die Truhe. »Dann gibt es vielleicht noch mehr Teile davon. Nur schade, dass deine Geschichte so löchrig ist. Denn wenn diese Sichel wirklich einmal über dem Wald schwebte, dann wüsste ich gerne, warum.« Und nach einer Pause fügte er lächelnd hinzu: »Aber noch viel mehr würde mich interessieren, *wer* sie dort oben aufgehängt hat.«

»Wie meinst du das?«

»Verführerische Elemente schweben nicht einfach so am Himmel herum«, antwortete er. »Es muss einen Grund dafür gegeben haben. Irgendjemand hat diese Sichel für etwas benutzt – und dieser Jemand hat zweifellos meisterhaft sein Zauberhandwerk beherrscht. Ich habe nämlich noch nie gehört, dass man Glück oder Macht wie Teig in eine Kuchenform gießen kann.« Er schnippte mit dem Finger gegen den Stein. »Sag mal, gibt es noch andere Aufzeichnungen über diese Sichel?«

Plim schaute ihn ratlos an. »Woher soll ich denn das wissen?«

»Hast du etwa noch nie versucht mehr darüber herauszufinden?« Primus war sichtlich erstaunt.

»Nein«, sagte sie, »ich wusste ja bis heute nicht einmal, dass von dieser Sichel tatsächlich noch etwas existiert. Wo hast du dieses Bruchstück überhaupt gefunden?«

Primus stand auf. Mit einem Mal wurde ihm klar, dass er darüber noch nie einen Gedanken verloren hatte. Nachdenklich betrachtete er den Stein. Dabei schossen ihm plötzlich seltsame Bilder durch den Kopf: Bilder von einem warmen Sommertag – Bilder von wildem Gras – und … Bilder von zwei Jungen, die über die Nebelfelder laufen.

»Ich kann mich nicht genau erinnern«, antwortete er. »Ich glaube, ich habe ihn irgendwann mal im Wald gefunden. Aber das muss vor langer Zeit gewesen sein. Mir kommt es so vor, als hätte er schon immer in dieser Truhe gelegen.« Er schielte zum Fenster. »Möglicherweise gibt es ja in Hohenweis Aufzeichnungen darüber.«

»Wie soll ich das verstehen?«

»Die große Bibliothek!«, rief er. »Bist du denn noch nie da gewesen? Dort gibt es bestimmt eine Chronik, in der etwas über die Sichel geschrieben steht.«

Zurückhaltend begann Plim zu nicken. Primus hingegen war voll in seinem Element. Er wusste auch schon ganz genau, wo er überall nachschlagen könnte. So oft, wie er schon in der großen Stadtbibliothek gewesen war, kannte er sich dort inzwischen bestens aus.

»Plim«, sagte er fröhlich, »ich wünsche dir noch einen schönen Abend. Du weißt ja, wie du nach Hause kommst. Ich würde mich zwar gerne noch ein wenig mit dir unterhalten, aber leider muss ich morgen sehr früh raus.«

Er zupfte seinen Frack zurecht, klatschte einmal kurz in die Hände und öffnete dann die Bodenluke. Plim schaute ihn verdutzt an.

»Was soll denn das jetzt bedeuten?«, staunte sie. »Darf man fragen, was du vorhast?«

»Na, ich suche morgen nach der Sichel. Könntest du dir doch eigentlich denken, oder?«

»*Du* suchst nach der Sichel?«, rief sie aufgebracht. »Ohne mich würdest du dieses Ding noch immer für eine Nachttischlampe halten. Du solltest mir eher dankbar dafür sein, dass ich dir den Plan gezeigt habe.«

Primus zwinkerte Bucklewhee zu. »Ich wünschte wirklich, du könntest dir vorstellen, wie so eine Planbesichtigung abläuft.«

»Das ist nicht fair!«, rief Plim dazwischen. »Ich bin schon seit langem hinter dieser Geschichte her.«

»Das hört sich ja fast so an, als wolltest du mitkommen.« Fragend schaute Primus sie an.

Plim verschränkte ihre Arme und blickte hochnäsig zur Decke. »Ich möchte nur wissen, was du alles darüber herausfindest, mehr nicht.«

»Also, Plim«, beschwichtigte er, »wenn du anständig bist und keine Schwierigkeiten bereitest, dann nehme ich dich morgen mit nach Hohenweis.«

Ohne zu zögern, willigte Plim ein. Sie griff ihr Netz und schwang es über die Schulter. »Ich muss sowieso einige Dinge auf dem Markt besorgen«, rief sie. »Wir treffen uns dann am besten gleich morgen früh vor dem Laden.«

»Na dann«, sagte er. »Aber denk dran: keine Fliegenklatsche oder dummen Tricks, versprochen? Wir werden nicht lange brauchen. Im Flug schaffen wir es in einer halben Stunde.«

»Nichts da«, entschied Plim. »Wir zwei werden schön zu Fuß gehen.«

»ICH SOLL LAUFEN? Niemals! Weißt du überhaupt, wie lange wir für die Strecke brauchen?«

»Ist mir ganz egal«, sagte sie. »Was sollen denn bloß die Leute von mir denken, wenn ich auf dem Besen dahergeflogen komme. Da kann ich meinen Laden doch gleich dichtmachen.«

Primus gab sich geschlagen. Sie kletterten durch die Luke in die Küche und gingen ins Kaminzimmer. Dort stieg Plim auf ihren Besen und zog die Brille über.

»Dann bis morgen früh«, sagte sie.

Primus hob den Finger und streckte die Hand aus. »Hast du nicht etwas vergessen?«

»Was denn?« Plim stellte sich dumm.

»Meine Zeitung! Raus damit.«

Plim setzte ein gequältes Lächeln auf und zog den Zauberzirkel aus dem Einkaufsnetz. Dann flog sie mit lautem Knattern in die Nacht hinaus.

Geschichten einer Rätselrübe

Primus hatte ausgezeichnet geschlafen und wachte erst spät am Morgen auf. Im Gegensatz zu Plims engem Einmachglas war sein altes Bett ein wahrhaftes Liegeparadies. Er schaute auf die Uhr: halb zehn! Herrje, um diese Zeit wollte er längst schon auf dem Weg nach Hohenweis sein. Mit einem Satz sprang er aus dem Bett. Er trat vor das Dachfenster, gähnte und streckte sich. Eine drückende Schwüle lag in der Luft. Primus lehnte sich aus dem Fenster und schaute zum Himmel. Über den Bleibergen brauten sich dicke Wolken zusammen. Spätestens morgen würde es ein Gewitter geben. Er nahm seinen Zylinder vom Bettpfosten, wechselte noch im Gehen seine Gestalt und flatterte wie gewöhnlich durch das Fenster nach draußen. Von Snigg war noch immer keine Spur zu sehen. Langsam fing Primus an sich Sorgen zu machen. Es passte gar nicht zu Snigg, dass er sich so lange nicht blickenließ. Aber Primus drängte die Zeit. Schließlich hatte er Plim versprochen noch am Morgen bei ihr einzutreffen. Schnell machte er sich davon.

Er schlug denselben Weg ein, den Plim letzte Nacht auf dem Besen zurückgelegt hatte, und flatterte über die Nebelfelder zum Mondwassersee. Nach einem kurzen Flug am Seeufer entlang erreichte er den Rand des Finsterwaldes. Von hier aus flog er dicht über den Bäumen nach Norden. Aus der Luft und bei Tageslicht erschien ihm dieser Teil des Waldes noch viel verwachsener als die vertrauten Gebiete rund um den Distelpfad. Weit und breit war keine Lichtung zu sehen. Primus schaute auf die Baumkronen hinunter. Das Blattwerk war so dicht, dass man dort unten wahrscheinlich auch bei Tag eine Lampe benötigte. Im Eiltempo ging es weiter.

Es dauerte nicht lange, schon tauchten in der Ferne hohe Tannenspitzen auf. Irgendwo in dieser Richtung musste auch Plims Laden liegen. Die kleine Waldlichtung würde bestimmt nicht sonderlich schwer zu finden sein. Doch noch bevor er die Tannen erreichte, fiel ihm auf, dass sich der Laubwald unter ihm veränderte. Die Bäume wurden immer niedriger, blattloser und verkrüppelter, bis sie schließlich ganz verschwanden. Was übrig blieb, war ein trostloser Streifen aus stacheligen Büschen und verschlungenen Rankenpflanzen, der sich bis zum Tannenwald erstreckte. Vereinzelt ragten aus dem Gestrüpp noch die Stümpfe alter Bäume, denen Misteln, Efeu oder andere Würgepflanzen schon vor langer Zeit den Garaus gemacht hatten.

Plötzlich hörte Primus unter sich aus dem Gebüsch ein heiseres Rufen. Er kippte zur Seite, machte eine Kehrtwendung und flog ein Stück zurück. Aber er schien sich getäuscht zu haben. In diesem Gewirr aus Kletterpflanzen konnte er niemanden erkennen. Gerade wollte er sich wieder auf den Weg machen, da ertönten die Rufe erneut. Primus flog tiefer und entdeckte schließlich, unter wildem Efeu verborgen, einen dicken orangefarbenen Ball. Nein – das war kein Ball! Primus konnte es nicht fassen. Es war niemand anderer als Snigg, der kopfüber eingewickelt in den Schlingpflanzen hing. Primus landete vor ihm auf einem Ast und schaute sich den Schlamassel an, in den der Kürbis da geraten war.

»Darf ich fragen, was du hier tust? So weit hast du dich doch noch nie von deinem Komposthaufen entfernt.«

»Ich hatte Hunger«, jammerte Snigg und pustete sich die Obstfliegen aus dem Gesicht.

»Und da hüpfst du ausgerechnet hierher?« Primus war erstaunt.

»Ach was«, brummte Snigg gereizt. »Im Wald bin ich gewesen. Ich hatte auch schon etwas zu essen gefunden. Du kannst dir nicht vorstellen, was ich alles durchgemacht habe.« Snigg rollte mit den Augen. »Erschlagen, ertrunken und jetzt auch noch erwürgt. Aber das erzähle ich dir alles später. Jedenfalls wollte ich wieder zurück nach Hause, als mir auf einmal der Duft von Pfifferlingen in die Nase gestiegen ist. Pfifferlinge!«, rief er sehnsüchtig. »Ich bin daraufhin quer durch die Büsche bis hierher …« Er stockte und schrie dann plötzlich aus voller Kehle: »JETZT HOL MICH ENDLICH HIER RAUS!!!«

Vorwurfsvoll schüttelte Primus den Kopf. Dann deutete er auf das Gestrüpp. »Das sieht man doch gleich, dass man sich hier verheddert.«

»Verheddert ist gut«, schnaubte Snigg. »Das Zeug wickelt dich von ganz alleine ein. Da bleibt dir gar keine Zeit, dich zu verheddern.«

Primus strich sich mit dem Flügel über den Kopf. Wie sollte er Snigg bloß hier herausbekommen? Wenn er sich in seine normale Gestalt verwandeln würde, dann könnte er den dicken Kürbis zwar befreien, aber viel bringen würde das nicht. Schon nach wenigen Sprüngen würde er wieder genauso im Gebüsch festhängen, wie er es jetzt gerade tat. Er konnte ihn auch nicht tragen, denn in diesem Fall würden sie beide in dem Gewirr stecken bleiben. Und als Fledermaus konnte er den schweren Kerl nicht einmal anheben. Doch dann kam ihm eine Idee.

»Warte einen Augenblick«, sagte er. »Ich fliege nur schnell los und hole Hilfe.«

»Du willst mich hier alleine lassen?«, rief Snigg. »Das kannst du doch nicht machen. Wickle mich vorher gefälligst aus!« Er zog ein Gesicht wie sieben Tage Regenwetter und fing fürchterlich zu winseln an.

Primus aber sauste über die Büsche davon. »Kein Grund zur Panik!«, rief er. »Ich bin gleich wieder da.« Sprach's und verschwand hinter den Tannen.

Wenige Minuten später hatte er die Lichtung mit Plims Spielzeugladen gefunden. Plim stand mit einer Gießkanne im Garten und goss die Tomaten. Chuck die Vogelscheuche hatte ihn sogleich gesehen. Freudestrahlend stand er im Salatbeet und winkte ihm zu.

»Seht mal, Miss Plim!«, rief Chuck. »Da ist ja diese todschick gekleidete Fledermaus wieder. Ich finde, so ein Hut würde mir auch gut stehen. Schwarz hat ohnehin etwas Geheimnisvolles. Findet Ihr nicht auch, dass ...«

Plim drehte sich um und sah zu Primus auf. »Weißt du eigentlich, wie spät es ist?!«, rief sie. »Fast zehn Uhr! Wir brauchen bestimmt zwei Stunden, bis wir in Hohenweis sind, und ich will heute noch einkaufen.«

Primus landete auf Chucks ausgestrecktem Arm. »Tut mir leid, ich habe verschlafen. Wir müssen vorher nur noch schnell etwas erledigen. Hast du vielleicht eine große Tasche und ein langes Seil? Ein Freund von mir steckt da hinten im Gestrüpp und kommt nicht mehr heraus. Genau auf der anderen Seite der Bäume.«

Plim zog die Oberlippe hoch.

Doch Primus fuhr im gleichen Atemzug fort: »Ich packe ihn einfach in die Tasche und du ziehst ihn im Flug heraus.« Dann fügte er hinzu: »Das geht schon in Ordnung. Dort hinten sieht dich gewiss keiner, wenn du auf deinem Besen sitzt.«

»Wovon redest du? Was ist das für ein Freund, der in eine Tasche passt? Doch nicht etwa dieser knochige Kerl aus deiner Uhr?«

Primus schüttelte den Kopf. »Nein«, sagte er, »es ist ein Kürbis. Der wohnt bei mir auf dem Komposthaufen. Also komm schon, bevor noch mehr Zeit vergeht.«

Plim stellte ihre Gießkanne ab und stapfte mit gelupftem Rock über das Gemüsebeet. »Tsss, bevor noch mehr Zeit vergeht ...«

Sie marschierte ins Haus, kam aber schon kurz darauf mit einer großen Tragetasche wieder heraus. Primus flog ihr entgegen.

»Steck deinen Freund schon mal hier hinein«, sagte sie und reichte ihm die Tasche. »Ich komme gleich nach und hole ihn ab.« Mit diesen Worten verschwand sie im Haus.

Primus flatterte, so schnell er konnte, durch die Lichtung und über die Bäume zum Dornenfeld zurück. Deutlich konnte er das struppige Büschel erkennen, das unter Sniggs Befreiungsversuchen wie wild umherwackelte. Primus setzte zur Landung an und verwandelte sich in seine menschliche Gestalt. Mühevoll machte er sich daran, den Kürbis aus den Ranken zu wickeln. Das Gestrüpp war widerspenstig und stachelig. Außerdem kam es nun auch bedrohlich schnell auf Primus zugekrochen.

Endlich hatte er es geschafft. Snigg war von den Schlingpflanzen befreit. Primus stieß mit den Füßen die letzten Ranken zur Seite und stemmte den Kürbis in die Tasche. Für Snigg war das alles zu viel.

»Ich bekomme hier drin keine Luft«, kam es dumpf aus der Tasche.

»Mach jetzt bloß keinen Aufstand«, rief Primus. »Dir passiert schon nichts.«

Dann hielt er fiebernd Ausschau nach Plim.

»Wo bleibt sie denn bloß?« Nervös versuchte er sich die Pflanzen vom Leib zu halten.

Doch da hörte er auch schon den knatternden Besen anrücken. Es war das erste Mal, dass er dieses Geräusch mit Erleichterung vernahm. Endlich tauchte Plim über den Bäumen auf. Sie drosselte ihren Rennbesen, beugte sich über den Fahrradlenker und verschaffte sich zunächst einen groben Überblick. Es schien ihr aber, dass so weit alles in Ordnung war. Sie nickte Primus hinter ihrer Rennfahrerbrille zu und knallte zweimal mit dem Auspuff. Wahrscheinlich sollte das so viel heißen wie – *jetzt geht's los*. Anschließend ging sie zum Tiefflug über. In engen Kreisen flog sie um Primus herum. Sie warf ihm das Ende eines Seils zu, dessen anderes Ende am Besenstiel festgebunden war. Primus verknotete es schnell mit den Tragegriffen der Tasche. Als er damit fertig war, hob er den Daumen. Auf dieses Zeichen hin zog Plim ihren Besen nach oben.

Sie hatte offenbar nicht damit gerechnet, dass Snigg so schwer war. Denn als die Schnur sich spannte, gab es einen Ruck, dass Plim fast vorne übergeschossen wäre. Der Besen stieß schwarze Rauchwolken aus und Plim versuchte mit aller Kraft an Höhe zu gewinnen. Sie schaffte es auch, den

Rennbesen knapp über die Baumwipfel zu ziehen, aber die Tasche bekam sie nicht so weit hinauf. Diese polterte mit Schwung gegen alle Bäume, die sich ihr in den Weg stellten. Mitleidig flog Primus hinterher und zog bei jedem Schlag den Kopf ein. Als Plim die Lichtung erreichte und zur Landung ansetzte, schleifte sie die Tasche noch durch den halben Garten hinter sich her, bevor diese gegen die Hauswand schlug und regungslos liegen blieb.

Plim hüpfte von ihrem Besen und eilte auf die verbeulte Tasche zu, aus der ein jämmerliches Stöhnen kam.

»Um Himmels willen«, rief sie. »Hast du dir da drin etwa wehgetan?«

Auf diese Frage hin veränderte sich das Stöhnen zu einem verzweifelten Gelächter.

Primus hatte ein mächtig schlechtes Gewissen, als er neben Plim vor der Hauswand landete. Er verwandelte sich und machte die angeschlagene Tasche auf. Natürlich kam auch Chuck über das Salatbeet gehüpft, um sich neugierig dazuzustellen. Plim war in der Zwischenzeit zum Brunnen gelaufen. Hektisch drehte sie an der Kurbel und zog einen Eimer Wasser herauf. Primus rollte den Kürbis aus der Tasche. Er drehte ihn um und tätschelte mit der flachen Hand seine Backe.

»He, mein Dickerchen«, sagte er fürsorglich. »Jetzt ist ja alles wieder gut.«

Doch genau in diesem Moment schüttete Plim dem Kürbis einen Schwall kaltes Brunnenwasser ins Gesicht. Prustend schlug dieser die Augen auf. Das Erste, was er daraufhin sah, war Miss Plim, die ihn mit ihrer Rennfahrerbrille anstarrte, und die aufgeregte Vogelscheuche, die neben ihr herumzappelte. Snigg machte seine Augen sofort wieder zu.

Das alles musste ein Albtraum sein, dachte er – und zwar einer von der besonders schrecklichen Sorte. Ein lautes Gurgeln kam aus seinem Bauch.

»Hat er Hunger?« Plim sah zu Primus hinüber.

Dieser hob ratlos die Schultern.

Plim beugte sich zu Snigg hinunter und schaute ihm aus nächster Nähe ins Gesicht. Wie zu einem Schwerhörigen sagte sie laut und mit dem Kopf nickend: »Du hast Hunger, nicht wahr?«

Snigg öffnete die Augen. Er betrachtete die fremdartige Gesellschaft und sah mit einem Hilfe suchenden Blick zu Primus auf.

»Die tun dir nichts«, beruhigte ihn dieser. »Schau her, das hier ist Chuck.« Er zog die Vogelscheuche zu sich heran. »Chuck wohnt vorne im Salatbeet und freut sich bestimmt, wenn er dich zum Essen einladen darf.«

»Oh ja!«, rief Chuck. »Das finde ich eine ganz tolle Idee. Ihr kommt einfach mit und ich sehe einmal nach, was ich für Euch finden kann. Ich persönlich bin ja kein großer Esser, aber ich kann Euch dafür ausgezeichnet beraten. Den Feldsalat solltet Ihr unbedingt einmal probieren, der hat ein Aroma, sagenhaft! Hat mir zumindest neulich eine Raupe erzählt, hahaha.« Er lachte verlegen.

Dann blickte er Primus an und quasselte, ohne eine Pause zu machen, weiter:

»Das wollte ich Euch noch schnell sagen. Anfangs war ich ja von Eurem Zylinder so begeistert, aber der Frack, den Ihr tragt, ist geradezu unaussprechlich. Was für ein Schnitt! Eine befreundete Vogelscheuche aus meiner Gruppentherapie hatte einmal etwas Ähnliches an. Ich dachte mir damals – gütiger Himmel, wo hat er den bloß her? Aber Ihr wisst ja, wie die Leute sind, sie sprechen nicht gerne über ihre guten Quellen. Besonders schön finde ich Eure Knöpfe. Habt Ihr gewusst, dass ich Knöpfe sammle?«

Mit diesem Satz schnappte die Vogelscheuche nach Primus' Frack und riss ihm den oberen Knopf ab. Fassungslos blickte Primus die Vogelscheuche an. Er wollte gerade zu einer gehörigen Standpauke ansetzen, als Chuck eine kleine alte Blechdose aus der Tasche zog und sie ihm unter die Nase hielt.

»So, Ihr dürft Euch jetzt einen aussuchen«, sagte er. »Ich tausche nämlich für mein Leben gerne.«

Primus hatte überhaupt keine Lust darauf. Aber weil Chuck so nett war und sich um Snigg kümmern wollte, spielte er das Spielchen anstandshalber mit. Er schaute in die Dose, wo er zwischen vielen kleinen Knöpfen aus Holz oder Horn einen blitzenden Messingknopf entdeckte. Er nahm ihn heraus und betrachtete ihn im Sonnenlicht. Auf der Vorderseite war eine Prägung zu erkennen. Sie zeigte eine Hacke und eine Schaufel, die sich in der Mitte kreuzten. Höchstwahrscheinlich das Wappen einer Bergwerksgilde, wie Primus vermutete.

»Ich nehme diesen hier«, sagte er.

»Fein«, entgegnete Chuck, »der wird Euch bestimmt gut stehen.«

Primus steckte den Knopf in seine Jackentasche und schaute Chuck hinterher, wie dieser mit Snigg zum Salatbeet hüpfte.

Plim war ins Haus gegangen, um ihre Sachen zu packen. Als Primus die Hexenküche betrat, musste er zuerst auf das Regal sehen, wo gestern noch sein Einmachglas gestanden hatte. Er wollte gar nicht daran denken, wie unbequem es darin gewesen war, und blickte nach oben zum Dachboden. Plim stand vorne am Geländer und holte ein Paar lange Strümpfe von der Wäscheleine.

»Ich bin gleich so weit«, sagte sie. »Könntest du bitte in der Zwischenzeit woanders hinsehen?«

Schnell drehte er sich um. Dann schritt er zur Wand, an welcher der Plan mit der Mondsichel hing. Endlich konnte er das Pergament einmal genauer betrachten, nachdem er es bisher nur durch das verzerrende Glas gesehen hatte. Die schnörkelige Handschrift stellte für Primus kein Problem dar. Durch seine allabendliche Bettlektüre hatte er mittlerweile reichlich Übung in der Entschlüsselung von alten Schriften. Dort, wo der Text nicht vom Wasser zerstört war, standen genau die Angaben, die Plim ihm letzte Nacht geschildert hatte:

Einstiger Standort: vermutlich über dem heutigen Finsterwald
Zeitpunkt der Anfertigung: vor etwa 12000 Jahren
Von Sternenlicht getragen
Von Dunkelheit zusammengehalten
Bestandteile: Macht, Glück, Reichtum, Schönheit, Unsterblichkeit

»Dieses Ding ist anscheinend uralt«, stellte er fest. »Ich kann mir beim besten Willen nicht vorstellen, wer das gebaut haben könnte.«

Fasziniert trat er näher an den Plan heran. Sollten diese Ziffern etwa Maßangaben sein? Unfassbar! Wenn diese Werte stimmten, dann musste die Sichel einen Durchmesser von mehr als zwanzig Schrittlängen gehabt haben. Primus pfiff durch die Zähne. Mit so einem gigantischen Objekt hatte er nicht gerechnet. Plim hatte also nicht übertrieben –

sein Stein war demnach wirklich nicht mehr als nur ein winziger Bruchteil.

Aber auf dem Plan gab es noch mehr zu sehen:

Feine Linien unterteilten die Sichel in fünf Segmente, die jeweils mit den dazugehörigen Elementen beschriftet waren. Das Stück in der Mitte besaß das Element der Macht. Hier war auch die Schrift noch klar zu lesen. Doch bei den unteren zwei Segmenten konnte man nicht mehr das Geringste der Beschriftung erkennen. Die Tinte war vollkommen zerlaufen und verblichen. Klar und leserlich war hingegen auch der Teil zu entschlüsseln, der über dem Segment der Macht folgte: Reichtum. In der oberen Spitze steckte schließlich die Schönheit. Primus stutzte. Wofür brauchte Plim denn ausgerechnet *dieses* Element? Sie war vielleicht aufbrausend und zickig, sie klaute und fluchte, aber hässlich war sie nicht gerade. Ganz im Gegenteil.

»Du kannst dich jetzt wieder umdrehen«, kam es von hinten, als Plim die Stufen heruntergetrippelt kam.

Sie trug ein rabenschwarzes Kleid und ein kurzes Jäckchen mit einem buschigen Pelzkragen. Ihre silbrigen Haare hatte sie zu zwei langen Zöpfen zusammengebunden, die ihr vorne über die Schultern fielen. In der Hand hielt sie ein altes Arztköfferchen.

»Meine Handtasche – für die Einkäufe«, sagte sie und hielt das Köfferchen in die Höhe. »Nirgendwo gibt es bessere Zauberkräuter als auf dem Markt von Hohenweis. Diese unverschämten Kobolde verlangen zwar horrende Preise, aber sie haben auch die besten Wurzeln weit und breit.« Sie schloss die Augen zu zwei schmalen Schlitzen. »Liegt wohl daran, dass sie den ganzen Tag lang nichts anderes tun, als unter der Erde zu buddeln.«

Primus und Plim gingen aus dem Haus. Im Salatbeet sahen sie Snigg, wie er gerade einen Rettich verschlang.

»So wie es aussieht, hat er sich bald wieder erholt«, sagte Primus zuversichtlich. Er hob die Hand und winkte ihm zum Abschied zu.

Aber der Kürbis war viel zu beschäftigt, als dass er sich von irgendjemand hätte stören lassen. Guter Dinge machten sich die beiden daraufhin auf den Weg und gingen durch die Tannen zum Kräutersteig.

Es dauerte mehr als eine Stunde, bis sie sich endlich dem Waldrand im Osten näherten. Primus machte die Lauferei durch den Nadelwald überhaupt keinen Spaß. Der Kräutersteig war keineswegs angenehmer oder ungefährlicher als der Distelpfad. Ständig sausten Fichtenzapfen in der Größe von Weinflaschen auf sie hernieder, das Harz tropfte in Klumpen oder es regnete eimerweise Tannennadeln. Primus hatte seinen Kopf so weit im Kragen versteckt, dass nur noch die Nase unter dem Zylinder zu sehen war. Aber auch Plim versuchte sich vor dem Schlimmsten in Acht zu nehmen. Sie hielt den kleinen Koffer über den Kopf und lupfte ihr Kleid, während sie über den knöcheltief mit Nadeln bedeckten Waldboden stapfte.

Schließlich hatten sie den Ostrand des Finsterwaldes erreicht. Von hier aus konnten sie bereits die Türme der Hauptstadt erkennen, wenngleich sie noch ein beachtliches Stück Weg vor sich hatten.

Zu ihrer Rechten ragte nun hohes Schilf auf, da sich der Mondwassersee bis hierher um den Finsterwald erstreckte. Die Wasseroberfläche funkelte im Sonnenlicht und mit leisem Rauschen bog sich das Schilf im Wind. Zur anderen Seite des Wegs breiteten sich Kornfelder aus, die bis zum Horizont führten. Nur vereinzelt sahen die beiden ein altes Haus oder ein verschlafenes Dörfchen. Primus erzählte Plim eine Reihe von Geschichten, die er im Zauberzirkel gelesen hatte. Auch dass er immer noch nach den Türen zum Koboldreich suche und sich schon heute auf die nächste Ausgabe des Magazins freue. Und er konnte es natürlich nicht lassen, Plim von der aktuellen Titelgeschichte zu erzählen. Die Klettenheimer waren schließlich ganz stolz darauf, dass ihre Schneeschaufel so gut funktioniert hatte. Plim gab hierzu nur ein abfälliges *Pah* von sich und erzählte von weitaus schlimmeren Verfolgungsjagden, die sie hinter sich hatte. Während sie so plauderten, glitt Primus' Blick über den glitzernden See.

Mit einem Mal fiel ihm ein kleiner Holzsteg auf, der unscheinbar und versteckt zwischen dem Schilfgras lag. Primus blieb stehen.

»Warte mal einen Moment«, sagte er und ging ein Stück zurück.

»Was ist denn? Wir müssen weiter!«

Primus bog das Schilf beiseite und betrat den Steg, der nur einige Schritte weit aufs Wasser hinausführte. »Hier liegt ein Boot«, antwortete er.

»Toll«, spottete Plim. »Das ist genau das, was wir bei unserem Weg über die Felder brauchen.«

Primus winkte ab. Die Bretter knarrten unter seinen Füßen, als er über den wackeligen Holzsteg zu dem Ruderboot ging, das festgebunden im Wasser schwamm. Abgesehen von den Rudern war das Boot vollkommen leer.

Kurz darauf trat Primus wieder ans Ufer.

»Was ist denn mit dem Boot?«, fragte Plim. »Hast du etwas gefunden?«

»Das weiß ich nicht genau.« Er drehte sich um und blickte zurück. »Vorletzte Nacht habe ich durch mein Fernrohr vom Turm aus einen Festzug von Kobolden beobachtet. Du weißt schon – wegen der versteckten Türen. Zufällig ist mir dabei der See ins Blickfeld gerückt, auf dem ein Ruderboot schwamm.«

»Na, und? Es hat sich wahrscheinlich losgerissen«, meinte Plim.

Primus schüttelte den Kopf.

»Nein«, sagte er, »das ist es ja. Es war jemand darin. In dieser stockdunklen Nacht war jemand draußen auf dem See. Er stand kerzengerade im Boot. Fast sah es so aus, als würde er nach etwas im Wasser suchen, nur leider konnte ich sein Gesicht nicht erkennen. Er trug eine Kapuze über dem Kopf und war in einen Umhang gehüllt. Das ist doch eigenartig, oder etwa nicht?«

Dann runzelte er die Stirn. »Moment«, rief er, »da war noch etwas! Ich konnte seine Hand erkennen, mit der er seinen Umhang zusammengehalten hat. Daher weiß ich auch, dass es ein Mann war. Er hatte einen breiten Ring am Finger – ich glaube, es war ein Siegelring.«

Plim zog ein verblüfftes Gesicht. »Und was hat der Mann dann gemacht?«

»Keine Ahnung«, antwortete Primus. »Ich habe gleich wieder nach den Geheimtüren Ausschau gehalten. Außerdem musste ich doch anschließend mit dir über den Feldern Fangen spielen. Aber lass uns jetzt lieber weitergehen. Das ist ansonsten schon die dritte Person, über die ich mir den Kopf zerbreche.«

Plim stand da und schaute ihm nach. »Wieso die *dritte* Person? Über wen denkst du denn noch so alles nach?«

Primus wandte sich im Gehen um: »Zuerst einmal über denjenigen, der die Sichel gebaut hat«, rief er. »Leute, die ihr Handwerk derart verstehen, findet man nicht oft in dieser Gegend. Und dann würde mich interessieren, wer deinen Plan gezeichnet hat. Darauf steht nämlich geschrieben, dass die Sichel vor 12000 Jahren angefertigt wurde. Der Plan jedoch sieht mir nicht danach aus, als wäre er älter als zweihundert oder dreihundert Jahre. Demnach hat sich vor einiger Zeit noch jemand *anderes* damit beschäftigt. Und ich wüsste allzu gerne, wer das gewesen ist.«

Nach einiger Zeit tauchten windschiefe Häuser auf, die eng beieinanderstanden. Es waren die Vororte von Hohenweis mit ihren verwinkelten Gassen, die allesamt im Schatten der gewaltigen Stadtmauer lagen. Primus und Plim gingen über die lehmigen Gassen und zwängten sich schließlich zwischen zwei Hauswänden hindurch, wo sie auf eine breite gepflasterte Straße stießen. Gaslaternen säumten das Kopfsteinpflaster, das schnurgerade zum großen Stadttor führte. Ein unglaubliches Stimmengewirr lag in der Luft, in das sich das Gepolter von Rädern, das Knallen von Peitschen oder das Klappern von Hufen mischte. Bauern trieben ihr Vieh über das Pflaster oder drängten sich mit Strohballen beladen durch Scharen von Kobolden, Reitern und Marktfrauen. Zahlreiche Kutschen und Karren standen hier Schlange, um an den Toren von der Stadtwache kontrolliert zu werden. Gehen konnte man in diesem Gewühl überhaupt nicht mehr. Im Schneckentempo wurden Plim und Primus vorangeschoben, während über den Zinnen die Mittagssonne herunterbrannte.

»Das nächste Mal fliegen wir«, sagte Primus genervt zu

Plim, die von der Menge ganz nah an ihn herangedrückt wurde.

Stück für Stück rückte das Stadttor näher. Sie wurden an Obstkarren und Pferdefuhrwerken vorbeigezwängt, bis sie endlich von den Wachen hineingelassen wurden. Dann waren sie da.

Hohenweis war eine schillernde Stadt. Mit ihren altehrwürdigen Häusern, den mächtigen Türmen und den vielen Brückenbögen, die sich hoch oben zwischen den Gebäuden über die Straßen spannten, versetzte die Hauptstadt jeden Besucher immer wieder aufs Neue in Erstaunen. Hinter Torbögen voll steinerner Gesichter verbargen sich Treppen oder Arkadenhöfe, zu denen finstere Wasserspeier aus luftiger Höhe herabsahen. Die Steinmetze dieser Figuren hatten zweifelsohne eine wahre Meisterleistung vollbracht, da keiner der gemeißelten Drachen, Teufel oder Trolle einem anderen glich. Aber neben dieser Bildhauerkunst war die Hauptstadt des Unkrautlands besonders für ihre Universitäten und Akademien berühmt. Aus allen Teilen des Landes reisten die Studenten an, um hier ihr Wissen zu vergrößern. Jegliche Arten der Geheimwissenschaften wurden in den Gewölben der Hochschulen gelehrt. Dazu zählten nicht nur Astrologie oder Parapsychologie, nein – auch die Alchemisten wurden hier unterrichtet. Tief in den Kellern unter der Akademie heizten sie blubbernde Glaskolben an, ließen Mixturen verdampfen oder stellten feine Pülverchen her. Immer wieder zitterte der Boden, wenn eines ihrer Laboratorien in die Luft flog.

Bei so vielen Akademien war es daher nicht verwunderlich, dass sich um den Marktplatz eine Menge kleiner Läden angesammelt hatte, in denen man alles Mögliche finden konnte, was man als Wissenschaftler brauchte. Es gab Glasspiralen zum Destillieren von Tinkturen, Federkiele, Pergamentrollen, Ferngläser, Mikroskope und vieles, vieles mehr. Plim schielte neugierig durch ein Schaufenster, in dem sie einen gasbetriebenen Kupferkessel mit eingebauter Temperaturanzeige entdeckt hatte.

Sie strahlte übers ganze Gesicht: »Da muss ich nachher unbedingt hinein!«, rief sie. »Erinnerst du mich bitte daran? So einen Kessel muss ich haben. Vorher will ich aber noch ein paar Kräuter kaufen. Der Markt liegt sowieso in unserer Richtung.«

Die beiden rannten über die Straße zum Marktplatz, wo es von Gauklern und Marktschreiern nur so wimmelte. Am geschäftigsten waren die Kobolde, die mit ihren Ständen nahezu ein Drittel des gesamten Platzes besetzt hatten. Eifrig kurbelten sie an ihren Kassen.

Primus schlich zwischen den Bücherständen herum und blätterte in staubigen Wälzern, während Plim eifrig Zaubermittel kaufte. Sie war mit Leib und Seele bei der Sache und fuchtelte wild mit den Armen. Selbst aus der Entfernung konnte Primus hören, wie sie die Kobolde beschwatzte.

»Wie bitte?«, fauchte sie einen runzligen Hügelkobold an. »Fünfundzwanzig Silberlinge für zwei Pestwurzeln? Du glaubst doch nicht im Ernst, dass ich dir die abkaufe? In Wetterbach haben sie mir solche Dinger schon hinterhergeworfen!«

Der Kobold schnappte nach Luft. Er klapperte hektisch mit seinen Waagschalen und wühlte fieberhaft unter dem Tisch nach anderen Sachen, die er ihr vielleicht noch andrehen könnte.

Unterdessen verließ Primus seinen Bücherstand und ging zu einer kleinen Zeltbude mit allerlei kuriosen Dingen. Er quetschte sich an verschnörkelten Möbeln vorbei und zog den Kopf unter Bilderrahmen ein, die von der Decke baumelten. Fast kam er sich so vor, als wäre er bei sich zu Hause im Turmzimmer. Es gab Sternkarten, Uhren und einen Haufen anderer Dinge. Die Tische waren vollgestellt mit Kerzenhaltern, geschnitzten Figuren und Petroleumlampen. Auf den Regalen an der Zeltwand bemerkte er einige aufgeklappte Holzkistchen mit Kartenspielen, Flöten oder farbigen Linsen darin. Staunend sah er sich alles an. Da entdeckte er unter einem alten Lappen eine längliche Schatulle aus schwarzem Ebenholz. Neugierig hielt er das glänzende Behältnis in den Händen. Was konnte da wohl drin sein? Er schaute sich nach dem Verkäufer um, konnte aber niemanden entdecken. Doch als er mit der Hand über den Deckel strich, hörte er plötzlich eine Stimme:

»Mach sie ruhig auf, mein Jungchen.«

Primus drehte sich um. Außer ihm war niemand da. Doch als er den Blick nach unten richtete, sah er einen kleinen Schaukelstuhl, in dem eine alte Koboldfrau saß. Sie hatte ein getupftes Kopftuch auf, eine karierte Wolldecke über den Schoß gelegt und häkelte an einem Spitzentuch. Durch fingerdicke Brillengläser lächelte sie ihn an.

»Hoppla«, sagte Primus. »Ich habe Euch gar nicht gesehen, gute Frau. Schöne Sachen habt Ihr hier.«

»Rübe«, krächzte die alte Frau.

»Verzeiht bitte, was meint Ihr?« Primus beugte sich zu ihr hinunter.

»Das ist eine Rübe, mein Jungchen«, antwortete sie. »Eine *Rätselrübe.*«

Er hatte keine Ahnung, wovon die Alte sprach, aber er wollte die Schatulle sowieso gerade öffnen. Er klappte den

Deckel auf und traute seinen Augen nicht. Auf einem Kissen lag eine alte, schrumpelige Zuckerrübe.

Er blickte die Frau verdutzt an, die immer noch lächelnd im Schaukelstuhl wippte.

»Frag etwas«, sagte sie, wobei sie ihn über die Brillengläser anzwinkerte.

»Ich soll *Euch* etwas fragen?« Primus war verwirrt.

»Nicht mich«, antwortete sie. »Du musst die Rübe etwas fragen.«

Er schaute in die Kiste hinein und betrachtete die braune Zuckerrübe. »Na gut«, sagte er kopfschüttelnd, »wenn Ihr meint.« Dann beugte er sich über die Rübe und setzte zu einer Frage an.

»Da bist du ja«, ertönte es von hinten. »Ich habe dich schon überall gesucht.«

Er wandte sich um und sah Plim vor der Zeltbude stehen. Mit beiden Händen hielt sie ihr Köfferchen, das inzwischen über und über voll Wurzeln war.

»Jetzt habe ich alles, was ich wollte«, trällerte sie und stellte sich zu Primus ins Zelt. »Dafür musste ich mich auch eine Ewigkeit mit dem alten Giftzwerg herumärgern. Ich habe seine Pestwurzeln aber immerhin von fünfundzwanzig auf fünfzehn Silberlinge herunterhandeln können, was trotzdem noch ein Wucher ist. Fast für die Hälfte habe ich sie bekommen, das musst du dir einmal vorstellen. Zum Schluss hat er mir sogar noch ein Büschel Hexenkraut für jede Pestwurzel dazugegeben.«

»Der hätte dir bestimmt noch mehr gegeben, um dich wieder loszuwerden«, sagte Primus.

Plim verschnaufte kurz und blickte dann die Rübe an, die gepolstert in der Schatulle lag.

»Die verpacken die Wurzeln hier aber schön«, rief sie. »Wenn ich das gewusst hätte, dann wäre ich gleich hierhergekommen. Was ist das für ein Gewächs? Geisterwurz oder Seifenkraut?«

»Das ist eine Rübe, mein Kind«, sagte die alte Frau, die auch von Plim bis dahin nicht bemerkt worden war. »Eine Rätselrübe. Du musst ihr eine Frage stellen.«

Plim blickte zu Primus.

»Bitte was muss ich machen?«

»Man muss dieser Rübe eine Frage stellen«, erklärte Primus. »Ich wollte es gerade ausprobieren, als du dazwischengekommen bist. Was könnten wir sie denn fragen?«

Sie zog die Mundwinkel runter. »Frag sie doch einfach irgendetwas über die Sichel. Genau! Frag sie, ob es noch andere Stücke davon gibt und wo sie liegen.«

Er nickte. Dann beugte er sich dicht über die Rübe und sprach sie in einem klaren Ton an: »Wo liegen die Splitter der Mondsichel?«

Aber nichts passierte. Plim und Primus schauten zu der alten Frau. Diese hob die Augenbrauen.

»Vielleicht muss man sie ja ein wenig förmlicher ansprechen«, schlug Primus vor. »Hallo, liebe Rätselrübe«, sagte er. »Würde es dir etwas ausmachen, uns zu verraten, wo die Splitter der Mond…«

Doch weiter kam er nicht. Auf einmal drangen seltsame Geräusche aus der Schatulle. Es hörte sich an wie ein Gähnen oder ein heiseres Knurren. Die Rübe krümmte sich zusammen und aus einer kleinen Furche ertönten einzelne Sätze. Zuerst konnten Primus und Plim die Rübe nicht verstehen, aber dann wurden die Sätze deutlicher:

»… andere Seite, verkehrter Ort, die Splitter liegen schon

lange dort, auf der anderen Seite, am verkehrten Ort, die Splitter liegen schon lange dort … Bäume wachsen herab von oben, berühren den Himmel auf dem Boden. Berühren den Himmel auf dem Boden und wachsen herab von weit, weit oben …«

Auf diese Art brabbelte die alte Rübe weiter, während die Koboldfrau nickend in ihrem Schaukelstuhl hin- und herwippte.

»Du«, flüsterte Plim ihm ins Ohr, »ich glaube, die haben nicht alle Tassen im Schrank. Weder die alte Frau und schon gar nicht diese schrumpelige Kartoffel. Also lass uns sehen, dass wir hier schleunigst wegkommen.«

»Einen Augenblick«, rief Primus und klappte den Deckel zu. Er wandte sich an die kleine Frau, die an ihrem Spitzentuch zupfte. »Was verlangt Ihr für die Rübe?«

Die Alte rückte mit ihrer Nase die Brille zurecht und antwortete in einem ruhigen Ton, ohne Primus dabei anzusehen.

»Du kannst doch eh nicht bezahlen, nicht wahr, mein Jungchen?! Wirst du denn wenigstens gut auf sie aufpassen?«

»Natürlich«, bestätigte er, »darauf könnt Ihr Euch verlassen, werte Frau.«

»Dann nimm sie mit. Aber immer schön darauf aufpassen, hörst du?! Du wirst sie eines Tages noch brauchen, mein Jungchen.«

Erstaunt hielt Primus die Schatulle in den Händen.

»Ihr meint, wir können sie einfach mitnehmen?«

Aber von der Alten kam keine Antwort mehr. Sie häkelte an ihrem Spitzentuch, nickte mit dem Kopf und summte ein Lied.

»Gehabt Euch wohl«, rief Primus. »Ich verspreche Euch, dass wir gut auf sie aufpassen werden.«

»Schön darauf aufpassen, mein Junge«, summte sie, als Primus und Plim aus dem Zelt gingen.

Von dem Trubel auf dem Marktplatz hatten beide genug. Sie schlugen den kürzesten Weg zwischen den Ständen ein und bewegten sich in die Richtung der Bibliothek. Primus hatte die Schatulle fest unter den Arm geklemmt.

»Rätselrübe«, sagte Plim. »Wenn ich gewusst hätte, dass wir uns hier mit altem Gemüse unterhalten, dann hätte ich auch ruhig mit dem Besen fliegen können.«

»Ach, ist doch egal«, meinte Primus. »Wo hat die Rübe gesagt, liegen die Steine? Auf einer anderen Seite? Auf einer anderen Seite, wo die Bäume von oben herunterwachsen und den Himmel auf dem Boden berühren?«

Gemeinsam gingen sie über das Kopfsteinpflaster die Straße entlang.

Zu beiden Seiten ragten die Akademiegebäude auf, die mit mehreren Brücken hoch über der Straße miteinander verbunden waren. Am Ende der Straße erhob sich ein mächtiger Bau, zu dessen Türen eine breite Treppe hinaufführte. Zwei Steinfiguren mit Kapuzen flankierten das Portal, über dem in großen Lettern geschrieben stand:

BIBLIOTHEK DER AKADEMIEN VON HOHENWEIS

»Also dann«, sagte Primus, »hinein ins Vergnügen.«

Die alte Bibliothek

Mit einem Schlag fiel die Eingangstür hinter ihnen ins Schloss. Vom Lärm der Straße war von nun an nichts mehr zu hören. Nur ihre Schritte hallten durch das Gewölbe, als Primus und Plim durch die große Vorhalle schritten. Plim legte den Kopf in den Nacken. Langsam ließ sie ihren Blick an den mächtigen Säulen nach oben schweifen. Diese waren aus schwarzem Basalt und in sich verdreht wie gigantische Stricke. An ihren Enden, dort wo das Deckengewölbe ansetzte, ragten steinerne Gesichter mit Hakennasen oder buschigen Bärten hervor. Plim ahnte sofort, um wen es sich bei den Bildnissen handelte. Es waren die großen Lehrmeister, welche der Akademie einst zu Ruhm und Ehre verholfen hatten. Finster schauten sie von oben herunter, so, als musterten sie jeden Besucher vom Kopf bis zu den Füßen. Beim Anblick ihrer versteinerten Mienen konnte Plim nur allzu gut nachvollziehen, wie sich ihre Schüler wohl gefühlt haben mochten, als sie ihnen zu Lebzeiten gegenübergestanden hatten.

Primus schnupperte. Die Luft war erfüllt mit dem Geruch von altem Papier, Pergament und Druckerschwärze. Doch das war nicht weiter ungewöhnlich – schließlich befand sich hier in der Bibliothek auch der Verlag des Zauberzirkels. Das konnte man nicht nur riechen, sondern auch hören. An beiden Seiten der Halle führten zwei gebogene Treppen zum

Obergeschoss, von wo aus leise das Rattern der Druckmaschinen ertönte. Unter den beiden Treppen gab es jeweils einen Durchgang, der die Vorhalle mit den angrenzenden Akademiegebäuden verband. Viele Studenten mit wehenden Umhängen huschten dort umher, von denen die Alchemisten am allerleichtesten zu erkennen waren. Entweder hatten sie von Ruß geschwärzte Gesichter oder Brandlöcher in ihren Umhängen. Doch außer den Studenten waren hier auch zahlreiche Kobolde anzutreffen, von denen einige offensichtlich für den Verlag des Zauberzirkels arbeiteten. Flink rutschten sie die breiten Treppengeländer herunter, jeder von ihnen mit einem Stapel von Magazinen auf dem Schoß, und brachten die Hefte durch die Eingangstür nach draußen zu den Händlern. Andere wiederum schoben kleine Wägelchen vor sich her, auf denen Berge von Büchern lagen. Diese steuerten sie quer durch die Halle und geradewegs auf einen Torbogen zu. Schon von weitem konnte man sehen, was sich dahinter befand: die Bibliothek – die größte, die das Land je gesehen hatte.

Für Primus barg der Hauptraum der Bibliothek inzwischen längst nichts Neues mehr. In den vergangenen zweihundert Jahren war er schon unzählige Male hier gewesen. Plim dagegen kam aus dem Staunen nicht mehr heraus. Nicht einmal im Traum hätte sie sich so eine gigantische Halle vorgestellt. Mit offenem Mund stand sie da und schaute sich um. Der Raum musste gut und gerne eine Höhe von zwanzig Stockwerken haben! Man fühlte sich wie in einer Schlucht aus Büchern, die mindestens dreihundert Fuß lang war. Über die gesamte Höhe des Raums zogen sich an der linken und rechten Hallenwand die Bücherregale empor. Die oberen Reihen konnte man vom Boden aus fast nicht mehr erkennen. Um in diese schwindelerregenden Höhen zu gelangen, gab es vor den Regalen kleine Balkone, die mit einem raffinierten System aus Rollen und Seilzügen versehen waren. Es funktionierte wie ein Flaschenzug und man konnte damit ohne Anstrengung vor den Buchreihen rauf- und runterfahren. Ein leichter Zug an der entsprechenden Schnur reichte aus und schon sauste der Balkon in die Höhe. Sogar eine Fahrt zur Seite war damit möglich. Plim hatte auch so etwas noch nie gesehen. Lautlos glitten die Lesebalkone mit ihren Insassen an den Regalen vorbei und schnellten bis nach oben zu den am höchsten gelegenen Büchern. Darüber thronte ein gewölbtes Glasdach, das im Sonnenlicht funkelte. Tauben flogen dort durch ein kleines Dachfenster und flatterten im Sonnenschein zwischen den Eisenstreben, wo sie ihre Nester gebaut hatten.

Fasziniert schaute Plim den fahrenden Balkonen nach. Einer von ihnen war bis oben hin mit Büchern beladen und sauste, trotz seines Gewichts, in Windeseile kreuz und quer an den Regalen vorbei. Zwischen den Büchern eingequetscht stand ein schmaler Mann mit schütterem blondem Haar, der jedes Buch an seinen ordnungsgemäßen Platz zurückbrachte. Wahrscheinlich war er der Bibliothekar. Denn abgesehen davon, dass er genau wie einer aussah, hätte sich wohl kaum ein anderer in diesem Ozean von Büchern zurechtfinden können.

Allerdings wurden in der Bibliothek nicht nur Bücher aufbewahrt, sondern es wurden auch welche angefertigt. Wie in einem Klassenzimmer reihten sich die Schreibpulte der Buchmalergesellen in der Mitte des Raums aneinander. Mit Federn und Pinseln malten sie kunstvolle Illustrationen, beschrieben Buchseiten oder Pergamente, während ihre Meister zwischen den Reihen auf und ab schritten, um die Arbeiten zu kontrollieren.

»Kannst du mir vielleicht verraten, wie wir *hier* etwas finden sollen?«, fragte Plim und deutete auf die Regale. »Hier stehen ja mehr als hunderttausend Bücher!«

Primus winkte ab. »Das ist überhaupt nicht schwer«, sagte er. »Ich war schon öfter hier und habe jedes Mal das Richtige gefunden. Komm mit, wir nehmen uns erst einmal einen Lesebalkon.«

Skeptisch ging sie hinter Primus her, der schnurstracks auf einen der freien Balkone zusteuerte. Dieser hatte in etwa die Größe eines Sofas und war rundherum mit einem Holzgeländer eingefasst. Über dem linken und rechten Geländer gab es jeweils ein breites Brett, worauf man Bücher oder Schreibunterlagen ablegen konnte. Aber die Bretter hatten noch einen anderen Zweck: Jedes von ihnen verfügte über eine polierte Messingplakette, auf der die Regalreihen mit all ihren Themenkreisen eingraviert waren. Anhand dieser Übersichten konnte man leicht erkennen, wo die Bücher der einzelnen Wissenschaften zu finden waren. Die Seile für die Steuerung befanden sich ebenso an den Seiten des Balkons und boten einen verwirrenden Anblick. Durch eine kleine Tür an der Vorderseite des Geländers konnte man den Balkon betreten.

Primus zog den Riegel beiseite. »Komm schon«, sagte er und machte das Türchen auf, »rein mit dir.«

Plim sah nicht besonders glücklich aus. Stocksteif stand sie vor dem Balkon und runzelte die Stirn.

»Also ich weiß nicht recht«, murrte sie. »Hast du wirklich eine Ahnung davon, wie das Ding funktioniert? Für meinen Geschmack geht es hier ganz schön weit nach oben. Was ist, wenn wir abstürzen? Im Vergleich zu dir kann ich ohne Hilfsmittel nicht fliegen.«

»Dir passiert schon nichts«, entgegnete Primus. »Es sieht schlimmer aus, als es ist.« Er zog sie in den Balkon und machte die Tür zu.

»Sieh mal her«, sagte er. »Man orientiert sich ganz einfach hier an diesen beiden Plaketten. Genau genommen gibt es ja eigentlich nur zwei Regale, wenngleich sie auch beinahe unendlich lang sind. Auf der linken Seite ist unsere Regalwand abgebildet und auf der rechten Seite die andere dort drüben. Ich würde vorschlagen, wir suchen uns erst einmal ein paar Chroniken vom Unkrautland. Wahrscheinlich erfahren wir so am ehesten, was sich vor 12000 Jahren abgespielt hat.«

Daraufhin nahm er eines der Seile vom linken Geländer und anschließend eines vom rechten. Er sah zu Plim und zuckte mit den Augenbrauen.

»Jetzt aber schön festhalten! Die Chroniken sind ganz oben links.«

Mit einem kräftigen Ruck zog er am rechten Seil, woraufhin der Balkon mit Karacho nach oben schnellte. Miss Plim stieß einen quietschenden Schrei aus und Primus ein lautes *HEISSA*. Noch während die Fahrt nach oben ging, zog Primus das andere Seil und der Balkon sauste zur Seite. Mit ganzer Kraft krallte sich Plim am Geländer fest. Sie schaute zu den Pulten der Schreiberlinge hinunter, die immer kleiner und kleiner wurden. Als sie schließlich ganz oben angekommen waren, bremste Primus ab.

»Und schon sind wir da«, sagte er. »Das war doch nicht weiter tragisch, nicht wahr?«

Plim riss die Augen auf: »Nicht weiter tragisch? Du willst mich wohl umbringen. So etwas kann man doch beim ersten

Mal auch ein wenig langsamer machen, oder? Du bist ja noch schlimmer als mein alter Fluglehrer für Hexenbesen. Erste Stunde, bei Nacht und Nebel – und ab mit Vollgas!« Sie ruderte mit den Armen. Dann aber fügte sie hinzu: »Kann ich das auch einmal probieren?«

Primus lachte. »Natürlich«, sagte er. »Wir packen nur noch schnell ein paar Bücher ein und dann kann es weitergehen.«

Er schaute zum Regal. Vor ihnen hing ein Schildchen mit der Gravur *Frühgeschichte.* Primus überflog die Titel auf den Buchrücken und zog nacheinander drei schwere Lederbände aus dem Regal. Nachdem er die Bücher verstaut hatte, erklärte er Plim die einzelnen Seile, mit denen sich der Balkon steuern ließ.

»Am besten, du stellst dich in die Mitte. Von dort ist es am einfachsten.«

Er schob sie an die richtige Position und stellte sich daneben.

»An jeder Seite siehst du zwei Gruppen von Seilen. Die hinteren Seile sind immer die, die von den Umlenkrollen kommen. Aber um die brauchst du dich gar nicht zu kümmern. Sie sind lediglich dazu da, dass das Gewicht des Balkons verringert wird. So ähnlich wie bei einem Flaschenzug. Wichtig sind dagegen die vorderen. Mit ihnen wird gesteuert. Die zwei Seile auf der rechten Seite sind für die Fahrt nach oben und nach unten notwendig und die anderen beiden für die Fahrt zur Seite. Abgebremst wird mit den roten Seilen, egal auf welcher Seite.«

Plim nickte. »Also bremsen mit diesen hier, rauf und runter mit den anderen. Zur Seite mit denen da.«

Sie griff nach zwei Seilen, spitzte die Lippen und zog vorsichtig an dem in ihrer linken Hand. Lautlos glitt der Balkon zur Seite. Es war wirklich nicht schwer. Nach unten ging es genauso einfach. Plim war sichtlich erfreut. Schon nach kurzer Zeit hatte sie richtig Spaß daran.

»Na dann«, sagte sie, »wir brauchen doch bestimmt noch mehr Bücher, nicht wahr? Wo soll es als Nächstes hingehen?«

Primus grinste übers ganze Gesicht: »Zur *Mythologie*«, verkündete er. »Linkes unteres Drittel vom vierten Hochregal.«

Und mit einem Jubelschrei sausten die beiden zwischen den flatternden Tauben nach unten.

Plim steuerte den Balkon genauso geschickt wie ihren Besen. In kürzester Zeit hatte sie das Regal mit den Büchern über die Mythologie erreicht. Primus nahm mehrere Bände, bevor sie zum Themenkreis *Alchemie* weiterfuhren. Anschließend ging es zur *Astronomie*, zum Gebiet *Magische Symbole* und zu vielen anderen Wissenschaften.

»Wie kommen wir denn zu den Regalen auf der gegenüberliegenden Seite?«, fragte sie.

»Dafür muss man umsteigen«, erklärte Primus. »Aber das können wir uns sparen. Da drüben gibt es hauptsächlich Bücher über Medizin oder Parapsychologie. Nichts, was für unsere Nachforschungen wichtig wäre.«

Plim beugte sich über die Messingplakette. Neugierig las sie die Namen der Themengebiete: »Da gibt es aber auch Hexenzauber und Magische Rezepturen!« Mit funkelnden Augen sah sie ihn an. »Da muss ich hin!!!«

»Gut«, sagte er. »Wir können jetzt sowieso nach unten. Hier haben wir fürs Erste alles Wichtige eingesammelt. Laden wir aus und schnappen wir uns ein Lesepult.«

Das ließ sich Plim nicht ein zweites Mal sagen. Sofort fuhren sie nach unten, wo sie die Bücher zu einem Pult in der Mitte der Halle trugen. Plim konnte es kaum erwarten und schielte währenddessen die ganze Zeit zu den Regalen mit den Hexenbüchern.

»Nun geh schon«, sagte Primus. »Den Rest hole ich alleine.«

Er hatte noch gar nicht zu Ende gesprochen, da war Plim auch schon davongelaufen und mit einem der Lesebalkone verschwunden. Nach einer knappen halben Stunde kam sie schwer beladen wieder zurück. Aber auch Primus konnte es nicht lassen und holte ständig weitere Bücher. Mittlerweile passten die vielen Schriften natürlich längst nicht mehr auf das Pult, weshalb sich die beiden immer mehr über den Boden und über andere Pulte ausbreiteten. Nach einer Stunde sah es fast so aus wie bei jedem der beiden zu Hause. Plim konnte keinen Schritt mehr tun, ohne auf irgendetwas zu treten, und beugte sich in der gleichen Haltung über das Lesepult, in der sie üblicherweise vor ihrem Kessel stand. Primus dagegen hing zurückgelehnt in einem Berg aus Lederbänden, der fast so bequem war wie sein alter Sessel im Turm. Plötzlich blickte er auf.

»Psst, Plim!«, zischte er. »Ich glaube, ich habe hier etwas gefunden.«

»Was denn?«, flüsterte sie.

Er hob das Buch und zeigte ihr den Titel. Plim kniff die Augen zusammen:

»*Spuren im Stein*«, las sie. »Aha, und was steht da so alles drin?«

»Das ist eine Chronik, die sich mit der Frühgeschichte des Unkrautlandes befasst«, erklärte Primus. »Hier steht zwar nichts über die Mondsichel, aber dafür etwas über eine gewaltige Naturkatastrophe. Vor langer Zeit muss es einmal ein schweres Erdbeben gegeben haben, welches das ganze Land vernichtet hat. Aber damit nicht genug. Auf dieses Erdbeben folgte eine regelrechte Eiszeit, die sich über Tausende von Jahren erstreckt hat. In dieser Zeit sind auch die Bleiberge aufgebrochen, wodurch die großen Spalten in der Südwand entstanden sind.«

»Hochinteressant. Und was nützt uns das?« Plim zuckte mit den Achseln.

»Na, was glaubst du denn, *wann* dieses Erdbeben angeblich passiert sein soll?«, fragte Primus und fuhr fort, ohne auf eine Antwort zu warten. »Es war genau vor 12000 Jahren! Diese Zeit bestimmten die Gelehrten anhand der Schichten im Gestein. Sag mal, kommt dir dieses Datum nicht irgendwie bekannt vor?«

Plim verschränkte die Arme. »Ich dachte, dass vor 12000 Jahren die Mondsichel gebaut wurde. Was für eine Rolle spielt denn da ein Erdbeben?«

»Jetzt überleg doch mal«, flüsterte Primus. »Die Sichel wurde vor 12000 Jahren gebaut und hing laut deinem Plan über dem heutigen Finsterwald. Aber könnte es nicht auch genauso gut sein, dass diese Sichel ebenfalls vor 12000 Jahren heruntergefallen ist? Der Stein in meinem Schlafzimmer ist schließlich ein Bruchstück davon. Die Sichel muss also irgendwann einmal zerbrochen sein, wobei ich mir nur allzu gut vorstellen kann, dass dies bei einem Sturz vom Himmel passiert ist.«

»Du meinst, die Sichel ist wegen des Erdbebens heruntergefallen?«

Primus nickte. »Das ist gut möglich. Aber es könnte auch anders abgelaufen sein: Dieses Erdbeben wurde vielleicht gerade deshalb ausgelöst, *weil* die Sichel heruntergefallen ist.« Dann wedelte er mit dem Finger. »Nein, da ist wahrscheinlich noch etwas anderes hinzugekommen. Ein reiner Aufprall kann das nicht gewesen sein. Die Sichel steckte bis zum Rand voller Magie und wurde auch noch durch Magie zusammengehalten – genauer gesagt durch *Dunkelheit*.« Er machte eine kurze Pause. »So«, sagte er, »und jetzt stell dir einmal vor, was passiert, wenn so ein Ding vom Himmel fällt und auf dem Boden zerschmettert.«

Schweigend blickte Plim ihn an.

Dann fuhr er fort: »Ich habe aber außerdem noch etwas entdeckt.« Er kramte ein weiteres Buch hervor und blätterte durch die vergilbten Seiten. »Einen Augenblick noch, wo habe ich es denn? Ah, hier steht es. Die ersten Siedler kamen angeblich vor etwa achthundert Jahren aus dem Norden hierher. Es waren vor allem Bauern und Handwerker, welche die ersten Dörfer am nordöstlichen Rand des Finsterwaldes gegründet haben.«

»Das würde also bedeuten, dass unser Land vor mehr als achthundert Jahren unbewohnt war«, sagte Plim.

Primus schnippte mit dem Finger. »Völlig richtig«, bestätigte er. »Und das bezeugen all die Aufzeichnungen, die wir bisher gefunden haben. Aber nun frage ich dich: Wenn vorher niemand hier war … *wer* hat dann bitte schön die Sichel gebaut?«

Seine Augen funkelten, als er Plim ansah.

»Folglich gibt es nur zwei Möglichkeiten: Entweder dein Bauplan ist eine Fälschung und die Mondsichel ist in Wahrheit überhaupt keine 12000 Jahre alt, oder aber es gibt etwas, das den Geschichtsschreibern möglicherweise entgangen ist. Wie zum Beispiel, dass sehr wohl jemand lange vor den ersten Siedlern im Land gewesen ist. Und wenn das stimmen sollte – dann war dieser Jemand garantiert nicht allein, da bin ich mir sicher. Denn für so ein gigantisches Zauberwerk verlangt es mehr als nur *einen* großen Hexenmeister.«

Mit diesen Worten machten sich die beiden wieder über ihre Bücher her.

Primus blinzelte in die Sonnenstrahlen, die ihn von oben durch das Glasdach trafen. Er rollte mit dem Kopf und stieß ein genüssliches Gähnen aus, woraufhin er empörte Blicke der Schreiberlinge erntete. Schließlich meldete sich Miss Plim zu Wort.

»Hast du schon einmal etwas von einer Festung in den Bergen gehört?«

Primus schaute fragend auf. »Eine Festung, sagst du? Wo soll die denn sein? Damit ist doch nicht etwa mein Turm gemeint?«

»Ach was«, sagte Plim und schüttelte den Kopf. »Der steht doch nicht in den Bergen. Abgesehen davon geht es um eine Festung, und zwar um eine ziemlich gewaltige. Ich habe hier ein Buch über Aberglaube und verwunschene Orte. Es nennt sich …« Plim klappte das Buch zu und fegte mit der Hand den Staub vom Einband. »… *Fantasien verirrter Wanderer.* Darin erzählt ein Mann von riesigen steinernen Ruinen, die er auf den Bergkämmen der Schwefelzinnen gesehen haben will. Sagt dir diese Gegend vielleicht irgendetwas?«

Primus reagierte verblüfft. »Natürlich weiß ich, wo die Schwefelzinnen liegen«, nickte er. »Das sind die zerklüfteten Eisregionen im Hochmassiv der Bleiberge. Wie ist denn dieser Kerl dort hinaufgekommen?«

»Wie meinst du das?«

»Na, da kann man nicht so einfach hochspazieren. Selbst

im Flug käme ich nicht bis zu den Gipfeln. Die eisigen Winde reißen dort alles und jeden in die Tiefe. Und noch abwegiger ist die Vorstellung, dass sich jemand *zu Fuß* durch diese Schluchten kämpft.«

Plim neigte den Kopf. »Tja«, sagte sie, »die meisten Geschichten in diesem Buch hören sich nach blankem Unsinn an. Sie stammen alle von verstörten Wanderern, die nach langem Umherirren wieder aus den Sümpfen oder den Wäldern herausgekommen sind. Aber bei dieser Geschichte geht es mir auch weniger um die Möglichkeit, dass jemand bis zu den Gipfeln geklettert sein könnte. Viel bemerkenswerter finde ich, dass dort oben etwas sein könnte, das ebenfalls aus grauer Vorzeit stammt. Oder meinst du vielleicht, die Bauern sind vor achthundert Jahren dort hinaufgeklettert und haben in Eis und Schnee eine Festung gebaut? Als ihnen der Wind anschließend die Kühe weggeblasen hat, sind sie einfach wieder nach unten gegangen und haben sich mit ein paar Holzbaracken beim Finsterwald begnügt. Nein, nein«, sagte sie, »irgendwas scheint hier nicht zu stimmen.«

Primus war ganz ihrer Meinung. »Bisher sieht alles so aus, als hätten die Geschichtsschreiber ein paar Jahrtausende übersehen. Nur schade, dass wir die Sache mit der Festung nicht nachprüfen können. Ich wüsste wirklich nicht, wie wir dort hinaufkommen sollten. Steht irgendwas davon geschrieben, wie diese Festung aussieht?«

Plim atmete nachdenklich durch: »Ziemlich seltsam, wie mir scheint. Das sollen so komische Röhren sein – fast wie riesige abgebrochene Schornsteine. Sie ragen aus dem eisigen Berg und führen lotrecht ins Erdinnere hinunter. Angeblich sind die Schächte so tief, dass man den Boden am Ende nicht mehr erkennen kann. Das Merkwürdige daran aber ist, dass diese Röhren nicht gemauert sein sollen, sondern eine spiegelglatte Oberfläche besitzen. So, als hätte sie jemand gegossen.«

Sie zuckte mit den Schultern. »Und das wäre auch schon alles. Mehr steht hier leider nicht.«

»Schade«, sagte Primus. Er verschränkte die Arme hinter dem Kopf und streckte sich. »Aber das ist ja schon eine ganze Menge. Gibt es sonst noch irgendetwas Interessantes in diesem Buch?«

Plim blätterte um und überflog die nächste Geschichte. Darin ging es um eine kleine, dürre Gestalt im Narrenkostüm, die man auf den Hügeln der Nebelfelder beobachtet hatte.

»Nichts, was uns weiterhelfen könnte«, gab sie zurück, wobei sie das Buch zuklappte.

Primus griff sich eine Sammlung alter Ausgaben des Zauberzirkels und machte es sich wieder zwischen den gehäuften Büchern bequem. Schmunzelnd las er die Schlagzeilen auf den Titelblättern, wobei er erneut in lautes Gähnen ausbrach. Es dauerte nicht lange, bis ein Mann entrüstet auf ihn zugeschritten kam. Er trug eine schwarze Robe und einen kleinen runden Zwicker auf der Nase. Die wenigen Haare, die er noch hatte, waren zu einem dürftigen Mittelscheitel gekämmt und klebten an seinem Kopf. Primus erkannte ihn sofort wieder. Es war der schmale Bibliothekar, den sie beim Betreten des Saals an den Regalen beobachtet hatten. Kerzengerade richtete er sich vor Primus auf und streckte den Zeigefinger in die Höhe.

»Junger Herr«, flüsterte er. »Könntet Ihr es möglicherweise einrichten, ein klein wenig leiser zu gähnen? Das stört unsere Schreiber doch allzu sehr.«

Seine Stimme hörte sich an, als würde ihm jemand beim Sprechen die Nase zuhalten. Dann blickte er sich um. So wie es aussah, hatte er die Unordnung anfangs gar nicht bemerkt, mit der sich Plim und Primus hier breitgemacht hatten. Sprachlos sah er zu Boden, der über und über mit Büchern bedeckt war. Vor Aufregung fing er an mit der Oberlippe zu zucken.

»Wie sieht es denn hier überhaupt aus?!«, jammerte er. »Normalerweise nimmt man sich zwei oder drei Bücher, aber nicht das halbe Regal. Mein Herr, ich muss doch sehr bitten. Wir sind kein Süßwarenladen, sondern eine Bibliothek. Wenn ich das alles aufräumen soll, dann bin ich bis heute Abend beschäftigt.«

Er zuckte immer schneller mit der Lippe. Fast erinnerte Primus dieser Bibliothekar an Chuck, da er während des Redens überhaupt keine Pause machte.

»Das sind ja auch noch Bücher zu völlig unterschiedlichen Themen, die hier herumliegen«, fügte er hinzu. »Na, das kann ja heiter werden.« Er griff sich so viele Bücher, wie er nur tragen konnte, und schritt mit wehender Robe davon.

Primus erhob sich.

»Ich denke, wir finden hier sowieso nichts mehr«, sagte er zu Plim. »Die Sichel wurde in all den Büchern mit keiner Silbe erwähnt. Vielleicht müssen wir uns etwas anderes einfallen lassen, um hinter das Geheimnis zu kommen. Du kannst ja noch die restlichen Seiten von deinem Wälzer durchblättern, während ich ihm dabei helfe, die übrigen Bücher zurückzutragen.«

Er nahm einen dicken Stapel und brachte ihn zu dem Lesebalkon, wo der Bibliothekar die erste Buchladung abgelegt hatte. Dieser war sichtlich besänftigt, als Primus ihm beim

Aufräumen zur Hand ging. Gemeinsam beluden sie den Balkon, bevor der Bibliothekar sich auf den Weg machte, alles wieder sauber einzuordnen. Natürlich ging das bei seinem Tempo wesentlich schneller, als er zuvor behauptet hatte. Schon nach wenigen Fahrten standen alle Bücher wieder auf ihrem ordnungsgemäßen Platz.

Der Bibliothekar begleitete Primus zum Lesepult. Pingelig, wie er war, wollte er sich noch einmal vergewissern, dass er auch nichts übersehen hatte.

»Vielen Dank für Eure Hilfe«, sagte er schließlich zu Primus, wobei er ein gequältes Lächeln hervorbrachte. Er strich sich über die Stirn und klopfte den Staub aus seiner Robe. »Ähem, Ihr habt doch hoffentlich gefunden, wonach Ihr gesucht habt?«

Primus verharrte. Warum war er da nicht gleich draufgekommen? – ging es ihm durch den Kopf. Es gab wohl kaum einen anderen, der sich in der Bibliothek besser ausgekannt hätte als dieser penible Erbsenzähler. Vielleicht wusste ja *er* von einem Buch, in dem etwas über die Mondsichel stand. Aber angesichts der Unordnung, die Primus und Plim vorher veranstaltet hatten, konnte er sich nicht vorstellen, dass ihm der Bibliothekar noch weitere Bücher bringen würde – ganz im Gegenteil. Eher wollte er die beiden auf dem schnellsten Weg wieder loswerden. Doch da kam Primus plötzlich auf eine Idee:

Er schüttelte den Kopf. »Wir sind hier noch lange nicht fertig«, antwortete er. »Die Professoren haben uns eine so schwierige Aufgabe gestellt, dass wir bestimmt noch die nächsten vier Wochen hierherkommen müssen. Das ist aber nicht weiter schlimm. Wir finden es bei Euch ausgesprochen nett und gemütlich.«

Der Bibliothekar zog ein entsetztes Gesicht.

»Für heute haben wir aber genug gestöbert«, fügte Primus hinzu. »Wir kommen dafür morgen schon in aller Frühe und setzen unsere Nachforschungen fort. Seid Ihr morgen auch wieder hier und helft uns dann anschließend beim Aufräumen?«

Von dieser Vorstellung war der Bibliothekar überhaupt nicht begeistert, was man ihm deutlich ansehen konnte. Seine Stirn runzelte sich und die Lippe brach erneut in heftiges Zucken aus. Primus war gespannt, ob sein Plan jetzt aufgehen würde.

»Ob ich morgen auch hier bin …?«, stotterte er. »Ja schon, aber, äh … ist das denn unbedingt notwendig? Vielleicht könnte ich Euch ja heute noch ein wenig behilflich sein. Was ist denn das für ein schwieriges Thema, welches Ihr so eifrig bearbeitet?«

Genau das hatte Primus von ihm hören wollen. Gekonnt setzte er einen unschuldigen Blick auf und schaute gelangweilt über die Bücherregale. Möglicherweise war Plim und ihm ja etwas entgangen.

»Ach, das ist eine ganz langweilige Aufgabe«, antwortete er. »Es geht um eine Mondsichel oder so etwas Ähnliches. Eine unglaublich komplexe Sache aus dem Gebiet der Mythologie. Wir konnten bisher überhaupt nichts darüber finden.«

Der Bibliothekar nahm den Zwicker ab. Er hauchte gegen die Gläser und wischte sie an seiner Robe sauber. Mit zusammengekniffenen Augen blickte er Primus an, sofern er ihn ohne Brille überhaupt erkennen konnte. Dann setzte er den Zwicker wieder auf und schniefte einmal kurz mit der Nase.

»Was soll das denn für eine Mondsichel sein?«, fragte er

unschlüssig. »Doch nicht etwa so ein seltsames, magisches Ding?«

Primus riss die Augen auf. Er blickte zu Plim, die überrascht von ihrem Buch aufsah.

»Genau«, flüsterte er, »eine magische Sichel, die über dem Finsterwald geschwebt hat.« Er schaute zu den Regalen empor. »Haben wir da etwa ein Buch übersehen?«

Der Bibliothekar kratzte sich am Kinn. »Nein, hier oben gibt es meines Wissens nichts darüber. Aber in einem der Arbeitszimmer liegt ein Buch, das von diesem Thema handelt. Ich weiß jedoch nichts Genaues über den Inhalt, da ich es nur während des Aufräumens überflogen habe. Ich werde es Euch bringen.«

Primus strahlte. Dann hob der Bibliothekar blitzschnell den Finger.

»Aber ausleihen dürft Ihr dieses Buch nicht, junger Herr! Nur ansehen.« Nach einem heftigen Zucken mit der Oberlippe schritt er davon.

Primus blickte ihm hinterher, wie er in Richtung des Torbogens marschierte und eine Tür zwischen den Regalwänden öffnete. Dahinter lag eine Wendeltreppe – sie führte nach unten.

Aufgeregt stellte er sich neben Plim an das Lesepult.

»Hast du gehört?«, zischte er durch die Zähne.

»Ganz toll gemacht«, gab sie zurück, wobei sie so tat, als würde sie lesen.

Nach einigen Minuten öffnete sich die Tür erneut und der Bibliothekar kam mit einem kleinen, in Leder gebundenen Büchlein heraus. Wie ein Pfau stolzierte er zwischen den Pulten der Schreiber hindurch, bis er schließlich vor Primus und Plim stehen blieb.

»Meine Herrschaften«, sagte er feierlich zu den beiden, »nach meinen Kenntnissen ist dies das einzige Buch, das sich mit dieser Wissenschaft befasst. Weitere Bücher über dieses eigenartige Thema gibt es bei uns nicht.« Er legte das Buch auf das Pult und hob erneut den Zeigefinger. »Wie gesagt. Weitere Bücher gibt es nicht. Ihr müsst Euch also morgen nicht wieder herbemühen und erneut alles durcheinanderbringen!«

Er blickte Primus über seinen Zwicker an, nickte und zog sich zurück.

Sprachlos starrte Primus auf das Buch. Er konnte beinahe seinen Augen nicht trauen, als er den Umschlag erblickte. Zwar trug das Buch keinen Titel, aber dafür war ein Zeichen in das Leder der Vorderseite eingearbeitet, das ihm mehr als vertraut erschien. Es zeigte eine dünne Sichel, die sich an einen mit verschlungenen Linien gefüllten Kreis schmiegte. Es war das gleiche Zeichen, das sich auch auf dem steinernen Boden im Keller des Turms befand und das er während der heißen Tage dort unten so oft betrachtet hatte. Schweigend strich er über das Leder. Dann öffnete er sachte das Buch und blickte auf die erste Seite, auf der in geschwungenen Lettern geschrieben stand:

Die Legende aus dem Unkrautland
Die Mondsichel und ihre magischen Elemente

Primus fiel auf, dass es sich bei diesem Buch nicht um das Werk eines Buchdruckers handelte, sondern um eine Sammlung persönlicher Niederschriften. Mehr konnte er leider nicht erkennen, da das Buch plötzlich mit einem lauten Knall zugeklappt wurde.

Dort, wo sich das Zeichen auf dem Umschlag befand, ruhte nun die Hand eines Mannes mit einem breiten Siegelring am Mittelfinger.

Primus lief ein Schauder über den Rücken. Er hob den Kopf und blickte an einer großen Gestalt empor, die in einen schwarzen Umhang gehüllt war. Mit finsteren Augen schaute der Mann zu Primus herunter. Ganz ohne Zweifel – es war der gleiche Mann, den er vor einigen Nächten durch das Fernrohr auf dem See beobachtet hatte!

Dieser besaß ein markantes Gesicht mit tief liegenden, stechend blauen Augen. Sein schwarzes Haar war fast vollkommen ergraut und unter seinen eingefallenen Wangen zierte ein kleines Bärtchen das Kinn.

»Wonach sucht *Er* hier eigentlich?« Der Unbekannte sprach langsam und herablassend. »Wer hat Ihm dieses Buch gegeben?«

In diesem Moment kam der Bibliothekar durch die Halle gelaufen. Keuchend stellte er sich dazu und schnappte nach Luft: »Gege… Geehrter Herr Rabenstein«, stotterte er, »e… es tut mir ausgesprochen leid. Ich wusste nicht, dass es sich um eines Eurer Bücher handelt. Ich dachte nur, äh, dass ich vielleicht …«

»Verschwindet, Milbenwang«, sagte Rabenstein zu dem zitternden Bibliothekar, ohne dabei den Blick von Primus abzuwenden. »Mit Euch unterhalte ich mich später.« Er blickte kurz zu Plim, richtete aber seine Augen blitzschnell wieder auf Primus. »Nun?«, setzte er an. »Wofür braucht Er dieses Buch?«

Und wieder hatte Primus keine Gelegenheit zu antworten, da diesmal Plim lautstark dazwischenquasselte:

»Das geht dich überhaupt nichts an«, rief sie. »Oder, wenn

es dir lieber ist, es geht *Ihn* gar nichts an. Warum trollst du dich nicht wie Milbenwang und lässt uns hier unsere Arbeit machen?«

Rabenstein schaute Plim böse an.

»Arbeit? Wie interessant. Woran arbeitet Ihr genau, junges Fräulein?« Er machte eine kleine Pause. »Aber was immer das auch sein mag, diese wertvollen Aufzeichnungen nehme ich lieber wieder an mich. Es wäre nicht auszudenken, wenn sie beschädigt würden.« Mit diesen Worten griff er sich das Buch.

Plim protestierte.

Doch Primus zog sie am Ärmel. »Komm, wir gehen«, sagte er zu ihr und schob sie in Richtung Ausgang.

»Was glaubt dieser Mensch eigentlich?«, keifte sie. »Sieht aus wie eine alte Krähe auf dem Weg zu einer Beerdigung und …«

Primus aber murmelte ihr leise ins Ohr: »Halt endlich die Klappe. Das ist der Kerl aus dem *Boot.*«

»Was?«, maulte sie.

»Der Kerl, von dem ich dir erzählt habe«, summte er zwischen den Zähnen hindurch. »Bei dem habe ich gar kein gutes Gefühl.«

»EINEN AUGENBLICK!«, schallte es von hinten.

Primus blieb stehen und drehte sich um.

Gefährlich langsam kam Rabenstein durch die Halle auf ihn zugeschritten und hob prüfend das Kinn. Mit einem abfälligen Gesichtsausdruck sah er sich Primus von oben bis unten an.

»Sag Er mir, haben wir uns nicht schon einmal gesehen?«, fragte er.

»Nicht dass ich wüsste«, kam es als Antwort. »Solch ein Vergnügen hätte ich bestimmt nicht vergessen.«

»Er kommt mir aber durchaus bekannt vor«, bekräftigte Rabenstein. Dann strich er sich über die Wangen, wobei sich seine Augen verengten. »Wie ist Sein Name?«

»Der steht gewiss auf dem Leihschein, wenn wir uns dieses Buch abholen«, sagte Primus und drückte Plim zum Ausgang.

Schnellen Schrittes verließen sie die Bibliothek. Als sie das Eingangsportal hinter sich gelassen hatten, blieb Plim stehen und stemmte ihre Hände in die Hüften.

»Jetzt haben wir den ganzen Tag mit Suchen verbracht, nur damit so ein Kerl daherkommt und uns das einzige Buch wieder wegnimmt, das uns wahrscheinlich weitergeholfen hätte.«

Sie stieß Primus mit dem Ellbogen in die Seite. »Du, pass mal auf! Wir zwei gehen da jetzt wieder rein und dann werde ich …«

Primus schüttelte den Kopf. »Das wird nicht viel bringen«, sagte er. »Freiwillig gibt der uns das Buch gewiss nicht, so viel ist sicher.« Nachdenklich schaute er zurück. »Aber jedenfalls wissen wir jetzt, wo es aufbewahrt wird, das ist doch schon mal etwas. Es liegt irgendwo im Keller. Zumindest hat es Milbenwang von dort geholt.«

Er nahm den Zylinder ab und strich sich durch die Haare. Dann lächelte er.

»Also, Plim«, sagte er, »wir gehen da auf jeden Fall wieder hinein. Aber so, dass es keiner merkt. Ich habe auch schon einen Plan.«

Langsam schlenderten die beiden im Licht des späten Nachmittags zum Stadttor hinaus. Vom Trubel des Mittags war nichts mehr übrig geblieben. Lange Schatten legten sich von den Türmen über die Straßen und hell leuchteten die Mauern der Bibliothek im matten Sonnenschein.

Hätten sich die beiden noch einmal umgesehen, dann hätten sie möglicherweise hinter einem der Fenster die Silhouette von Rabenstein erkannt, der ihnen mit verschränkten Armen hinterherblickte.

»Sieh mal an«, flüsterte er. »Was für eine Überraschung. Mein lieber Primus. Hast du den Sturz damals also doch überlebt.«

Er holte ein kleines Amulett hervor, das an einem Lederband um seinen Hals hing. Lächelnd betrachtete er den kleinen milchigen Steinsplitter, der darin eingearbeitet war. Dann schaute er wieder zu Primus hinab.

»Und kein bisschen älter bist du geworden, mein alter Freund. Siehst fast noch genauso aus wie damals vor zweihundert Jahren.«

Ein seltsamer Fund

Nur wenig später tauchten bedrohliche Wolken am Horizont auf. Der Mondwassersee spiegelte noch die untergehende Sonne, während es von Süden her immer dunkler wurde. Wie eine Wand rückte das Gewitter von den Bleibergen näher und schob sich unter den Abendhimmel. Primus und Plim beschleunigten ihre Schritte. Bis zum Finsterwald hatten sie noch ein beachtliches Stück Weg vor sich und auf dem offenen Feld wollten sie nicht unbedingt in das Unwetter geraten. Die Luft war geladen und eine gespenstische Stille lag über dem Land. Nirgendwo war mehr ein Laut zu hören. Die Grillen hatten aufgehört zu zirpen und auch der Gesang der Vögel war verstummt. Als sie die Stelle passierten, an der der kleine Steg zum Wasser hinausführte, nahm Primus einen Luftzug wahr. Kurz und schnell, wie der Vorbote des Sturms, fegte der Windstoß über das Land. Primus blieb stehen. Er blickte auf den See, dessen Wasser nun kleine Wellen schlug und wo vom Glitzern des Sonnenuntergangs keine Spur mehr zu sehen war. Der Himmel war kohlrabenschwarz. Jetzt hieß es laufen.

Auf der Flucht vor dem Gewitter rannten die beiden über die Felder auf den schützenden Finsterwald zu. Da ertönte ein Geräusch! Aus der tiefsten Finsternis der Wolkendecke trat ein Poltern hervor, das sich anhörte wie hölzerne Fässer, die über die Straße gerollt kommen. Und dieses Poltern wurde zunehmend lauter. Es steigerte sich, schwoll zu einem Krachen an, bis es schließlich in einem ohrenbetäubenden Donnerschlag explodierte. Der Boden erbebte, ein Blitz schoss vom Himmel und mit prasselndem Regen brachen die Wolken auf.

Plim rannte mit flatterndem Kleid hinter Primus her, dem die Lust am Laufen nun endgültig vergangen war. Er flog so schnell, wie er konnte, wobei er mit einem Fuß das Päckchen mit der Rätselrübe und mit dem anderen Plims Köfferchen trug. Es schüttete und krachte, als würde die Welt untergehen. Blitze gingen hernieder, schlugen in die Felder ein und ließen das Dunkel zum Tage werden. Primus hatte größte Schwierigkeiten, sich in der Luft zu halten. Sein nasser Zylinder hing ihm so weit ins Gesicht, dass er kaum noch etwas sehen konnte, und auch Plims Tasche wurde mit jedem Tropfen schwerer. Im Blindflug ging es dahin, wobei er ständig an Höhe verlor. Er konnte schon das Gras an seiner Nase spüren, als er wenige Handbreit über dem Boden den Wald erreichte. In einem Haufen aus Laub und Tannennadeln blieb er liegen.

Es dauerte eine ganze Weile, bis er sich aufraffte und umdrehte. Er schüttelte sich das Wasser vom Leib und zog den Hut vom Kopf. Endlich konnte er wieder etwas sehen. Aber Moment mal! Wo war denn Plim? Er kniff die Augen zusammen und blickte über die Felder. Das hatte ihm gerade noch gefehlt. Sie war doch direkt hinter ihm gewesen?! Er stellte sich auf die Beine und entdeckte sie schließlich ein ganzes Stück weiter hinten in einer Pfütze liegend. So wie es aussah, war sie gerade ausgerutscht. Schimpfend und auf allen vieren krabbelte sie aus dem Matsch. Anschließend hüpfte sie auf einem Bein und fing an sich die Schuhe auszuziehen.

Von oben bis unten mit Schlamm bespritzt kam sie barfuß dahergelaufen – in jeder Hand einen baumelnden Damenschuh. Das war ein Anblick, den Primus bestimmt so schnell nicht vergessen würde. Plims Gesicht schwoll hochrot an, als sie sein lautes Gelächter hörte. Gerade wollte sie ihm noch etwas zurufen, da rutschte sie zum zweiten Mal aus. Ihre Beine flogen in die Höhe, ein kurzer Aufschrei folgte und schon saß sie wieder auf dem Boden. Verzweifelt schaute sie jetzt an sich herunter und schüttelte den Kopf. Plim war nass bis auf die Knochen. Als sie Primus sah, dem die Tränen über die Backen liefen, fing sie ebenfalls zu lachen an. Jetzt war sowieso schon alles egal. Schlimmer konnte es ohnehin nicht mehr werden. Sie sprang auf, spritzte mit den Füßen den Schlamm durch die Luft und hüpfte wie ein ausgelassenes Schulkind von einer Pfütze zur anderen. Völlig außer Atem kam sie am Waldrand an. Sie ließ sich neben Primus auf den Boden fallen und rang nach Luft. So saßen die beiden dann unter den Bäumen und schauten dem Regen zu.

Die Nacht war längst hereingebrochen, als Primus und Plim beim Hexenhaus ankamen. Mittlerweile hatte der Regen nachgelassen und das Gewitter war weiter nach Norden gezogen. Lediglich aus der Ferne war ab und zu noch ein Donnern zu hören. Plim war nach oben gegangen, um sich trockene Sachen anzuziehen. Eine wohlige Wärme stieg von der Feuerstelle auf, wo neben dem Kessel nun auch eine dampfende Teekanne stand.

Snigg und Chuck waren draußen im Garten. Die beiden hatten sich an die Rückseite des Hauses verzogen, da es dort immer noch am trockensten war. Chuck war ein klein wenig zickig, was nasse Kleidung betraf, und trat üblicherweise schon bei Nebel die Flucht an. Von zu viel Feuchtigkeit bekäme er Falten, erklärte er unablässig. Außerdem konnte er den Geruch von feuchter Kleidung nicht leiden und gab immer eine Allergie vor, wenn Plim ihn als Wäscheständer benutzen wollte. Am liebsten wäre er wahrscheinlich im Haus gewesen, aber das gefiel Plim wiederum ganz und gar nicht. Sie war der Meinung, eine Vogelscheuche gehöre in den Garten und nicht ins Wohnzimmer. Fertig, aus!

Neugierig schaute Chuck zum Fenster herein. Es war das gleiche Fenster, wo er am Vortag Primus kennengelernt hatte und neben dem auch das Glas mit den beiden Kröten stand. Diese waren wie immer in bester Stimmung. Taddel und Mills zählten von Haus aus zu jenen Gemütern, die sogar einen Trauermarsch unterhaltsam gefunden hätten und denen niemals langweilig wurde. Aber mit der Vogelscheuche vor dem Fenster hatten die beiden besonders viel Spaß. Chuck war für Taddel und Mills ein ausgezeichneter Spielgefährte, wenngleich auch auf unfreiwillige Art:

Immer dann, wenn er zum Fenster hereinschaute, signalisierten sie ihm, er solle einmal zu ihnen herübersehen. Kaum tat er es, ließen sie ihre langen Froschzungen hervorschnellen und vor seinen Augen gegen das Glas klatschen. Das ging nun schon eine Viertelstunde so, denn Chuck fiel immer wieder aufs Neue darauf herein. Erschocken sprang er jedes Mal zurück und stieß dabei einen schrillen Schrei aus. Taddel und Mills jaulten vor Lachen.

Mit einem Handtuch um den Kopf gewickelt kam Miss Plim die Treppe herunter. Kopfschüttelnd betrachtete sie das muntere Treiben auf dem Regal und hinter der Fensterscheibe. Dann aber wandte sie sich ab und ging zur Feuerstelle. Sie zog den Hocker heran, setzte sich nieder und hielt ihre Füße vor die offene Schürklappe. Entspannt rieb sie sich die Hände.

»Heute Abend bringt mich nichts und niemand mehr nach draußen.« Sie nahm einen tiefen Atemzug und pustete in die Fäuste. »Wenigstens waren die ganzen Strapazen nicht umsonst«, sagte sie. »Zum einen wissen wir, dass wir auf der richtigen Spur sind, was die Mondsichel betrifft, und zum anderen konnte ich hervorragend einkaufen. Nun müssen wir nur noch an dieses Buch herankommen. Was denkst du, wie stellen wir es am besten an?«

Primus hing über ihr von der Wäscheleine und ließ seine Flügel baumeln.

»Wir müssen bis morgen warten«, antwortete er. »Dann fliegen wir zur Bibliothek, landen auf dem Dach und steigen durch das Fenster ein. Vielleicht ist es dir ja aufgefallen, eines der Dachfenster stand offen. Wir seilen dich ab, damit dein Besen nicht das ganze Haus aufweckt, und dann sehen wir uns im Keller um. Ist doch ganz einfach.«

Plim überlegte. »Aber was ist, wenn sie das Fenster mittlerweile zugemacht haben? Bei dem Regen wäre das nicht gerade verwunderlich.«

»Ich kann mir nicht vorstellen, dass in letzter Zeit irgendjemand an dieses Fenster gedacht hat«, erwiderte Primus. »Den Vogelnestern nach zu urteilen fliegen die Tauben dort oben schon seit längerem aus und ein. Das Fenster war ja auch nicht ganz geöffnet, sondern nur einen Spalt weit. Wir könnten natürlich Pech haben und es ist eingerostet. Dann müssten wir wahrscheinlich …«

»Ach, papperlapapp«, unterbrach ihn Plim. »Das ist überhaupt kein Problem. Ich habe eine Mixtur gebraut, die jeden Rost auflöst. Damit knacken wir alle Türen und alle Schlösser, egal wie rostig sie sind.« Sie zuckte mit den Augenbrauen und grinste ihn schelmisch an. »Ruck, zuck und das Fenster ist offen!«

Primus nickte. Es passte zu Plim, dass sie auf diesem Gebiet Erfahrung hatte.

»Na umso besser«, sagte er, »dann steht unserem kleinen Ausflug ja nichts mehr im Weg. Morgen um Mitternacht geht es los. Wir müssen aber dennoch vorsichtig sein, damit uns dieser Rabenstein nicht in die Quere kommt. Dem Kerl würde ich es zutrauen, dass er sogar des Nachts durch die Hallen schleicht.«

»Na und wennschon«, sagte Plim. »Dann hauen wir eben wieder ab. Den Besen nehme ich auf jeden Fall mit hinein. So schnell, wie du und ich fliegen können, kommt uns *der* bestimmt nicht hinterher. Vorher werde ich ihm aber noch kräftig die Meinung sagen, darauf kann er sich gefasst machen.«

Mit einem lauten Pfiff meldete sich der Teekessel. Plim zog ihn vom Feuer, goss sich eine Tasse ein und ließ den Tee ziehen. Der Duft von Kräutern erfüllte den Raum. Primus konnte jedoch mit Tee nicht sonderlich viel anfangen. Er segelte von der Wäscheleine, verwandelte sich und stellte sich neben den Kamin.

»Da gibt es allerdings noch eine Sache, die mir schon die ganze Zeit im Kopf herumspukt.«

»Und was wäre das?« Plim blies in die Tasse.

»Einen Augenblick noch. Lass uns vorher kurz zusammenfassen, was wir heute alles herausgefunden haben.« Primus hob den Daumen und zählte auf:

»Erstens: Irgendwo in den Bleibergen, ganz oben auf den Schwefelzinnen, soll die Ruine einer Festung liegen. Wenn das stimmt, dann könnte die Festung aus dem gleichen Zeitalter stammen, in dem auch die Sichel gebaut wurde. Vielleicht gibt es da eine Verbindung. Was haben wir noch?«

»Dass es vor 12000 Jahren eine Naturkatastrophe gegeben hat«, ergänzte Plim.

Primus schnippte mit dem Finger. »Genau! Und da befinden wir uns ebenfalls in jenem Zeitalter. Zwei Dinge stimmen überein: der Zeitpunkt des Erdbebens und der Zeitpunkt auf diesem Bauplan.«

Er trat vor das Pergament und schaute es sich aus nächster Nähe an. Dann nahm er es von der Wand und hielt es gegen das Licht.

»Da wirst du leider nichts finden«, sagte Plim. »Ich habe den Plan bereits mit allen möglichen Mittelchen untersucht. Keine Geheimschrift, keine Prägung und schon gar keine versteckten Zeichen.«

Primus war sichtlich enttäuscht. Er hängte den Bauplan wieder an die Wand und schlenderte zur Feuerstelle zurück. »Aus welchem Grund wurde dieses Ding bloß gebaut?«, murmelte er. »Dafür muss es doch einen Anlass gegeben haben.«

Plötzlich fiel ihm etwas ein. »Ah, fast hätte ich es vergessen. Wir haben ja *noch* etwas erfahren. Genau genommen hat uns diese Rübe doch gesagt, wo sich die Überreste der Sichel befinden: An einem Ort, an dem die Bäume von oben nach unten wachsen und den Himmel auf dem Boden berühren, oder so ähnlich.«

Plim schüttelte den Kopf. »Also für mich klang dieses Gebrabbel eindeutig nach einer ganz billigen Masche. Das vertrocknete Gemüse erzählt Geschichten, damit es nicht im Kochtopf landet – und offenbar hat es damit auch noch Erfolg.«

»Da bin ich mir nicht so sicher«, entgegnete Primus. »Ich glaube eher, dass sich dahinter ein Hinweis versteckt. Schließlich ist es eine *Rätselrübe.* Komm, stellen wir ihr doch noch eine Frage.«

Er ging zum Fensterbrett, wo die schwarze Schatulle lag. Vorsichtig nahm er sie hoch und stellte sie neben Plim auf den Boden. Dann klappte er den Deckel auf. Die Rübe lag regungslos auf ihrem Kissen.

»Also gut«, sagte er, »was wollen wir sie fragen?« Er schaute zu Plim.

Diese musste gar nicht lange überlegen. »Frag sie doch einfach, wie wir zu diesem geheimnisvollen Ort kommen«, antwortete sie. »Frag sie, wo die Bäume von oben nach unten wachsen.«

»Also gut«, willigte er ein.

Er ging in die Hocke und beugte sich über die Rübe: »Hallo, Rübe! Sag uns bitte, wie wir zu den Splittern der Mondsichel gelangen. Wo ist der Ort, an dem die Bäume von oben nach unten wachsen?«

Es herrschte Stille. Außer dem Knistern des Feuers war nichts zu hören. Primus versuchte es ein zweites Mal: »Hallo, Rübe, kannst du mich verstehen?«

Aber die Rübe gab keinen Laut von sich.

Plim nippte verächtlich am Tee. »Zum Glück hast du dafür kein Geld bezahlt.«

Primus machte enttäuscht den Deckel zu. »Vielleicht spricht sie ja nur am Tag und schläft gerade?!«

»Das glaubst du doch wohl selbst nicht«, lachte Plim. »Eine schlafende Rübe. Am Ende hat sie auch noch geregelte Sprechstunden, wie zum Beispiel werktags von elf bis zwölf – aber nur mit vorheriger Anmeldung.« Sie winkte ab. »Vergiss jetzt einfach diese Rübe und erzähl mir endlich, was dich so beschäftigt. Was ist es, das dir schon die ganze Zeit durch den Kopf geht?«

Primus setzte sich auf den Boden und lehnte sich gegen die Wand.

»Also«, fing er an, »kannst du dich noch daran erinnern, wie das Buch ausgesehen hat, das Rabenstein uns weggenommen hat?«

Plim zuckte mit den Schultern. »Na, es war ein kleiner Lederband, oder was genau meinst du?«

Primus nickte. »Es war ein Lederband mit einer Prägung vorne drauf.«

»Und was soll daran Besonderes sein?«

»Nun, die Prägung stellte einen Kreisbogen dar, der sich an eine Scheibe schmiegt. Im Inneren der Scheibe befand sich ein Gewirr aus verschlungenen Linien. Fast so wie bei einem platt gedrückten Wollknäuel.«

Plim war sichtlich erstaunt. »Das hast du alles in dieser kurzen Zeit gesehen? Ich weiß zwar, dass dort etwas Rundes eingestanzt war, aber mehr auch nicht.«

»Nein, nein«, wandte er ein. »Dass ich dieses Zeichen so gut kenne, hat einen völlig anderen Grund. Frag mich jetzt bloß nicht, warum und weshalb, aber das gleiche Symbol ist bei mir zu Hause in die Steinplatten des Kellerbodens gemeißelt.«

»Wie bitte? Bei dir in diesem alten Turm? Was gibt es denn noch so alles in deinem Keller?«

»Nichts weiter«, antwortete er. »Genau das ist es ja. Außer ein paar Spinnweben und einer Handvoll alter Weinfässer gibt es dort überhaupt nichts.«

»Das ist aber wirklich merkwürdig. Und du bist sicher, dass es das gleiche Zeichen ist wie auf dem Buch?«

Primus nickte. »Da besteht überhaupt kein Zweifel. Ich habe mir den Keller erst neulich tagelang ansehen dürfen. Es ist stinklangweilig da unten. Wahrscheinlich hätte ich nie wieder über das Zeichen nachgedacht, wenn es mir nicht heute Nachmittag auf dem Umschlag zufällig unter die Augen gekommen wäre.«

»Eine seltsame Sache«, stimmte Plim zu. »Was hat dieses Zeichen in einem Weinkeller verloren?«

»Genau das frage ich mich auch«, entgegnete Primus. »Das Einzige, was mir dazu einfällt, ist, dass der Keller vielleicht früher einmal einen anderen Zweck gehabt haben könnte und dass die Fässer erst später hineingekommen sind.«

»Ja, das wäre möglich.« Dann kniff sie die Augen zusammen und blickte ihn scharf an. »Kann man mit diesem Zeichen vielleicht irgendetwas anstellen? Ich meine, kann man es aufmachen oder so?«

»Aufmachen?«

»Ja, aufmachen«, bekräftigte Plim, »vielleicht ist darunter ja noch ein anderes Buch. Oder noch viel besser …« Ihre Augen begannen zu leuchten. »Vielleicht liegt darunter ja sogar ein Stück der Mondsichel!«

Primus schaute sie ungläubig an. »Also, ich weiß nicht recht«, entgegnete er. »Man vergräbt doch kein Buch und setzt anschließend eine Steinplatte drüber, worauf der Umschlag abgebildet ist. Noch viel weniger kann ich mir das bei einem Schatz wie den Bruchstücken vorstellen.« Er schüttelte den Kopf. »Da könnte man ja gleich ein Hinweisschild aufstellen.«

»Es wäre aber möglich«, rief sie energisch. »Das sehen wir uns am besten gleich morgen an. Es könnte ja auch sein, dass unter dem Zeichen ein Geheimgang ist, der zu der Mondsichel führt.«

Für Primus hörte sich die Sache ein bisschen zu einfach an. Er blickte zur Decke und überlegte. Im Großen und Ganzen gab es nur zwei Möglichkeiten: Entweder es befand sich tatsächlich noch etwas im Keller, wovon er nichts wusste, oder aber es hatte sich dort einmal etwas befunden, wovon nur noch das Zeichen übrig war. Dass unter dem Zeichen aber die Bruchstücke oder andere Dinge zu finden wären, daran glaubte er nicht. Dennoch – den Vorschlag von Plim, am morgigen Tag den Keller zu untersuchen, fand er gut. Und wer weiß, dachte er sich, vielleicht hatte sie ja sogar Recht …

»Meinetwegen«, sagte er. »Dann komm am besten gleich morgen früh vorbei und wir sehen uns den Keller an.«

Er verabschiedete sich, wünschte ihr noch eine gute Nacht und ging durch den kleinen Vorraum nach draußen.

Als Primus das Haus verließ, hatte es endgültig zu regnen aufgehört. Durch die zerrissene Wolkendecke blinzelten die Sterne vom Himmel und feiner Nebel, der von den feuchten Wiesen in die Höhe stieg, durchstreifte die Lichtung. Primus hob seine Nase. Er nahm einen tiefen Atemzug und schnupperte die nächtliche Waldluft. Jetzt freute er sich auf sein Bett. So viel wie heute war er schon lange nicht mehr gelaufen. Er wollte gerade losfliegen, da fiel sein Blick auf das Gemüsebeet. Zwischen all den Rüben, Bohnen und Tomaten entdeckte er Snigg. Es sah ganz danach aus, als hätte sich dieser mittlerweile von seinen Strapazen erholt. Zufrieden saß er da und nahm genüsslich einen Mitternachtsimbiss ein. Primus flatterte zu ihm hinüber.

»Um dich muss ich mir wohl keine Sorgen machen«, sagte er. »Hast du denn keine Sehnsucht nach deinem Komposthaufen?«

Der Kürbis zuckte zusammen. Er hatte die Fledermaus überhaupt nicht bemerkt.

»Du bist mir vielleicht einer«, keuchte er. »Kommst hier einfach von hinten angeflogen und erschrickst mich beinahe zu Tode.«

»Tut mir leid. Ich wusste nicht, dass du so vertieft warst. Kommst du mit nach Hause oder willst du vorher noch den Garten hier leer essen?«

Der Kürbis wippte von der einen Seite zur anderen und tat so, als würde er nachdenken.

»Ach, weißt du«, fing er an, »ich denke, ich bleibe noch ein wenig bei Chuck. Du wirst es nicht glauben, wie viele leckere Sachen es hier gibt.« Er rollte mit den Augen und fing an zu schwärmen: »Die Tomaten sind eine Wucht. So etwas habe ich noch nicht gegessen ... und erst der Salat. Es gibt auch Erdbeeren, Stachelbeeren und Karotten. Na gut, noch ist nicht alles reif, aber das ist nicht weiter schlimm. Nach dieser schrecklichen Nacht im Dornenfeld ist das hier der reinste Kurort.«

Primus lachte. »Pass aber auf, dass du nicht noch dicker wirst«, sagte er. »Miss Plim hatte vorhin schon die größte Mühe, dich durch die Luft zu ziehen. Wenn du dir weiter so den Bauch vollschlägst, bekommen wir dich nie wieder über das Dornenfeld.«

»Halb so schlimm«, antwortete Snigg. »Chuck hat mir den Weg über den Kräutersteig beschrieben. Dieser dauert zwar ein klein wenig länger, aber wenigstens gibt es dort keine reißenden Bäche oder Erdspalten, in die man hinabstürzen könnte.«

Primus beäugte den dicken Kürbis und fing an zu schmunzeln. »Das müssten aber schon große Erdspalten sein, damit du hineinpassen würdest. Abgesehen davon kannst du doch meisterhaft springen. Ein großer Hüpfer – und schon wärst du wieder draußen.«

Dem Kürbis schauderte. »Nein, nein!«, rief er. »Da wäre ich mir nicht so sicher. Hier gibt es Löcher, die sind mörderisch. Regelrechte Abgründe sind das.«

»Wovon sprichst du? Du bist doch nicht etwa in den Bergen gewesen, oder?«

Der Kürbis machte ein verdutztes Gesicht. »In den Bergen? Was soll ich denn in den Bergen? Nein«, sagte er, »ich war hinten im Wald. An einer Stelle geht es pfeilgerade in den Erdboden hinunter. Eine gefährliche Ecke ist das, so wahr ich hier sitze. Ich habe dir sowieso noch nicht erzählt, was ich in der letzten Zeit alles durchgemacht habe. Wo fange ich am besten an?! Also, da war zuerst einmal dieser Baum ...« Der Kürbis schnappte nach Luft.

»Was denn nun für ein Baum? Ich dachte, da war ein Loch?«

»Ja, das war auch da«, antwortete Snigg.

Er biss in einen Kohlkopf und fing an von seinem Abenteuer im Wald zu erzählen. Amüsiert hörte Primus ihm zu. Die Geschichte mit dem Pfirsichbaum gefiel ihm von allem am besten. Doch als Snigg den Erdspalt beschrieb und erwähnte, dass metallene Bügel in die Tiefe hinabführten, wurde Primus hellhörig.

»Da führen Bügel hinunter?«, unterbrach er Snigg. »Was sollen denn das für Bügel sein?«

Der Kürbis überlegte. »Na, eben so gebogene Eisenstangen«, antwortete er.

Verblüfft sah Primus ihn an. »Meinst du etwa *Steighaken*? So wie bei einer Leiter?«

Snigg nickte. Dann erzählte er weiter.

Primus aber hörte ihm gar nicht mehr zu. Die Sache mit dem Erdspalt erschien ihm doch überaus eigenartig. Wer, so dachte er, sollte im Finsterwald Steighaken anbringen? Die Leute in der näheren Umgebung wagten es ja nicht einmal, einen Fuß in den Wald zu setzen. Und schon gar nicht konnte er sich vorstellen, dass irgendjemand von ihnen dort in dunkle Spalten hinabklettern würde. Wo kamen also die Haken her? Vielleicht stammten sie ja von den Kobolden?! Genau! Vielleicht war es ja ein offener Eingang zu den Stollen. Aber nein, bei genauerer Überlegung konnte er sich auch mit diesem Gedanken nicht anfreunden. So ein Fehler wäre ihnen bestimmt nicht unterlaufen. Es musste etwas anderes dahinterstecken.

Das wollte er sich gleich einmal ansehen. Der ganze Ausflug würde bestimmt nicht lange dauern – nur ein kleiner Umweg vor dem Schlafengehen. Primus schwang sich in die Luft.

»Wenn ich dich richtig verstanden habe«, rief er, »dann fließt der Schneckenbach genau in dieses Loch hinein, nicht wahr?«

»Ganz genau«, bestätigte Snigg und sah der Fledermaus nach, die sich sofort auf den Weg machte. Noch von weitem hörte er Primus rufen: »Na, dann kann ich es ja unmöglich übersehen.«

Schwarz und undurchsichtig breitete sich der Finsterwald unter ihm aus. Primus kreiste im Mondlicht über den Bäumen und spähte zum Boden hinunter. Doch ohne Erfolg.

Aus der Luft konnte er weder den besagten Erdspalt noch den Verlauf des Schneckenbachs erkennen. Wie sollte er auch? Schon als er am Morgen zum ersten Mal über dieses Gebiet geflogen war, hatte er bemerkt, wie dicht das Laub der Bäume war. Ihm blieb nichts anderes übrig – er musste wohl oder übel den gleichen Weg einschlagen, den auch Snigg genommen hatte, und vom Waldrand aus dem Bachlauf folgen. Schnurstracks ging es zu den Nebelfeldern. Hier konnte er den Schneckenbach schon aus der Ferne sehen, der nach den heftigen Regenfällen deutlich angestiegen war. Plätschernd schlängelte er sich von den Bleibergen durch das Hügelland, bis er am Waldrand unter den Bäumen verschwand. Primus ging tiefer. Er schoss an den äußeren Bäumen vorbei, scherte nach links aus und bog dann in einer scharfen Kurve in den Wald hinein. Von da an war er auf unbekanntem Gebiet.

All jene, die den Distelpfad tagsüber als gespenstisch bezeichneten, hätten keine Worte gefunden, um diesen Teil des Waldes bei Nacht zu beschreiben. Wie dürre Finger bogen sich die Wurzeln über Primus' Kopf und formten sich zu modrigen Tunneln, von denen das Wasser tropfte. Der Regen hatte die Spinnweben aufgeweicht, die nunmehr in Klumpen von den Ästen baumelten. Aus allen Ecken ertönten Geräusche. Es knackte und schlurfte, schmatzte oder klapperte. Riesige Schnecken und fingerdicke Würmer krochen am Ufer entlang, das in der Finsternis aussah, als würde es sich bewegen. Primus gab sich von alledem nur wenig beeindruckt. Er wusste, dass der Wald nach einem Gewitter besonders aktiv war und dass sich alles nur erdenkliche Getier im Unterholz tummelte.

Im Zickzackflug ging es durch das Geäst. Er schoss durch

hohle Baumstämme, sauste um Felsbrocken und achtete auf alles, was von oben auf ihn herunterfiel. Für Primus war so ein Hindernislauf nicht allzu schwierig. Schließlich war er eine Fledermaus und in dieser Gestalt konnte er sich in der Nacht genauso gut orientieren wie tagsüber als Mensch. Snigg musste er allerdings das nächste Mal unbedingt ein Kompliment aussprechen. Dass der dicke Kürbis diese Strecke allein gemeistert hatte, war schier unglaublich.

Nach einiger Zeit hatte Primus die Lichtung erreicht, auf der der kleine Pfirsichbaum stand. Jetzt konnte es eigentlich nicht mehr weit sein. Er machte einen kurzen Bogen um den Baum, ging erneut zum Tiefflug über und folgte dem Bach auf seiner letzten Etappe. Links und rechts schoss er an den Felsen vorbei, bis er sich endlich seinem Ziel näherte. Bald schon kündigte rauschendes Wasser die Stelle an, wo sich der Schneckenbach in den Erdspalt ergoss. Primus ging zur Landung über. Er setzte auf dem Felsen auf, wo auch der Kürbis gelegen hatte, nachdem er sich aus dem Wasser hatte retten können. Dort nahm er schließlich wieder seine menschliche Gestalt an.

Wie hell es hier war, dachte er sich – bemerkenswert! Er legte den Kopf in den Nacken und blickte nach oben. In blassen Strahlen schien der Mond durch die Bäume. Primus überkam ein seltsames Gefühl. Für eine kurze Zeit hielt er inne und schaute sich um. Dieser Ort kam ihm bekannt vor. War er hier etwa schon einmal gewesen? Er trat vor das Loch und spähte hinunter. Nach fünfundzwanzig oder dreißig Fuß erkannte er den Felsvorsprung, in dem sich das Wasser sammelte. Von dort aus ging es weiter in die Tiefe. Aber wo waren die Steighaken? Neugierig beugte er sich über die Kante. Dann sah er sie. Genau in der Felswand, die vor seinen Füßen nach unten führte, steckten die eisernen Bügel. Sie reichten exakt bis zum Felspodest. Gewiss waren sie schon vor langer Zeit hier angebracht worden, denn sie waren über und über mit Moos bedeckt. Ein Wunder, dass sie die Feuchtigkeit überstanden hatten. Doch was war das? War da unten etwa ein Gang? Davon hatte ihm Snigg allerdings nichts erzählt. Genau konnte es Primus aber nicht erkennen. Vielleicht war es ja auch nur eine Nische im Fels. Er breitete seine Flügel aus und segelte in den Spalt hinunter.

Das Rauschen des Wassers dröhnte in seinen Ohren, als er auf dem Felsvorsprung aufsetzte. Äste und Laub hatten sich nach dem Gewitter hier unten gesammelt und trieben in dem flachen Becken. Nach und nach wurden sie über die Kante weiter in die Tiefe gespült. Hier unten am Felsvorsprung, dreißig Fuß unter der Erde, konnte Primus noch den Himmel erkennen. Danach aber führte der Spalt offenbar ins Bodenlose. Das Wasser fiel und fiel. Wie tief es dort hinunterging – das konnte man von hier oben kaum beantworten. Auch gab es keine weiteren Bügel mehr in der Felswand. Primus wandte sich um.

Tatsächlich! Seine Augen hatten ihn also nicht getäuscht. Hinter ihm lag ein Gang. Dieser war kreisrund und kerzengerade. Primus beäugte ihn skeptisch. Die Stollen der Kobolde hatte er sich bisher immer viel niedriger vorgestellt, schließlich reichten ihm die kleinen Leute gerade einmal bis zur Hüfte. In diesem Tunnel hingegen hätte ein Mann von über sechs Fuß Größe bequem spazieren können. Und noch etwas anderes fiel ihm auf: Die Richtung der Schläge, mit denen der Gang in den Fels gemeißelt war, führte auf ihn zu. Das war verdächtig! Wer auch immer diesen Gang in den Fels getrieben hatte, er hatte keineswegs von hier aus gegraben, ganz im Gegenteil. Vielmehr war er von irgendwo anders an dieser Stelle herausgekommen!

Primus blickte nach oben und überlegte. Aus welcher Richtung war *er* eigentlich gekommen? Der Waldrand mit den Nebelfeldern lag im Süden – demnach führte auch der Tunnel nach Süden. Seltsam, warum ausgerechnet in diese Richtung? Im Süden gab es weder eine Stadt noch ein Dorf. Klettenheim lag im Norden und Hohenweis im Osten. Einzig das weite Hügelland breitete sich in dieser Richtung aus und führte bis zu den fernen Bleibergen.

Primus hatte jetzt aber keine Lust mehr, sich weiter den Kopf zu zerbrechen. Nun, wo er schon einmal hier war, wollte er sich das Abenteuer nicht entgehen lassen. Kurz entschlossen flog er in den Gang hinein.

Das Licht wurde immer schwächer, bis es schließlich verschwand. Primus war darauf gefasst, dass jeden Moment eine Biegung oder eine Abzweigung auftauchen müsste, doch nichts dergleichen geschah. Der Tunnel führte immer geradeaus, ohne die geringste Abweichung. Meilenweit ging es dahin. Bald hatte Primus überhaupt kein Gefühl mehr dafür, wie lange er schon geflogen war. Inzwischen musste er längst unter den Nebelfeldern sein, oder war er gar schon viel weiter? Er wusste es nicht. Es gab keine Stufen, keinen Versatz und nicht einmal die Spur einer Unebenheit. Primus hielt an. Er setzte sich auf den Boden, um zu verschnaufen. Die Sache erschien ihm immer rätselhafter. Ein Koboldwerk war dieser Tunnel jedenfalls nicht, so viel stand eindeutig fest.

Er hielt die Flügel an den Mund:

»Haaaaaallo!«

Gebannt spitzte er die Ohren und wartete. Doch es kam keine Antwort.

Daraufhin rief er ein zweites Mal, aber diesmal wesentlich lauter.

»HAAAAALLLLLLOOOOOO!!!«

»*... lloo ... lo ... lo ...*«

Einzig das Echo kam zurück und verstummte. Primus saß in der Dunkelheit. Dann plötzlich fiel ihm etwas auf. Es war nur eine Kleinigkeit, aber zumindest ein Unterschied. Im Flug hatte er es nicht bemerkt, aber nun, während er so regungslos dasaß, fühlte er, dass es hier weitaus kälter war als am Eingang des Tunnels. War er vielleicht schon unter den Bergen? Langsam wurde ihm mulmig zu Mute. In was für einen Tunnel war er da bloß hineingeraten? Von Neugierde getrieben setzte er die Erkundung fort. Wieder ging es geradeaus. Meile für Meile. Und endlich, nach unzähligen Flügelschlägen, schien der Gang ein Ende zu nehmen.

Zuerst dachte Primus noch, er hätte in der Ferne eine Tür entdeckt. Dann hielt er es für eine Treppe. Aber zuletzt musste er feststellen, dass all seine Mühen umsonst gewesen waren. Der Gang war eingestürzt. Was für eine Enttäuschung. Das, was er für eine Treppe gehalten hatte, stellte sich nun als ein Haufen Geröll heraus.

Primus verdrehte die Augen und landete auf einem der Steine. »Sackgasse«, brummte er. »Das darf doch nicht wahr sein.«

Mürrisch betrachtete er den Berg von Steinen, der ihm jäh den Weg versperrte. Keine Chance. Selbst mit Hilfe von Plim würde er diese Felsbrocken nicht beiseiteschaffen können. Ihm blieb nichts anderes übrig. Er musste umkehren. Verärgert trat er den Rückweg an. Es schien ihm wie eine Ewigkeit, bis er endlich wieder den Erdspalt erreichte und das Plätschern des Wassers hörte.

Jetzt hatte er von diesem Loch aber endgültig genug. Er sackte am Rand des Felsvorsprungs zusammen und legte sich auf den Boden. Was für ein Ausflug! Primus war am Ende seiner Kräfte. Erschöpft blickte er den Spalt hinauf und sah seinem Atem zu, der in kleinen Wolken nach oben stieg. Neben ihm prasselte das Wasser herunter. Es kräuselte sich im Becken des Felsvorsprungs, bevor es sich weiter in den Abgrund ergoss. Primus legte einen Flügel ins Becken und ließ ihn treiben. Diesen Abgrund würde er heute Nacht bestimmt nicht mehr erkunden. Schläfrig planschte er mit dem Flügel im Wasser und schob ein paar Äste über den Beckenrand. Dann sah er ihnen zu, wie sie langsam über die Kante glitten und in der Dunkelheit verschwanden. Er stieß einen gelangweilten Pfiff aus. Anschließend griff er nach einem Stein und schob auch diesen zum Loch. Ganz egal wie tief der Stein auch fiel, bei all dem Wasserrauschen hätte er den Aufprall sowieso nicht gehört. Primus wäre wahrscheinlich noch eine ganze Weile so liegen geblieben und hätte Steine über die Kante geworfen, wäre nicht etwas dazwischengekommen:

Denn als er so mit dem Flügel im Wasser vor sich hin tastete, fühlte er plötzlich etwas, das weder ein Ast noch ein Stein sein konnte. Langsam zog er es aus dem Wasser heraus.

Was sollte das denn darstellen? Primus setzte sich auf. Es sah aus wie eine Kette – eine abgerissene Kette mit einem seltsamen Anhänger. Er verwandelte sich und wischte mit den Händen den Schmutz von der Oberfläche. Der Anhänger war aus purem Gold, ebenso wie die Kette. Er hielt das Fundstück in die Höhe und betrachtete es, so weit es ging, im schwachen Licht. Es war eine rechteckige Goldplakette mit vier kreisrunden Löchern. Sie war nicht viel größer als eine Hand und etwa einen halben Finger dick. Mehr konnte er leider nicht erkennen. Primus steckte sie ein und kletterte an den Steighaken den Erdspalt hinauf. Im hellen Lichtschein des Mondes untersuchte er das Fundstück anschließend genauer.

Die Plakette hatte weder eine Prägung noch eine Gravur. Sie war vollkommen glatt. Die vier runden Löcher waren unregelmäßig angeordnet. Zwei Löcher in einem weiten Abstand oben, zwei Löcher in einem kürzeren Abstand darunter. Er hielt die Plakette in der Hand und starrte sie an. Wieder schossen ihm Bilder durch den Kopf. Und wieder waren es Bilder von einem Sommertag, von hohem Gras und von zwei Jungen, die durch die Wiesen liefen. Sie hatten Lampen und Seile dabei. Und noch etwas kam ihm in den Sinn: Jeder von ihnen trug einen schwarzen Frack!

»Das ist ja kaum zu glauben«, rief Bucklewhee vom Dachzimmer, als Primus hereingeflogen kam. »Kommst du auch noch mal nach Hause? Was ist denn alles passiert, sag mal? Verirrt? Verflogen? Verlaufen? Oder vielleicht vom Blitz getroffen?«

Primus war in Eile. Er landete im Kaminzimmer und ging zielstrebig durch die Küche. »Vom Blitz getroffen?«, lachte er. »Wohl weniger, sonst würden wir beide uns jetzt ziemlich ähnlich sehen.« Er lief durch den Flur und rannte nach hinten zur Wendeltreppe.

Bucklewhee kam aus dem Kasten gefahren. »Hast du in der Zwischenzeit etwas von Snigg gehört?«, rief er Primus nach. »Von dem war auch heute den ganzen Tag über keine Spur zu sehen.«

»Snigg geht es ausgezeichnet«, hallte es aus dem Treppenhaus. »Der sitzt in Plims Gemüsegarten und schlägt sich den Bauch voll. Mach dir um den mal keine Gedanken.« Und es wurde still.

In dieser Nacht glimmte schwaches Licht aus den Fenstern des Turms. Eine Petroleumlampe stand auf dem Boden und beleuchtete das kleine Turmzimmer, dessen Objekte und Geräte gespenstische Schatten auf die Wände warfen. Primus saß zwischen Büchern und Sternkarten auf dem Schreibtisch und ließ das goldene Amulett vom Finger pendeln. Wortlos schaute er zum Spiegel hinauf.

Dieser verzog sein hölzernes Gesicht und grinste ihn überlegen an. »Na, was haben wir denn hier?«, fragte er. »Hat da vielleicht jemand etwas verloren?«

Primus hielt den Anhänger in die Höhe. »Sieht beinahe so aus«, sagte er. »Kannst du mir vielleicht erzählen, was das ist?«

»Hahaha«, lachte der Spiegel. »Der junge Mann kommt ohne Umschweife zur Sache. Das gefällt mir. Aber wo kämen wir denn da hin, wenn ich dir alles gleich auf die Nase binden würde, hm?« Er neigte den Kopf und sah ihm prüfend in die Augen. »Du warst doch schon immer ein kluges Kerlchen, nicht wahr? Dann benutze deinen Grips. Wonach sieht es denn aus?«

Primus war von Anfang an klar gewesen, dass eine Unterhaltung mit dem Spiegel in genau diese Richtung führen würde. Der Spiegel wollte spielen? Nun gut, dachte er, dann wollte er ihn nicht enttäuschen.

Er drehte den Anhänger in seiner Hand und sagte: »Es ist eine Goldplakette mit vier Löchern.«

»Sieh mal an«, rief der Spiegel. »Eine Goldplakette mit vier Löchern. Was denkst du, ist sie schön?«

Primus streckte den Kopf vor. »Hä? Wie bitte?«

»Du hast mich schon verstanden«, sagte der Spiegel. »Ist die Plakette schön?«

»Sie ist aus Gold«, antwortete Primus, »aber besonders schön ist sie nicht gerade.«

Der Spiegel riss die Augen auf. »Da hast du doch schon fast die Antwort. Und nun sag mir, Primus, warum sollte jemand etwas aus Gold anfertigen, wenn es nicht einmal schön aussieht?«

Primus fiel keine Antwort ein. Schweigend sah er den Spiegel an.

»Du weißt es nicht?«, lachte dieser. »Nun gut, ich mache es dir ein wenig leichter, mein Kleiner. Wo hast du die Plakette denn gefunden?«

»Ich habe sie in einer Erdspalte gefunden. Hinten im Wald. Sie lag unter Steinen im Wasser.«

Der Spiegel nickte. »Dann ist die Antwort ja noch viel einfacher.« Er hob den Kopf und deutete mit dem Kinn auf den Anhänger. »Was ist das Besondere an Gold? Ich bin mir sicher, dass du mir das sagen kannst.«

Primus überlegte. In all seinen Jahren hatte er unzählige Bücher über Alchemie, Metallkunde und Handwerkskunst gelesen. Diese Frage müsste er doch aus dem Stegreif beantworten können …

»Gold …«, fing Primus an, »Gold ist ein Edelmetall. Es ist verhältnismäßig schwer – schwerer noch als Blei.«

»Nicht schlecht«, sagte der Spiegel. »Nur weiter, was noch?«

»Hm, Gold ist sehr weich«, ergänzte Primus. »Man muss

es mit Silber und Nickel vermischen, damit es an Härte gewinnt und … äh …«

»Du bist schon ziemlich nah dran«, nickte der Spiegel. »Nur *etwas* fehlt noch.«

Primus machte eine Pause und schloss die Augen. Richtig, dachte er, da gab es noch etwas, aber was war das doch gleich?

»Gold ist …«, stammelte er, »äh … Gold kann …«

Dann fiel es ihm auf einmal wie Schuppen von den Augen: »GOLD KANN NICHT ROSTEN!«, rief er aus.

Das Lächeln des Spiegels signalisierte ihm, dass er damit Recht hatte.

»Siehst du, Primus«, sagte der Spiegel, »das war doch letztendlich gar nicht so schwer. Und was folgern wir jetzt daraus?«

Primus fügte zusammen: »Nicht schön, gehärtet, rostet nicht. Willst du mir damit vielleicht sagen, dass dieser Anhänger ein Gebrauchsgegenstand ist?«

»Und allem Anschein nach ein sehr wichtiger«, bestätigte der Spiegel. »Sonst müsste man ihn wohl kaum an einer Kette um den Hals tragen, oder?«

»Ja und was mache ich nun damit?« Primus stand vor dem nächsten Rätsel.

»Nichts weiter«, antwortete der Spiegel. »Trag es nur immer schön bei dir. Eines Tages wirst du dieses gute Stück vielleicht noch brauchen, wer weiß.«

»Danke«, sagte Primus und sprang vom Tisch. »Herzlichen Dank! Du hast mir wirklich sehr geholfen. Was würde ich nur ohne dich machen.«

Primus war sich sicher, dass der alte Spiegel ganz genau wusste, was das für eine Plakette war. Er wollte es ihm nur nicht sagen. Beleidigt nahm er die Lampe und stieg die Treppe hinunter.

»Primus!«, schallte es aus dem Turmzimmer. »Einen Augenblick noch!«

»JA, WAS DENN?« In einer Mischung aus Wut und Enttäuschung drehte er sich um.

»Du weißt ja wirklich bestens über Gold Bescheid. Mein Kompliment. Aber trotzdem hast du noch *eine* Eigenschaft vergessen.«

Primus stemmte die Hände in die Hüften. »Ach ja? Und was soll das bitte schön sein?«

»Es ist wohl die wichtigste Eigenschaft von allen«, sprach der Spiegel eindringlich. »Wer Gold hat, der wird im Leben immer weiterkommen, hast du verstanden? Gold öffnet dir überall Tür und Tor. Das solltest du dir gut merken.«

Fässer, Nüsse und eine Fotografie

Primus hatte einen wunderbaren Traum. Eingerollt lag er unter seiner Bettdecke und schmatzte genüsslich vor sich hin. Er träumte von der Konditorei in Klettenheim. Mit großen Augen stand er vor den Regalen, die über und über mit Torten gefüllt waren. Bis zur Decke reichten die Leckereien und dufteten, dass ihm das Wasser im Mund zusammenlief. In heller Freude sprang er durch den Laden und beschnüffelte jeden einzelnen Kuchen, den er erblickte. Er konnte sich gar nicht entscheiden, welche der vielen Torten er zuerst probieren sollte. Da lag ein riesiger Kirschkuchen, daneben eine Himbeercremetorte und etwas weiter drüben ein Zitronenkuchen. Primus fühlte sich wie im Paradies. Gerade wollte er die Hand nach einer Schokoladentorte ausstrecken, da sah er aus dem Augenwinkel etwas schimmern. Glasierte Heidelbeerplätzchen! Primus gab ein verzücktes Stöhnen von sich. Er tänzelte zwischen den Torten hindurch hinüber zu den Plätzchen. Voller Hingabe hob er die Nase. Er schloss die Augen, atmete den Duft ein und drehte sich glückselig im Kreis. Dann blieb er stehen. Zwischen den Regalen war eine Tür!

Die war ihm bisher noch nie aufgefallen. Sie war rund und fast so hoch wie der Raum. Das Türblatt bestand aus purer Schokolade, der Griff war eine Zuckerstange und um die Tür war ein Bogen aus Torten gespannt. Was für ein Anblick!

Hier konnte er unmöglich widerstehen. Er griff nach der Zuckerstange und öffnete die Tür. Aber Moment, was war denn das?!

Primus grunzte im Schlaf. Hinter der Tür befand sich der Gang, den er noch vor wenigen Stunden durchflogen hatte. Dieser sah jedoch plötzlich ganz anders aus. So weit seine Augen reichten, war er mit Regalen voller Torten gefüllt. Sie bogen sich um die Tunnelwand und reihten sich bis in die Unendlichkeit aneinander. Primus hatte noch nie etwas Schöneres gesehen. Schmachtend flog er in den Tunnel hinein. Er streckte den Flügel aus, griff sich eine Torte und schaute sie an. Sie schimmerte und glänzte, dass ihm ganz warm ums Herz wurde. Gerade riss er den Mund auf und wollte hineinbeißen, als er plötzlich Schritte vernahm. Primus drehte sich um. Voller Entsetzen ließ er die Torte fallen. Hinter ihm stand der Konditor!

Dieser hatte einen riesigen Brotschuber dabei und holte brüllend zum Schlag aus. Mit einem Schrei ergriff Primus die Flucht. So schnell er nur konnte, flog er den Tunnel entlang, in dem es diesmal mit jedem Stück heißer wurde. In Panik sah er zurück. Der Konditor hatte die Verfolgung aufgenommen und trampelte ihm mit riesigen Schritten durch den Gang hinterher. Sein dicker Bauch wackelte wie ein Pudding unter der Schürze, während er in rasender Wut seinen Brotschuber schwang. Bei jedem Schritt ließ er ihn von einer Seite zur anderen donnern und schlug in die Regale, dass die Torten spritzten. Primus flog, so schnell er nur konnte. Aber der Konditor holte auf. *Bumm, bumm, bumm* donnerten seine Prügelschläge und ließen Primus erzittern. Von allen Seiten spritzte die Sahne oder sausten Torten durch die Luft. Der Konditor musste nun genau hinter ihm sein – da spürte er auch schon den Luftzug im Genick. Er schaute nach oben und sah den Brotschuber, der pfeifend auf ihn herniedergesaust kam. Schnell wich er aus. Er rollte zur Seite, kugelte aus dem Bett und klatschte vor Bucklewhees Uhr auf den Boden.

Völlig benommen riss er die Augen auf. Er zog seinen Kopf ein, sprang hinter den Bettpfosten und sah sich zu allen Seiten im Dachzimmer um. Der Konditor war weg. Erleichtert atmete er durch.

»Was für ein Albtraum«, seufzte er, nachdem er seine Gedanken wieder geordnet hatte. »Die leckersten Torten der Welt standen vor meiner Nase und keine einzige habe ich probieren können.«

Er schloss seine Augen und dachte an die Plätzchen.

Auf einmal fuhr er zusammen. Träumte er etwa immer noch oder warum nahm das Krachen des Brotschubers kein Ende? *Bumm, bumm, bumm* hallte es durch den Turm. Primus rieb sich die Augen. Er war sich ganz sicher, dass er nicht mehr schlief, und auch, dass ihn der Konditor nicht weiter verfolgte.

»Woher kommt denn dieser Lärm?«, brummte er. »Da wackelt ja das ganze Haus.«

»Der kommt von unten«, ertönte Bucklewhees Stimme. »Da ist jemand an der Eingangstür.«

Schlaftrunken blickte Primus zum Uhrenkasten hinauf. Der knochige Vogel lehnte wie ein neugieriger Hausbewohner über dem Klappenrand.

»Erwartest du etwa Besuch?«, fragte Bucklewhee.

»Besuch?« Primus schielte zur Decke. In zweihundert Jahren hatte er noch nie Besuch bekommen. Wer konnte das nur sein? Doch dann fiel es ihm wieder ein. Er stand auf und zog seinen Frack zurecht.

»Jetzt mach schon auf und sieh nach, wer das ist«, drängelte Bucklewhee.

Primus streckte sich. »Immer mit der Ruhe. Ich kann mir schon denken, wer da klopft.«

Er verwandelte sich und flog ins Kaminzimmer. Dort landete er auf dem Fensterbrett, von wo er durch das Loch in der Glasscheibe zum Garten hinunterblickte. Neben der Treppe zur Eingangstür stand Miss Plim.

Inzwischen musste es wohl schon auf Mittag zugehen, denn die Sonne stand hoch über den Feldern. Geblendet kniff Primus die Augen zusammen. Der Himmel erstrahlte in tiefstem Blau und das Wasser des Schneckenbachs glitzerte ihm von weitem entgegen. Der Regen der vergangenen Nacht hatte in kürzester Zeit alles zum Blühen gebracht. Mohn- und Kornblumen bedeckten die Nebelfelder, und auch die Sonnenblumen vor dem Gartentor reckten ihre Köpfe zum Himmel.

»Hallo, Plim!«, rief er ihr zu. »Ich bin hier oben.« Er winkte mit dem Flügel.

Plim schaute zu ihm herauf. »Na endlich«, antwortete sie. »Wo bleibst du denn? Ich stehe hier schon seit einer Ewigkeit. Hast du etwa bis *jetzt* geschlafen?«

Primus knurrte. Na, die hat gut reden, dachte er. Wahrscheinlich lag Madame schon längst im Bett, als er sich noch auf den Weg zum Tunnel gemacht hatte. Aber ihm war jetzt nicht danach, lange Geschichten zu erzählen. Stattdessen nickte er behäbig mit dem Kopf.

»Mir war heute irgendwie nach ausschlafen zu Mute«, sagte er. »Aber komm erst mal rein. Ich warte einstweilen hier oben auf dich.«

Primus drehte sich um und flog zum Kamin. Dort nahm

er seine menschliche Gestalt an und ließ sich in den Sessel fallen. Plim hätte sich ruhig ein wenig Zeit lassen können, dachte er. Am liebsten wäre er noch mal ins Bett gegangen. Er legte den Kopf in den Nacken und setzte zu einem ausgedehnten Gähnen an. Doch er wurde jäh unterbrochen, als erneutes Klopfen ertönte.

»Was ist denn jetzt schon wieder?«, murrte er. Schwerfällig stieg er von seinem Sessel auf und öffnete das Fenster. »Kommst du jetzt endlich rein, oder nicht?«

Plim stemmte die Hände in die Hüften. »Kannst du mir vielleicht einmal verraten, wie ich das anstellen soll?« Sie deutete auf die Eingangstür. »Ich bin doch nicht von der Abrisstruppe.«

Primus beugte sich vor und linste um die Hauswand. Die Eingangstür war von oben bis unten mit Brettern vernagelt. Das hatte er doch glatt vergessen. Schließlich war er bisher immer durchs Fenster geflogen und hatte kein einziges Mal auch nur daran gedacht, die Tür zu benutzen. Er segelte in den Garten und landete neben Miss Plim auf der Eingangstreppe.

Kopfschüttelnd schaute Plim ihn an. »Wofür sind denn diese Bretter gut? Würde da nicht auch ein Vorhängeschloss reichen?«

Primus trat vor die Tür und zerrte an den Brettern. »Hilf mir lieber«, sagte er.

Mit vereinten Kräften legten sie die verrammelte Tür frei. Doch als sie fertig waren und alle Bretter auf dem Boden lagen, mussten sie feststellen, dass die Tür dennoch verschlossen war. Primus kratzte sich am Kopf. Er hatte keine Ahnung, wo der Schlüssel sein konnte, und rüttelte am Türknauf. Plim hingegen war völlig gelassen. Eine verschlossene Tür schien für sie überhaupt kein Problem zu sein. Sie wühlte in ihrer Handtasche, zog eine Haarnadel heraus und stocherte fachkundig im Schlüsselloch. Wenige Sekunden später war das Schloss offen.

Neckisch lächelte sie Primus an und klimperte dabei mit den Wimpern. »Klappt nicht immer«, sagte sie, »aber meistens.«

Die Tür schwang auf und sie gingen hinein.

Gleich hinter der Schwelle befand sich die Wendeltreppe. Von hier aus gelangte man durch einen gemauerten Bogen in die Eingangshalle, über der das Kaminzimmer und die Küche lagen. Neugierig streckte Plim ihren Kopf in die Halle. Der riesige Raum war, bis auf einen großen Tisch mit Plänen, nahezu leer geräumt. Lediglich ein paar Lineale und Messschienen lehnten an den Wänden, wo durch schräge Fenster das Tageslicht blinzelte.

»Das ist wohl ein Zeichensaal oder so was Ähnliches«, sagte sie. »Nicht schlecht. Von außen sieht man es diesem Gemäuer gar nicht an, dass hier drinnen so viel Platz ist.« Sie drehte sich erwartungsvoll um und blickte Primus an. »Jetzt bin ich aber wirklich auf den Keller gespannt. Gehen wir gleich runter?«

»Von mir aus«, nickte Primus. »Komm mit.« Und er ging voran.

Die beiden stiegen die feuchten Stufen hinab, bis sie zu der eisernen Gittertür kamen. Quietschend schwang sie auf. Plim zupfte sich die klebrigen Spinnweben vom Gesicht, während Primus nach der Laterne griff. Ein Streichholz zischte, die Lampe erglühte und das Zeichen auf dem Boden wurde sichtbar.

»Hui, das ist ja ganz schön groß«, rief Plim und machte einen Schritt zurück. »Aber du hast Recht. Genau das gleiche Zeichen war auch auf dem Buch zu sehen.«

Primus ging in die Hocke. »Also gut«, fing er an, »dann wollen wir dieses Zeichen doch einmal unter die Lupe nehmen. Was das hier sein soll, wissen wir ja.« Er deutete auf den schmalen Bogen, der den Kreis umspannte. »Dieser Bogen stellt die Mondsichel dar. Sie hat die gleiche Form wie auf deinem Plan. Wenngleich man hier nicht erkennen kann, wo sich die magischen Elemente befinden. Aber das ist nicht weiter schlimm. Denn dafür sieht man diesen Teil hier umso deutlicher.«

Er wandte sich dem Kreis zu, in dem sich die verschlungenen Linien befanden. »Dieses Liniengewirr soll wohl die Dunkelheit darstellen, mit der die Sichel zusammengehalten wurde – jedenfalls gehe ich stark davon aus.«

Plim schürzte die Lippen. »Tja, damit wirst du wohl Recht haben«, sagte sie. »Ich habe mir das mit der Dunkelheit zwar immer anders vorgestellt, aber was bliebe sonst schon übrig? Zumindest ist auf dem Plan von keinem weiteren Element die Rede.«

Primus kaute auf seiner Unterlippe. »Und das finde ich eben ein wenig seltsam.«

»Was soll daran seltsam sein?«

»Nun, ich frage mich, warum für das Gerüst der Mondsichel ausgerechnet ein Element wie *Dunkelheit* eingesetzt wurde.«

Plim zuckte mit den Schultern. »Vielleicht ist Dunkelheit ja besonders stabil. Wäre doch möglich, oder?«

Aber genau mit diesem Gedanken konnte sich Primus überhaupt nicht anfreunden.

»Tja«, murmelte er, »das kann schon sein, aber irgendwie gefällt mir diese Sache nicht. Weißt du, wenn die Sichel schon so mächtige Elemente wie Schönheit oder Unsterblichkeit in sich getragen hat, warum hat man dann für die Stabilität nicht ein Element wie Kraft oder etwas Ähnliches hineingearbeitet?«

Primus schloss seine Augen und begann zu grübeln. »Ich könnte mir vorstellen, dass die Dunkelheit eine ganz andere Funktion gehabt haben könnte.« Nach einer Pause sah er zu Plim auf. »Mir kommt es eher so vor, als ob jemand das Gerüst *verstecken* wollte.«

»Verstecken?«, fragte Plim. »Wie meinst du das?«

»Ganz einfach, die Sichel schwebte über dem Wald und jeder konnte sie sehen. Aber das Gerüst blieb bei alledem unsichtbar.«

Diese Lösung schien für Plim jedoch nicht sonderlich einleuchtend zu sein. »Das Gerüst war schon zu sehen«, entgegnete sie. »Denn wenn es aus purer Dunkelheit bestanden hat, dann hätte man doch tagsüber einen dunklen Fleck am Himmel gesehen.«

»Tagsüber«, erwiderte Primus. »Wen interessiert schon tagsüber?! Das ist eine *Mondsichel*, verstehst du? Eine Mondsichel, die mit allerhöchster Wahrscheinlichkeit nur für die Nacht bestimmt war. Das Gerüst verschmolz mit der Dunkelheit der Nacht, während die Sichel hellauf gestrahlt hat. Schließlich ist das auch die Zeit, in der der Splitter dort oben in meiner Kiste zu leuchten beginnt.«

Primus brach ab und überlegte. »Nein«, sagte er mit prüfendem Blick, »ich glaube, ich kann dir ganz genau erzählen, wann dieses Ding zum Einsatz gekommen ist. Mein Splitter leuchtet nur ein Mal im Monat, und zwar immer in der Neumondnacht. Das ist jene Nacht, in welcher der echte Mond so weit abgenommen hat, dass er nicht mehr zu sehen ist. Derjenige, der deinen Bauplan gezeichnet hat, war über die Elemente und die anderen Dinge wirklich ausgezeichnet informiert – aber die Kleinigkeit, dass die Sichel nur für die Neumondnächte gebaut worden war, hat er offenbar nicht gewusst.«

Mit einem breiten Grinsen fügte er hinzu: »Da hatte sich jemand etwas ganz Besonderes ausgedacht, das muss ich schon sagen. Ich bin wirklich gespannt, wofür ein solcher Aufwand gut war.«

Plim nickte langsam mit dem Kopf. Zwar hörte sich die Geschichte durchaus logisch an, aber für das ganze Drumherum hatte sie an diesem Tag nur wenig übrig. Im Moment wünschte sie sich nichts sehnlicher, als endlich an eines der Bruchstücke zu gelangen, in dem das Element der Schönheit steckte.

Erst an diesem Morgen hatte sie wieder in ihren Spiegel gesehen und war zu Tode erschrocken. Sie wurde von Tag zu Tag hässlicher. Der Spiegel ließ sich ständig etwas Neues einfallen. An den Anblick des Damenbarts hatte sie sich ja längst gewöhnt, aber nun hatte ihr der Spiegel auch noch gezeigt, dass ihr die Haare ausfielen. Plim war verzweifelt. Wie sollte es bloß weitergehen?

Sie beugte sich über das Zeichen und fing an es aufs Genaueste zu untersuchen. »Wir wollten doch nachsehen, ob man das Zeichen aufmachen kann.« Sie tastete die Zwischenräume der Kerben ab. »Hast du denn schon überall gedrückt? Da ist bestimmt irgendwo ein Mechanismus versteckt.«

Primus machte sich daran, ihr zu helfen. Beide krochen

über die Steinplatte, schauten in jede Rille und drückten an allen nur erdenklichen Stellen. Aber nichts passierte. Anschließend klopften sie den Fußboden ab. Auch nichts. Nirgendwo klang es hohl. Der Boden war eindeutig massiv. Nach einer guten halben Stunde erschien ihnen die Suche aussichtslos. Plim saß enttäuscht neben Primus auf dem Boden und lehnte an einem der Fässer. Ihre Laune war auf dem Nullpunkt angelangt.

»Draußen scheint die Sonne und wir kriechen hier die ganze Zeit über den Kellerboden.« Sie verschränkte die Arme und blies sich eine Haarsträhne aus dem Gesicht. »Ein Weinkeller!«, rief sie. »Vielleicht haben wir uns ja getäuscht. Am Ende ist das gar nicht das Zeichen der Mondsichel, sondern das Wappen der örtlichen Winzergilde.« Ratlos schaute sie Primus an. »Na, was hätte dieses Zeichen denn sonst hier unten verloren?«

Primus blickte ins Leere. Er hatte von Anfang an befürchtet, dass sie an dem Zeichen keinen Mechanismus finden würden. In seinem Kopf schossen die Gedanken umher. Irgendeinen Sinn musste das Zeichen haben, so viel stand fest. War dieser Keller vielleicht einst ein Versammlungsort gewesen und das Zeichen war das Symbol dafür? Oder markierte es gar eine bestimmte Stelle im Land, wie zum Beispiel einen Ausgangspunkt?! Jede Erklärung schien ihm plausibel. Es wäre sogar denkbar, dass die Steinplatte mit dem Zeichen viel älter war als der Turm selbst und dass dieser erst nachträglich darüber erbaut worden war. Doch ganz egal wie er sich anstrengte, all die möglichen Lösungen brachten sie jetzt nicht weiter.

Plim nahm einen tiefen Atemzug. Gelangweilt betrachtete sie die Holzfässer. Es waren sechs an der Zahl, die auf kleinen

Sockeln vor den Wänden lagen – drei von ihnen auf jeder Seite. Sie las die verstaubte Aufschrift, die an den Vorderseiten über den Zapfhähnen stand.

»Dunkeltropfen Spätlese! Ich glaube, der ist nicht mal schlecht.«

Zweifellos war sie keine besondere Feinschmeckerin, da diese Aussage maßlos untertrieben war. Ein echter Weinkenner hätte ein Vermögen dafür gezahlt, um an den Inhalt der Fässer zu kommen. Aber noch viel weniger als Plim konnte Primus so etwas beurteilen.

»Keine Ahnung«, brummte er. »Ich finde, Wein schmeckt scheußlich, ganz egal wie er heißt.«

Plim stellte ihre Tasche auf den Schoß und begann darin zu wühlen. »Ich trinke auch lieber Tee«, trällerte sie, während sie in der Tasche kramte. »Aber man kann Wein genauso gut zum Kochen benutzen. Gerade was Zaubertränke für die Körperpflege betrifft, so kann ein bisschen Wein niemals verkehrt sein.« Sie holte eine kleine Ampulle hervor, zog den Korken ab und blies hinein. »Leer! Hast du was dagegen, wenn ich mir etwas davon abfülle?«

»Überhaupt nicht«, winkte Primus ab. »Nimm so viel, wie du tragen kannst. Von mir aus kannst du auch gerne noch einmal wiederkommen und den Rest abholen.«

Plim erhob sich und stellte sich vor eines der Fässer. »Was machen wir nun mit der Bibliothek?« Sie griff nach dem Zapfhahn und begann zu drehen. »Treffen wir uns vorher bei mir und …«

Mitten im Satz brach sie ab. Der Zapfhahn bewegte sich nicht um Haaresbreite. Sie stieß ein verbissenes Knurren aus und drückte ihn mit ganzer Kraft zur Seite. Dann ließ sie ihn los. Pustend schüttelte sie ihre Hand.

»Das blöde Ding klemmt«, schimpfte sie. »Heute klappt aber auch überhaupt nichts.«

»Lass mich mal versuchen. Du musst wahrscheinlich nur andersherum drehen.«

Primus stellte sich neben sie, drückte den Hahn nach rechts und begann zu ziehen. Nichts passierte. Er probierte auch die andere Richtung, aber ohne Erfolg. Erst als er den Hahn nach unten zog, ertönte plötzlich ein Klicken. Der Hahn gab nach, neigte sich zum Boden, und als Primus ihn nach vorne zog, klappte die gesamte Vorderseite des Fasses auf. Dahinter klaffte ein geheimer Durchgang.

Schlagartig herrschte Stille. Primus und Plim standen mit fassungslosen Gesichtern vor ihrer Entdeckung und blickten in die Öffnung. Damit hatte keiner gerechnet. Plim war die Erste, die wieder zu Worten kam.

»Wie lange wohnst du eigentlich schon hier?«, sagte sie. »Ich meine …«, sie rang nach Luft. »… ich meine, da komme ich zum ersten Mal zu dir in diesen Keller und was finde ich? Eine Geheimtür!« Sie setzte einen vorwurfsvollen Blick auf. »Hätte *ich* hier gewohnt, dann hätte ich diese Tür bestimmt schon längst aufgespürt. Was meinst du? Wohin führt dieser Durchgang?«

»Woher soll ich das wissen?«, antwortete Primus, wobei er den Kopf in das Fass steckte. »Aber das lässt sich ja leicht herausfinden. Auf jeden Fall scheint mir der Weg nicht so lang zu sein wie der Tunnel von letzter Nacht.«

»Was denn für ein Tunnel?«

»Das erzähle ich dir später«, sagte er. »Ich muss dir nachher sowieso noch etwas zeigen. Aber erst einmal ist das hier wichtiger.«

Er nahm die Laterne und kletterte in das Fass.

»Los«, flüsterte er. »Jetzt wollen wir uns doch einmal ansehen, was dieser Keller noch so alles zu bieten hat. Ich bin mir ziemlich sicher, dass wir diesmal mehr finden werden als nur einen Haufen Weinfässer.«

Plim hob ihr Kleid und stieg hinterher.

Das Fass war so hoch, dass Primus und Plim beinahe aufrecht hindurchgepasst hätten. Hölzern tappten ihre Schritte über die Fassdauben, bis sie an der anderen Seite den Durchgang erreichten. Dieser führte geradewegs durch die Kellerwand. Primus streckte den Arm aus, um ihnen mit der Laterne zu leuchten. Hinter der Wand verbarg sich ein kleiner Raum. Vorsichtig kletterten sie aus der Öffnung und über ein Treppchen in das Zimmer hinunter.

So wie es aussah, musste dieser Raum wohl einst ein Arbeitszimmer gewesen sein. Im Lichtschein der Laterne tauchte ein wuchtiger Schreibtisch auf, der gegenüber an der Kellerwand stand. Zettel, Papiere und Schriftrollen lagen darauf, die völlig von Staub überzogen waren. Primus trat auf den Tisch zu. Mit prüfendem Blick hob er das Kinn und schaute zur Decke. Er hatte einen schwachen Lichtstrahl bemerkt, in dem kleine Staubflocken tanzten. Wie konnte das möglich sein? – fragte er sich. Am Turm gab es kein Kellerfenster. War hier etwa ein versteckter Lichtschacht? Er stieg auf den Tisch. Und tatsächlich! Über dem Tisch führte ein Schacht nach oben.

»Hier, halt mal«, sagte er und gab Plim die Laterne. »Ich bin gleich wieder da.«

»He!«, protestierte sie. »Was soll denn das heißen, *ich bin gleich wieder da*?«

Doch noch bevor sie sich's versah, flatterte Primus bereits den Schacht hinauf.

Dieser war gerade einmal so breit, dass Primus seine Flügel ausstrecken konnte. Mit kurzen Flügelschlägen arbeitete er sich hoch. Es ging etwa fünfzehn Fuß lotrecht nach oben, bis er an die Unterseite eines hölzernen Fußbodens stieß. Das musste das Obergeschoss sein. Sofern ihn sein Orientierungssinn nicht täuschte, lag über ihm nun die Küche. Er blickte sich um. Der Schacht machte einen Knick, wurde schmaler und führte zu einer Öffnung, die über und über mit Laub verstopft war. Nur durch einen schmalen Schlitz schien das Tageslicht hindurch. Er klammerte sich an die Wand und spähte nach draußen.

Genau, wie er es erwartet hatte. Primus befand sich unter dem Küchenboden an der Rückseite des Hauses. Die Öffnung war anscheinend zwischen die Steinquader des Mauerfrieses gesetzt worden, so dass sie von außen praktisch nicht zu sehen war. Er war sichtlich beeindruckt. Da schien ein geschickter Baumeister am Werk gewesen zu sein. Diese Öffnung hätte er wahrscheinlich nicht einmal in tausend Jahren gefunden.

Jetzt wollte er aber erst einmal für ein wenig Licht sorgen. Er hob seine Beine, stieß sich ab und verpasste dem Blätterklumpen einen kräftigen Fußtritt, dass dieser nach draußen fiel. Ein Lichtschwall sauste durch den Schacht und im Keller wurde es schlagartig hell. Anschließend flog Primus wieder nach unten.

Er verwandelte sich und machte zufrieden eine galante Verbeugung. »Wenn du gestattest«, sagte er zu Plim, »diese Entdeckung geht nun auf mich.« Sprach's und blies die Laterne aus.

Jetzt schauten sich die beiden noch einmal genauer um. Der Raum war kaum größer als der Weinkeller, aber dafür gab es hier wesentlich mehr zu entdecken. So wie es schien, musste dies das Arbeitszimmer eines Gelehrten gewesen sein. Die Wände waren voller Pergamente mit magischen Formeln und chemischen Tabellen. Bücher und Papiere häuften sich, wo es nur ging. Es gab zwei Regale, eine Kommode und einen Stapel von Holzkisten. In der Ecke stand ein Bündel kleiner Spitzhacken und Schaufeln. Sie waren mit einem Seil zusammengeschnürt und mit einer riesigen Stoffschleife versehen.

»Von der Bergwerksgilde – Für langjährige Freundschaft«, las Primus die Aufschrift. »Das scheint mir ein Geschenk von den Kobolden zu sein.«

Er runzelte die Stirn und schaute sich die Schleife etwas genauer an. Unter der Aufschrift war ein Wappen zu erkennen, das er nicht zum ersten Mal sah. Es bestand aus einer Hacke und einer Schaufel, die sich in der Mitte kreuzten. Primus griff in seine Tasche und holte den Knopf heraus, den ihm Chuck die Vogelscheuche gegeben hatte. Es bestand kein Zweifel: Beide Wappen waren identisch. Wie hatte es die Vogelscheuche nur angestellt, einem Bergwerkskobold den Jackenknopf abzureißen? So viel Unternehmungslust hatte er Chuck gar nicht zugetraut.

Anschließend inspizierte Primus die Bücher, die in den Regalen standen. »*Vergessene Magie*, *Eiszeiten*, *Verwunschene Berge*. Das sind ja völlig andere Themen als bei den Büchern oben im Turmzimmer. Unfassbar, sogar ein Werk über die Schwefelzinnen steht hier. Das nehme ich doch gleich mit.«

Primus zog das Buch heraus und legte es auf die Stufen neben dem Ausgang. Dann ging er zum Schreibtisch, auf dem ein weiterer Bücherstapel lag. »Literatur über den Wind«, sagte er verwundert. »*Windkunde* und *Windsprache*. Davon habe ich ja noch nie etwas gehört.«

Er sah sich die Pergamente an, auf denen lauter chemische Formeln notiert waren. Primus konnte mit diesen Berechnungen überhaupt nichts anfangen. Das Einzige, was er herausfinden konnte, war, dass es sich bei den Formeln offenbar um die Kombination von Metallen handelte.

»Ich möchte bloß wissen, wem das hier alles gehört hat«, sagte er, während er seinen Blick durch den Kellerraum schweifen ließ.

»Das kann ich dir schon sagen«, begann Plim hinter ihm zu lachen. Sie stand vor einer Wand, an der mehrere Urkunden und Diplome hingen. »Ich hatte mich schon gewundert, dass man in diesem alten Turm die neueste Ausgabe des Zauberzirkels findet. Jetzt pass mal auf, was hier steht!« Sie beugte sich vor und begann zu lesen:

»Dem Sieger des Forschungswettbewerbs für altertümliche Zauberkünste, Herrn Professor Doktor Magnus Ulme, verleihen wir mit Gratulation das *Ewigkeits-Abonnement* des Zauberzirkels. Die monatliche Zustellung unseres Magazins geht von nun an und für immer an die Adresse: Distelpfad 13, Postregion Nebelfelder im Unkrautland. Hochachtungsvoll – Der Kesselverlag.«

Plim grinste. »Na, das nenne ich doch mal einen Preis, oder? Das Einzige, was ich jemals gewonnen habe, war ein Bündel Luftballons. Hast du von diesem Professor Ulme schon einmal gehört?«

Primus schüttelte den Kopf und schaute sich die Urkunde an. Professor Ulme? Der Name war ihm unbekannt. Er trat vor die Diplome und gab einen respektvollen Pfiff von sich. Nach all diesen Auszeichnungen war Magnus Ulme nicht nur ein Meister in altertümlichen Zauberkünsten gewesen, sondern hatte Doktortitel in nahezu allen Gebieten der Geheimwissenschaften getragen. Er war Professor für Alchemie, Professor für Astrologie und sogar Professor für Mythologie.

Während Primus noch die zahlreichen Auszeichnungen bestaunte, ging Plim zur Kommode. Sie zog die Schubladen auf und fing an zu wühlen. Als sie bei der untersten Schublade angelangt war, begannen ihre Augen zu leuchten.

»Ich kann es nicht glauben«, rief sie. »Das sind ja echte Zaubernüsse! Weißt du, wie schwer die zu bekommen sind?«

Primus schielte zu ihr hinüber und betrachtete die braunen Kugeln, die in der Schublade lagen. »Ich hab noch nie welche gebraucht. Was macht man denn damit?«

»Na, die sind tausendmal besser als Kerzen«, erwiderte Plim. »Rauchen nicht, stinken nicht und man verbrennt sich auch nicht die Finger daran.«

Ungeniert zog sie die gesamte Schublade heraus und schüttete den Inhalt in ihre Tasche. Primus griff nach einer Nuss und schaute sie an.

»Damit machen die Kobolde bestimmt Licht, wenn sie ihre Tunnel graben.«

»Schon möglich«, sagte Plim. Sie schnappte sich die Nuss und warf sie in die Tasche. »Von jetzt an mache *ich* damit Licht.«

Daraufhin ging die Suche weiter. Plim nahm zuerst die kleinen Kisten, die neben den Regalen standen, unter die Lupe. Jedes Mal, wenn sie weitere Zauberzutaten fand, stieß sie ein verzweifeltes Jaulen aus. Sie hatte sich ihre Tasche mittlerweile schon so vollgestopft, dass nichts mehr hineinpasste. Schweren Herzens überlegte sie, was sie wieder herausholen könnte, um dafür etwas anderes hineinzubekommen.

Primus war mit den Regalen fertig und machte sich nun

daran, die Schriften auf dem Schreibtisch genauer zu untersuchen. Er wischte den Staub von den Büchern, blätterte in den Unterlagen und fand schließlich unter all den Papieren eine große Ledermappe. Als er sie aufschlug, wusste er, in *wessen* Arbeitszimmer sie gelandet waren.

»Plim«, rief er, »ich glaube, diese Zeichnungen kommen dir bekannt vor.«

Sie schaute von ihrer Handtasche auf und kam zu ihm herüber. »Die sehen ja genauso aus wie mein Bauplan«, sagte sie.

Primus lächelte. Die Mappe war voller Pergamente mit Skizzen und Zeichnungen, die eindeutig von der gleichen Hand gezeichnet worden waren, von der auch Plims Bauplan stammte. Und sie alle drehten sich nur um ein Thema: die Mondsichel!

Von allen Seiten war die Sichel dargestellt und auch in allen möglichen Größen. Es gab Studien über das Muster, mit dem die Sichel verziert war, Zeichnungen über ihre Position am Himmel und zahlreiche Skizzen über das Dunkelheitsgeflecht, das der Zeichner offenbar nach einem gewissen System untersucht hatte.

Plim war auf einmal ganz aufgeregt. »Gibt es auch einen Plan, der zeigt, *wo* die Sichel heruntergefallen ist oder wo die Splitter jetzt liegen?«

Primus blätterte durch den Stapel. »Nein«, sagte er, »da ist nichts dergleichen dabei. Vorausgesetzt, die Zeichnungen hier stammen alle von diesem Professor Ulme, dann muss er offensichtlich eine andere Spur verfolgt haben. Die Formeln und Skizzen deuten eher darauf hin, dass es ihn weniger interessiert hat, wo die Sichel denn nun liegt, als vielmehr, wie sie einst erschaffen wurde.«

»Und wie wurde sie erschaffen?« Plim zuckte mit dem Mundwinkel. »Steht das irgendwo in diesen krakeligen Zeichen?«

»Das weiß ich nicht.« Er deutete auf die Berechnungen. »Ich kann dieses Kauderwelsch jedenfalls nicht lesen. Ich bin mir nicht einmal sicher, ob Professor Ulme es je herausgefunden hat. Vielleicht beinhaltet der ganze Papierkram ja auch nur Experimente, wer weiß?«

Primus nahm die Pergamente und hielt sie gegen das Licht. Aber genau wie bei Plims Bauplan konnte er auch hier keine Geheimschrift oder etwas Ähnliches erkennen.

»Also, Plim«, sagte er. »So wie es aussieht, bleibt uns nichts anderes übrig. Wir müssen heute Nacht in die Bibliothek einsteigen und uns das Buch unter den Nagel reißen. Bis jetzt wissen wir leider nur, wie diese Mondsichel ausgesehen hat.« Er nahm eine Zeichnung, auf der die komplette Konstruktion der Sichel abgebildet war. »Wenn ich mir das hier so ansehe, dann …«

Plötzlich verstummte er und kniff die Augen zusammen. »Moment mal«, rief er, wobei er das Pergament in die Höhe hielt. »Unter dieser Zeichnung ist etwas zu erkennen. Aber es ist keine Geheimschrift.« Primus legte das Pergament auf den Tisch und feuchtete seine Finger an. »Hier kleben zwei Seiten zusammen!«

Vorsichtig löste er die obere Schicht ab. Darunter erschien eine Karte.

Plim begann zu jubeln. »Das ist eine Landkarte!«, schrie sie in heller Freude. »Da ist bestimmt eingezeichnet, wo die Splitter liegen.«

Beide starrten auf das Pergament. Primus rümpfte jedoch schon nach kurzer Zeit die Nase.

»Das ist aber eine seltsame Karte«, sagte er. »Was soll denn das darstellen?«

»Das sind Flüsse oder Bäche. Das sieht man doch auf den ersten Blick.«

Primus schüttelte zunächst ungläubig den Kopf. Dann aber war *er* es, der in helle Begeisterung ausbrach.

»WEISST DU, WAS DAS IST???«, rief er.

»Na klar«, kam es als Antwort, »eine Karte.«

»Ach was, natürlich ist das eine Karte«, warf Primus ein. »Aber es ist eine Karte vom Gangsystem der Hügelkobolde.«

»Tatsächlich?!«, entgegnete Plim enttäuscht. »Ach so. Und ich dachte, es wären Flüsse.«

»Nein, schau her.« Primus fuhr mit dem Finger über das Pergament und zeigte auf die verschiedenen Bereiche. »Hier ist das Gebiet unter den Nebelfeldern, dort sind die Gänge unter dem Finsterwald und auf der rechten Seite reichen die Stollen bis nach Hohenweis. Da sind auch die Eingänge markiert.«

Er hielt seine Nase dicht über die Karte. »Das ist der Eingang vor dem Finsterwald, an dem ich dich neulich kennengelernt habe, und dort ist der große Stein neben dem Kräutersteig. Sie sind alle eingezeichnet.« Seine Stimme wurde leiser. »Jetzt müsste man nur noch herausfinden, wie man diese Eingänge aufbekommt.«

Plim wollte keine Spielverderberin sein. Zumindest tat sie so, als würde sie sich für seine neue Entdeckung interessieren. »Was ist denn das hier?«, fragte sie und deutete auf einen großen blauen Fleck.

Primus kratzte mit dem Fingernagel über die Stelle. »Da ist dem Professor Ulme wohl sein Tintenfass umgefallen«, sagte er. »Aber das macht nichts. Man kann ansonsten alles gut erkennen. Ich nehme die Karte mit nach oben. Sollte ich jemals in die Stollen hineinkommen, dann kann ich zumindest nachsehen, wo es langgeht.«

Er faltete das Pergament zusammen und steckte es ein. Dann machte er sich daran, die Bücher zusammenzutragen, die er aus dem Arbeitszimmer mit nach oben nehmen wollte. Plim schlenderte umher und schaute nach, ob sie nicht doch noch etwas gebrauchen konnte.

»Hihi, der sieht aber lustig aus«, kicherte sie.

»Wer?«, fragte Primus, ohne sich umzudrehen.

»Na dieser Professor Ulme. Willst du mal gucken, wie der ausgesehen hat?«

Primus legte seine Bücher auf die Treppe und kam zu ihr herüber. Sie hielt eine alte Fotografie in den Händen, die in einem Messingrahmen steckte.

»Das habe ich zwischen den Kisten gefunden«, sagte sie. »Der in der Mitte muss es sein. Die anderen beiden sind ja viel zu jung für einen Professortitel.«

Primus blickte auf das Bild. Es war eine bräunliche Fotografie, auf der ein alter Mann mit einem langen Bart zu sehen war. Dieser hatte einen gütigen Blick und lächelte, während er sich gebückt auf einen Gehstock stützte. Wortlos starrte Primus auf das Bild. Diesen Herrn hatte er doch schon einmal gesehen?! – ging es ihm durch den Kopf. Genau! Jetzt erinnerte er sich wieder. Der alte Mann war ihm in seinem Traum begegnet. In jenem Traum, in dem er auch auf die kleine Narrengestalt gestoßen war. Der Alte hatte ihm vom Turm aus zugewinkt. Hatte er diesen Magnus Ulme etwa einst gekannt? Primus schloss die Augen und begann zu grübeln. Aber Plim riss ihn gleich wieder aus seinen Gedanken.

»Der hier sieht ja aus wie *du*!«, rief sie.

Primus schaute auf das Bild und betrachtete die zwei anderen Personen, die neben Magnus Ulme standen. Auf der linken Seite des alten Mannes war ein Knabe mit hohen, eingefallenen Wangen zu sehen. Aufrecht stand er da, mit einem leichten Lächeln und einem strengen Blick. Seine Augen waren so hell, dass sie auf dem alten Foto beinahe weiß aussahen. Der Knabe auf der anderen Seite hingegen hatte einen Arm um den alten Mann gelegt. Er war überaus dünn und hatte eine unverkennbar spitze Nase.

Plim stupste ihn an. »Das könnte beinahe dein Bruder sein«, lachte sie und deutete auf den mit der spitzen Nase. »Dazu kommt, dass er auch noch die gleichen Sachen anhat.«

Da hatte sie eindeutig Recht. Der Knabe trug einen schwarzen Frack mit einem umgeschlagenen Kragen. In seiner Hand hielt er einen Zylinder. Doch den gleichen Frack hatte auch der andere an.

Primus drehte den Rahmen um. Nun verschlug es ihm endgültig die Sprache. Auf der Rückseite war, in einer geschwungenen Handschrift, folgende Widmung zu lesen:

Für Magnus Ulme, von Primus und Ruven

Plim schluckte. Schnell drehte Primus die Fotografie wieder um. Sprachlos starrten die beiden auf die abgebildeten Personen.

»Tja«, fing Plim schließlich an, »da warst du zwar noch nicht so blass um die Nase, aber eigentlich … eigentlich siehst du immer noch genauso aus wie auf dem Bild.« Sie nickte respektvoll. »Du hast dich kaum verändert.«

In Primus' Kopf rumorte es. Wie konnte es sein, dass er sich an Magnus Ulme nicht erinnerte? Wie konnte es sein, dass er sich an überhaupt nichts mehr erinnerte, was früher einst geschehen sein musste? Was um Himmels willen war damals bloß passiert?

Wieder hatte er die Szene vor Augen, in der die zwei Jungen über die Felder rannten. War *er* etwa einer von den beiden gewesen? Er selbst und dieser andere. Wie hieß er noch, Ruven ...?

Er blickte auf das Foto. Der andere Junge kam ihm ebenfalls bekannt vor. Die hohen Wangenknochen und die hellen Augen. Woher kannte er ihn nur?

»Sag mal«, ertönte Plims verwunderte Stimme, »ist das nicht dieser gemeine Kerl aus der Bibliothek?« Sie ging nahe an das Bild heran. »Natürlich!«, rief sie. »Das ist dieser Rabenstein! Jetzt sag bloß, du warst mit diesem Ekelpaket einmal befreundet?«

Primus blieb nichts anderes übrig, als ihr schon wieder Recht zu geben.

»Nicht zu fassen«, schimpfte er. »Deswegen hat er mich auch nach meinem Namen gefragt. Ich wusste gleich, dass da was nicht stimmen konnte, als er mich so komisch angesehen hat.«

»Aber wieso ist der jetzt so viel älter als du? Auf dem Bild hier seid ihr beide doch etwa gleich alt.«

Primus verschränkte die Arme und blickte zur Decke. »Ich weiß es nicht. Ich kann mich nur an Fetzen erinnern. Irgendwas habe ich vor Ewigkeiten einmal mit diesem Kerl im Wald gesucht, aber was?«

Er kniff die Augen zusammen. Die beiden Jungen hatten doch etwas bei sich gehabt, als sie durch den Wald gegangen waren. Genau! Sie hatten Lampen und Seile dabei. Dieses Bild war ihm in den Sinn gekommen, als er im Wald vor dem

Erdspalt gestanden hatte. Waren er und Rabenstein einst dort hinuntergestiegen? Was hatten sie dort unten gesucht? Primus wusste keine Antwort auf all die Fragen.

»Nun gut«, sagte er, »ich glaube nicht, dass uns dieses Kopfzerbrechen sonderlich viel weiterhilft. Wir werden dieser Geschichte schon noch auf die Schliche kommen.« Er klatschte in die Hände. »Heute Nacht geht es los. Wir fliegen zur Bibliothek und steigen in den Keller hinunter. Was das Thema *Kellerdurchsuchen* betrifft, so sind wir ja inzwischen Spezialisten. Wir kriegen das schon hin, und dann werden wir auch erfahren, was in diesem Buch steht.« Er griff nach dem Bild und steckte es ein.

»Komm mal mit nach oben«, sagte er. »Ich habe gestern Nacht im Wald etwas gefunden, das ich dir unbedingt noch zeigen muss. Vielleicht weißt du ja, was man damit anstellen kann.«

Sie packten alles zusammen und stiegen durch das Fass zurück in den Weinkeller.

Plim blieb noch für eine geraume Zeit bei Primus im Turm und lauschte gespannt seinem Abenteuer von der vergangenen Nacht. Voll Staunen betrachtete sie die goldene Plakette, die er auf dem Felsvorsprung gefunden hatte.

Als aber die Sonne unterging und Primus im Turmzimmer auf dem Schreibtisch saß, war Plim längst nach Hause gegangen. Er hatte die Fotografie neben sich auf den Tisch gestellt und ließ gelassen seine Beine baumeln.

Langsam schlug der Spiegel die Augen auf.

»Was für ein trautes Gruppenbild«, sagte er mit einem Augenzwinkern, als er das Foto bemerkte. »Bist du heute wieder auf der Suche gewesen?«

»Wonach könnte ich denn gesucht haben?«, gab Primus zurück.

Der Spiegel stieß ein Lachen aus. »So gefällst du mir, mein Kleiner. Du warst schon immer ein helles Köpfchen. Das habe ich dir vom ersten Tag an angesehen.« Seine Stimme senkte sich. »Vor einigen Tagen hast du doch noch nach verborgenen Türen gesucht. Hast du heute vielleicht eine gefunden, hm? Oder suchst du mittlerweile nach etwas völlig anderem?«

Primus hob schweigend das Kinn.

Doch der Spiegel fuhr fort: »Aber ich denke, du weißt selbst viel besser, wonach du suchst. Und wenn *du* es nicht weißt, woher sollte *ich* es dann wissen? Nur so viel möchte ich dir sagen: Denk immer an alles, was du gelesen hast. Vergiss nie die Dinge, die ich dir gesagt habe. Und eines ist von allem am wichtigsten, lieber Primus.« Er deutete mit seinem Kopf auf das Bild von Rabenstein. »Sei dir immer bewusst, dass du zeit deines Lebens viel klüger gewesen bist als dieser andere da.«

Das Bildnis der Nebelfee

Langsam wanderten die Schatten der Tannen über die Lichtung, während die Sonne hinter dem Finsterwald unterging. Der heiße Sommertag, gleich nach dem Gewitter, war auch an Plims kleinem Garten nicht spurlos vorübergegangen. Das Gras schimmerte in sattem Grün, das Gemüse drängte sich dicht in den Beeten und aus allen Töpfen und Trögen leuchteten die Blumen. Ein Mückenschwarm tanzte vor dem Hexenhaus in der Abendluft, in die sich der würzige Geruch von Kaminfeuer mischte. Allem Anschein nach war Plim gerade dabei, etwas zu kochen. Dicke Rauchschwaden stiegen aus dem Schornstein und immer wieder erklang das Scheppern von Pfannen und Blechschüsseln. Chuck stand unterdessen in seinem Salatbeet. Verträumt sah er der sinkenden Sonne zu, deren Strahlen zwischen den Bäumen hindurch in die Lichtung fielen. Auf seinem Kopf saßen zwei Spatzen, deren Lied die Vogelscheuche zufrieden mitträllerte.

Plötzlich ging die Haustür auf. Mit hochgesteckten Haaren und einer karierten Schürze kam Miss Plim aus dem Haus gelaufen. Die Spatzen nahmen sofort Reißaus. Plim sauste in ihren Filzschlappen quer durch den Garten und rannte zielstrebig auf das Gemüsebeet zu. In ihren Händen hielt sie eine Schere und etwas, das wie ein Kochrezept aussah. Kaum hatte sie das Beet erreicht, fing sie brummelnd an in den Kräutern zu wühlen. Sie schnitt ein Büschel Schnittlauch ab, rupfte etwas Petersilie heraus, stopfte alles zusammen in ihre Schürze und rannte gleich wieder zum Haus zurück.

Chuck blickte ihr neugierig nach.

»Hallo, Plim«, rief er. »Was macht Ihr denn gerade?«

Doch Plim hatte in diesem Moment überhaupt keine Zeit, mit der Vogelscheuche ein Kaffeekränzchen abzuhalten. Sie fuchtelte mit der Schere und schlug wortlos die Tür hinter sich zu. Chuck wippte zurück. Er wollte doch nur ein wenig plaudern. Pikiert drehte er sich um und widmete sich wieder dem Sonnenuntergang. Aber schon kurz darauf ging die Tür zum zweiten Mal auf.

»Habe doch gewusst, dass ich was vergessen habe«, schimpfte Plim.

Sie huschte um die Ecke zur Rückseite des Hauses, wo die versteckten Beete mit den Zauberkräutern lagen. Dort zupfte sie etwas Teufelspfeffer ab, stocherte zwei Geisterwurzen aus der Erde und sauste flinken Fußes wieder nach vorne. Bei der Haustür traf sie auf Chuck, dem offensichtlich langweilig war.

»Ach, Plim«, sagte er. »Ich habe mir ein paar Gedanken über Salatschnecken gemacht. Wisst Ihr, die sind eigentlich ganz nett …«

Plim schüttelte den Kopf. »Ich kann jetzt keine Salatschnecken gebrauchen«, sagte sie. »Mach am besten ein Wettrennen mit ihnen und erzähl mir morgen, wer von euch gewonnen hat.«

Sie ging ins Haus. Bevor sie aber die Tür zuzog, streckte sie noch einmal ihren Kopf heraus. Suchend blickte sie an der Vogelscheuche vorbei in den Garten.

»Äh, sag mal, wo ist denn eigentlich dieser dralle Kürbis geblieben? Heute Vormittag war er doch noch hier, oder nicht?!«

»Ach, Ihr meint Snigg«, antwortete die Vogelscheuche. »Tja, das ist wirklich schade. Wisst Ihr, der hat sich heute Nachmittag auf den Weg gemacht. Er hatte schreckliches Heimweh nach seinem Kompost …«

Genauer wollte es Plim gar nicht wissen. Sie nickte und zog den Kopf ein.

In der Hexenküche rauchte und qualmte es, dass man kaum noch etwas sehen konnte. Der Boden war übersät mit Büchern, Schüsseln und allem möglichen Zauberkrempel. Plim stieg über einen Haufen Töpfe, schnappte sich eine Messingschüssel und arbeitete sich anschließend Schritt für Schritt bis zur Feuerstelle vor. Knisternd loderten die Flammen unter dem Hexenkessel, in dem eine gelbliche Brühe blubberte. Dort balancierte sie auf einem Bein, zog mit dem Fuß die Schürklappe auf und warf mit Schwung ein weiteres Holzscheit hinein. Daraufhin ging es weiter zum Tisch. Auf diesem befand sich ein Buch, das den unmissverständlichen Titel *Die kleine Einbruchsfibel* trug. Ganz offensichtlich bereitete sich Miss Plim auf den bevorstehenden Ausflug zur Bibliothek vor. Eine Reihe kleiner Ampullen stand neben dem Buch, deren krakelige Etiketten keinen Zweifel aufkommen ließen, dass sich Plim für jeden nur erdenklichen Zwischenfall rüstete. *Fluchtschmiere* hieß es auf der ersten Ampulle. Daneben standen die *Langfingersäure* und das *Lärmöl*. Das Fläschchen mit der Aufschrift *Räuberdunst* musste noch gefüllt werden, aber dafür war auch später noch Zeit. Jetzt wollte sie sich erst einmal um etwas Wichtigeres kümmern.

Sie warf den Teufelspfeffer und die Geisterwurzen in die

Schüssel, stellte sie auf den Tisch und trippelte die Treppe zum Dachgeschoss hinauf. Kurz darauf kam sie mit einem schweren Wälzer unterm Arm wieder zurück. Eine Staubwolke stieg auf, als sie das Buch auf den Tisch knallte.

Selbstverteidigung für Hexen stand in dicken Lettern auf dem Umschlag.

»So, mein lieber Rabenstein«, knurrte sie, »lass dich nur blicken. Dir werde ich richtig einheizen, darauf kannst du dich verlassen.«

Mit einer graziösen Handbewegung feuchtete Plim ihren Zeigefinger an. Dann begann sie zu blättern. In dem Buch gab es die tollsten Rezepte für Hexenflüche und bösartige Zaubermittel, die sie am liebsten sofort alle an Rabenstein ausprobiert hätte.

»Tja, was bekommt denn der liebe Herr Rabenstein alles von mir?«, summte sie. »Wie wäre es mit ein paar Eiterbeulen, so groß wie Medizinbälle?« Weiter ging es zur nächsten Seite. »Auch nicht schlecht«, sagte sie. »Ich könnte ihm das Euter einer Milchkuh wachsen lassen. Oder noch besser, ich verpasse ihm gleich beides!«

Die Auswahl fiel ihr wirklich nicht leicht. Es dauerte eine ganze Weile, bis sie sich endlich für eine besonders pikante Mischung entschieden hatte. *Lachsack* nannte sich die Rezeptur, die eigentlich aus drei verschiedenen Zaubertränken bestand. Der erste Teil des Tranks verwandelte die Knochen des Angegriffenen in eine weiche Gummimasse, so dass er zunächst wie ein wabbeliger Teigklumpen zusammensackte. Die zweite Zutat sorgte anschließend dafür, dass der Betroffene in unaufhörliches Lachen ausbrach, während ihm die dritte Zutat obendrauf noch einen gehörigen Schluckauf verabreichte. Alles in allem eine tolle Mischung, dachte Plim.

Sobald das Zeug wirkte, konnte das Opfer nur noch als kichernder Pudding umherwackeln – und das für mehr als zwei Stunden.

So etwas war genau nach Plims Geschmack. Sie überflog die Zutaten, stellte fest, dass sie alles Notwendige im Haus hatte, und machte sich sofort an die Arbeit.

Pünktlich um Mitternacht kam Primus über die Lichtung geflogen. Er setzte zur Landung an und klingelte an der Haustür.

»Es ist offen!«, plärrte Plim.

Primus betrat das Haus. Schon im Vorraum wehte ihm ein allzu beißender Geruch entgegen. Es stank so erbärmlich nach Pfeffer und Schwefel, dass ihm die Nase lief. Er ging an den Regalen vorbei und zog den Vorhang beiseite. In der Hexenküche sah es aus, als wäre eine Bombe explodiert. Die Wand neben der Feuerstelle war von oben bis unten mit Ruß geschwärzt, der Kessel lag verbeult vor dem Kleiderschrank und die ganzen Einmachgläser kullerten neben dem umgefallenen Regal über den Fußboden. Man konnte kaum noch einen Schritt tun, ohne über irgendetwas zu stolpern. Hexenbücher lagen verstreut auf dem Boden, Bratpfannen und Kochtöpfe stapelten sich und von der Decke hingen die Wäscheleinen herab.

Plim stand in der Ecke neben dem Kleiderschrank und wühlte hektisch zwischen dem Kessel und einem Berg von Damenklamotten. Mit Schwung zerrte sie den Rennbesen heraus.

»Ach du meine Güte. Was ist denn hier passiert?«, fragte Primus.

»NA, WAS WOHL?«, rief Plim und drehte sich um.

Ihre Augen waren dunkel geschminkt. Sie hatte die Haare

streng nach hinten gebunden und trug einen feuerroten Lippenstift.

»Ich habe gearbeitet! Das sieht man doch oder etwa nicht?! Na ja, es gab vielleicht den einen oder anderen kleinen Zwischenfall, aber ansonsten – und das kannst du mir glauben, mein Lieber – war es ein voller Erfolg.«

Sie kletterte zum Tisch, wo ihr Arztköfferchen stand. Voller Stolz hielt sie Primus die Ampullen entgegen.

»Du kannst dir nicht vorstellen, was ich alles vorbereitet habe«, fing sie an. »Mit diesen Wundermittelchen wird unser Ausflug zu einem Spaziergang werden. Egal ob Riegel, Schlösser oder Ketten, wir bekommen alles auf. Hinterher werden die nicht einmal bemerken, dass wir überhaupt da gewesen sind. Oh«, unterbrach sie, »bevor ich es vergesse. Das Beste habe ich dir noch gar nicht gezeigt.« Sie legte die Ampullen zurück und fischte mit spitzen Fingern ein kleines Sprühfläschchen aus der Tasche. »Falls uns zufällig dein alter Freund Rabenstein über den Weg läuft, dann habe ich hier noch eine ganz besondere Überraschung für ihn. Es ist zwar hochexplosiv und stinkt wie die Hölle, aber dafür ist die Wirkung umso lustiger. Rabenstein wird bestimmt auch seinen Spaß daran haben.«

Mit einem Zwinkern klappte sie die rote Ledertasche zu. »Also«, sagte sie, »worauf warten wir noch? Holen wir uns das Buch.«

Draußen im Garten bestieg Plim ihren Besen. Sie zog die Pilotenmütze über und stellte die Tasche auf den Lenker. Primus flatterte bereits neben ihr in der Luft.

»Ich habe mir in der Zwischenzeit auch einen Plan zurechtgelegt«, sagte er. »Damit wir mit deiner Knattermaschine möglichst unbemerkt in die Stadt kommen, machen wir am besten einen kleinen Umweg. Die östlichen Stadtmauern von Hohenweis sind viel weniger bewacht als alle anderen. Wenn wir also von der entgegengesetzten Richtung her angeflogen kommen, wird uns wahrscheinlich kaum jemand bemerken.«

Plim hatte nichts dagegen einzuwenden und nickte.

»Wir fliegen über den Wald zum Mondwassersee und anschließend ein kurzes Stück über die Felder nach Osten«, fuhr Primus fort. »Dort machen wir einen Bogen und steuern genau von der gegenüberliegenden Seite auf die Hauptstadt zu. Selbst wenn die Nachtwachen auf den anderen Mauern den Krach deines Besens bemerken sollten, wissen sie noch lange nicht, wo genau wir uns gerade befinden.«

»Alles klar«, sagte Plim und startete den Motor.

Ein lauter Knall ging durch den Wald, bevor der Besen zu knattern begann. Sie stülpte ihre Brille über und drückte die Hupe. Dann flogen die beiden davon und verschwanden im Dunkel der Nacht.

Nur wenige Minuten später sahen sie den Mondwassersee unter sich glitzern. Der Himmel war sternenklar und schon von weitem konnten sie die Lichter der Hauptstadt erkennen. Plim flog im kurzen Abstand hinter Primus her, der nun immer weiter nach oben stieg. In großem Bogen und in luftiger Höhe umkreisten sie die Stadt. Dann tauchten in der Ferne die östlichen Stadtmauern auf. Sie flogen noch ein Stückchen geradeaus, bevor Primus sich steil abfallen ließ. Plim heftete sich an seine Fersen. Sie beugte sich über den Fahrradlenker und drückte mit aller Kraft den Besen nach unten. Mit einem heulenden Geräusch sauste der Rennbesen im Sturzflug vom

Himmel. Sie schossen zwischen den Zinnen der Stadtmauer hindurch und geradewegs über die Dächer der Häuser. Die Straßen unter ihnen waren menschenleer. Im Zickzack ging es jetzt um die Schornsteine und mit eingezogenem Kopf unter den Verbindungsbrücken der Türme hindurch. Unbemerkt erreichten sie den Marktplatz. Die Bibliothek stand eingekeilt zwischen den Akademiegebäuden und war durch das funkelnde Glasdach kaum zu übersehen.

Plim drosselte ihren Besen. Jetzt musste sie nur noch einen passenden Landeplatz finden. Sie blickte nach unten und erkannte neben dem Glasdach ein steinernes Mauersims, das breit und lang genug schien, um den Besen zum Stillstand zu bringen. Eine bessere Landebahn hätte sie sich kaum wünschen können. Sie sauste am Dach entlang und setzte neben Primus auf dem Mauersims auf.

Nun musste es schnell gehen. Bestimmt hatten sie das ganze Stadtviertel aufgeweckt. Gebückt huschten die beiden wie zwei Katzen über das Sims, bevor sie sich bei einem Mauervorsprung in eine Ecke zwängten. Dort blieben sie für eine Weile regungslos stehen.

»Was ist? Glaubst du, uns hat jemand gehört?«, flüsterte Plim.

»Psst«, zischte Primus, der weiter die Ohren spitzte.

Doch abgesehen von dem Gurren der Tauben schien alles ruhig zu sein. Er zog den Zylinder ins Gesicht und stellte seinen Kragen auf. Dann spähte er vorsichtig aus dem Versteck heraus.

»Die Luft ist rein«, sagte er. »Die schlafen offenbar alle noch tief und fest. Also dann los! Sehen wir nach, wo diese Dachluke ist.«

Primus trat auf das gewölbte Glasdach zu, an dessen seitlichem Rand sie nun standen. Dort beugte er sich nach unten und presste seine Nase gegen die Scheibe. In der Bibliothek war es stockfinster.

»So wie es aussieht«, murmelte er, »sind wir über dem hinteren Teil der Halle. Das müssen die Regale mit der Parapsychologie sein. Unser Fenster ist demnach um einiges weiter vorne.« Er sah zu Plim auf und lächelte. »Aber immerhin ist es nicht auf der gegenüberliegenden Seite. Ansonsten hätten wir noch mal über das Dach fliegen müssen.« Er stand auf. »Komm mit«, flüsterte er, »die Luke kann nicht schwer zu finden sein.«

Lautlos liefen Primus und Plim das Sims entlang. Lediglich eine Gruppe verschreckter Tauben bemerkte die beiden schwarzen Gestalten, die in der Dunkelheit über sie hinweghüpften. Immer weiter führte der Weg, bis sie fast das Ende des Glasdachs erreicht hatten. Dort zeichnete sich schließlich die kleine aufgeklappte Fensterluke ab.

Primus triumphierte. »Da vorne ist das Fenster, siehst du? Und genau, wie ich es mir gedacht habe, ist es immer noch offen.«

Kurz darauf hatten sie das Fenster erreicht. Doch ganz so einfach, wie Primus es sich ausgemalt hatte, schien die Sache nun doch nicht zu sein. Die Fensterluke war zwar immer noch geöffnet, aber sie steckte mehr als drei Schrittlängen von ihnen entfernt in der Dachwölbung. Dazwischen befand sich pures Fensterglas. Vorsichtig trat Primus mit einem Bein auf die Scheibe. Ein Knirschen ertönte, als er das zweite Bein nachzog und sich mit seinem ganzen Körpergewicht auf das Glas stellte.

»Das hört sich aber alles andere als einladend an«, sagte Plim skeptisch.

Primus schürzte die Lippen und schüttelte zuversichtlich den Kopf. »Ach was«, sagte er, »gar kein Problem. Die Scheiben sind allerhöchstens ein paar Hundert Jahre alt. Wir müssen nur das Gewicht ein wenig verteilen, dann kann uns gar nichts passieren.«

Er ging in die Knie und krabbelte auf allen vieren über das Glasdach. Plim kam hinterher. Sie verdrehte die Augen, während sie durch die Scheibe nach unten sah.

»Der hat gut reden«, keuchte sie. »Wenn wir hier durchbrechen, dann flattert *er* einfach davon, als wäre nichts weiter gewesen. Mich aber findet man am nächsten Tag irgendwo zwischen einem Haufen Scherben auf dem Boden liegend. Wahrscheinlich verflucht mich dann auch noch dieser Bibliothekar, weil ich wieder so eine Unordnung veranstaltet habe.«

Doch das Glas war stabil und sowohl Primus als auch Plim kamen sicher bei der Luke an. Primus klappte das Fenster hoch. Na, das lief doch wie am Schnürchen. Weder klemmte es noch war es eingerostet. Er legte sich auf den Bauch, steckte seinen Kopf durch die Luke und schaute sich um. Perfekt! Genau unter ihnen verliefen die Seilzüge der Lesebalkone. Jetzt brauchten sie nur noch einen Balkon unter das Fenster zu stellen und schon konnten sie mit Sack und Pack nach unten fahren.

»Augenblick«, sagte er. »Ich komme gleich zurück und hole dich ab.«

Schnell wie der Wind hatte er sich verwandelt und war durch die kleine Luke geflogen. Im Segelflug glitt er in die Bibliothek hinab.

In der großen Halle war es mucksmäuschenstill. Die Luft roch noch immer nach Kerzenrauch, so als hätten die Buchmaler bis spät in die Nacht über ihren Werken gesessen. Primus blickte nach oben. Bläulich schimmerten die Buchrücken der Lederbände im Sternenlicht, das durch das gläserne Dach strahlte. Er konnte auch Miss Plim erkennen, die hoch über ihm neben der Dachluke wartete. Ohne Zeit zu verlieren, nahm er sich einen der Lesebalkone und sauste zu ihr in die Höhe, bis er genau unter dem Dachfenster angekommen war.

»Wirf mir zuerst deine Handtasche runter«, sagte er und streckte die Hände aus.

Plim reichte ihr liebstes Stück durch die Luke. »Wehe, du lässt sie fallen«, flüsterte sie. »Da steckt ein ganzer Haufen Arbeit drin. Außerdem ist da unten dann der Teufel los, also pass bitte auf.«

Primus fing die Tasche und nahm anschließend auch ihren Besen in Empfang.

»Jetzt du«, zischte er.

Etwas widerwillig krabbelte Plim rückwärts zum Fenster herein. Sie klammerte sich am Rahmen fest und baumelte mit ausgestreckten Armen über Primus von der Decke.

»Kannst loslassen«, sagte er. »Ich fang dich auf.«

Plim blickte über die Schulter zu Primus, der etwa drei Fuß unter ihr im Lesebalkon stand.

»Du fängst mich wirklich auf, ja?«

»Was für eine Frage. Natürlich fange ich dich auf«, antwortete er ungeduldig.

Plim dachte an ihr schreckliches Spiegelbild, das sie in den letzten Tagen immer fetter und fetter gezeigt hatte. Es glich einem Wunder, dass die alten Glasscheiben sie überhaupt trugen.

»Ich bin bestimmt viel zu schwer für dich«, jammerte sie.

»Willst du mir nicht lieber ein Seil holen, an dem ich nach unten rutschen kann? Ich glaube, das wäre klüger.«

»So ein Blödsinn«, antwortete Primus. Dann betrachtete er die gertenschlanke Plim, die sogar noch dünner war als er selbst. »Lass jetzt endlich dieses dusselige Fenster los und komm herunter.«

Sie kniff die Augen zusammen. Ihr blieb wohl kaum eine andere Wahl. Mit einem schrillen Schrei ließ sie sich fallen. Sogleich fing Primus sie auf. Er packte sie bei den Hüften und stellte sie neben sich in den Balkon.

»So«, sagte er. »War doch halb so schlimm, oder?«

Entschuldigend hielt sich Plim eine Hand vor den Mund. Doch außer ein paar Tauben hatte niemand ihren Aufschrei gehört. Primus zog an den Seilen. Lautlos fuhr der Lesebalkon zum Boden.

Im Schutze der Finsternis stiegen die beiden aus und huschten an den Bücherregalen vorbei zu den Türen zwischen den Regalen. Als sie bei der ersten angekommen waren, trat Primus einen Schritt zurück. War es diese oder eine andere? Er sah fragend zu Plim, deutete auf die Tür und bewegte stumm seine Lippen. Plim schüttelte den Kopf. Sie zeigte mit dem Finger an ihm vorbei und wies auf die Tür nebenan. Zustimmend nickte er. Sie liefen hinüber und Primus griff nach der Klinke. Verschlossen! Aber davon ließen sich die beiden nicht aufhalten. Plim war ja für solche Fälle bestens vorbereitet. Sie stellte ihr Köfferchen ab und kramte eine kleine Ampulle mit einer schmierigen Flüssigkeit heraus. Diese goss sie über die Türangeln.

»Das Zeug wirkt Wunder«, flüsterte sie.

Anschließend schnappte sie sich wieder ihre Haarnadel,

mit der sie fachkundig im Türschloss stocherte. Es dauerte keine Minute und das Schloss war offen.

Primus war verblüfft. »Möchte wissen, wo du das gelernt hast.«

Doch Plim winkte selbstbewusst ab. Die junge Hexe hatte noch weitaus raffiniertere Techniken auf Lager. Sie hob einen Finger, deutete zuerst auf das kleine Fläschchen und tippte anschließend leicht gegen das Türblatt. Ohne auch nur das leiseste Geräusch von sich zu geben, schwang die schwere Eichentür auf. Das war wahre Hexenkunst! Stolz klimperte sie mit den Augenlidern.

Vor ihnen lag die Wendeltreppe. Zappenduster führte sie nach unten.

»Ich hole uns schnell noch ein paar Kerzen«, schlug Primus vor. »Da unten siehst du sonst die Hand vor Augen nicht.«

»Wir brauchen keine Kerzen. Ich habe doch etwas viel Besseres dabei.«

Sie wühlte in ihrer Tasche und fischte eine faustgroße braune Kugel hervor. Primus erkannte sie sofort. Es war eine der Zaubernüsse, die Plim aus dem Arbeitszimmer hinter dem Weinkeller mitgenommen hatte. Sie hielt die Kugel in der flachen Hand, flüsterte einen Zauberspruch und schnippte dann kurz dagegen. Es gab einen kleinen Funken. Schon begann die Kugel zu leuchten. Zunächst nur ein wenig rötlich, dann gelb, bis sie schließlich in einem strahlenden Weiß erglühte.

»Und diese Dinger werden nicht einmal heiß. Hier, fang auf.« Plim warf ihm die Zaubernuss zu.

Primus ließ die Kugel in seiner Hand auf und ab wippen. »Nicht schlecht«, bemerkte er. »Wie viele davon hast du denn dabei?«

»Zwei für dich und zwei für mich. Die leuchten üblicherweise die ganze Nacht. Im Vergleich dazu sind Kerzen ein alter Hut.«

Sie zogen die Eichentür hinter sich zu und stiegen die Stufen hinunter.

Etwa ein Geschoss tiefer gelangten sie zu einer weiteren Tür. Diese war unverschlossen und führte zu einer penibel aufgeräumten Schreibstube voller Aktenschränke. Neben dem Tisch, auf dem eine Ansammlung von Federhaltern exakt nebeneinander aufgereiht lag, stapelten sich mehrere Bücher. An einer Ablage klebte ein Schild, das die Beschriftung *Noch einzuordnen* trug.

»So wie es hier aussieht, kann das nur die Schreibstube von diesem Milbenwang sein«, sagte Primus. »Vielleicht solltest du ihn einmal zu dir nach Hause einladen. Da könnte er wohl bis in alle Ewigkeit aufräumen …«

»Ein reizender Gedanke«, entgegnete sie schnippisch. »Was mich aber viel mehr interessiert, ist, woher *der* das Buch gehabt hat.«

»Das hat er doch gesagt«, erklärte Primus. »Angeblich hat er es beim Aufräumen gefunden. Jetzt fragt man sich bloß, *wo* er aufgeräumt hat. Rabenstein machte mir nämlich nicht gerade den Eindruck, als wäre das Buch für die Allgemeinheit bestimmt. Der gute Milbenwang muss demnach irgendwo herumgewühlt haben, wo er überhaupt nichts zu suchen hatte.« Er zuckte mit den Augenbrauen. »Und genau diesen Ort müssen wir jetzt finden!«

Sogleich ging es zur Treppe zurück und im Licht der Zaubernüsse immer weiter nach unten. Nur ihre Schatten folgten ihnen auf Schritt und Tritt über die Steinmauern. Nach schier endlosen Windungen kamen sie am Ende der Treppe an. Plim hielt ihr Licht in die Höhe. Vor ihnen befand sich ein schmaler, mit spitzen Bögen überspannter Gang. Gegenüber, am anderen Ende, erkannten sie eine Tür.

»Ich könnte mir vorstellen, dass wir hier auf der richtigen Fährte sind«, sagte Primus und schritt voran.

Je näher sie der mächtigen Tür kamen, desto ungewöhnlicher sah diese aus. Sie schien weder aus Holz noch aus Metall zu sein. Das Gleiche galt auch für die gewaltigen Beschläge. Nachdem sie das Ende des Gangs erreicht hatten, berührte Primus das Türblatt. Es war aus Stein! Die gesamte Tür, samt Rahmen und Angeln, war aus einem einzigen Steinblock gemeißelt. Ratlosigkeit machte sich breit. Mit ihrer Haarnadel konnte Plim bei dieser Tür offenbar nichts ausrichten. Weder gab es eine Klinke noch fanden die beiden ein Schlüsselloch. Stattdessen prangte ein steinernes Gesicht inmitten des Türblatts, das sie prüfend und misstrauisch anstarrte.

Dieses sah aus wie die Mischung aus einem Löwen und einem Widder – mit gebogenen Hörnern und struppiger Mähne. Zwei spitze Eckzähne ragten jeweils vom Ober- und Unterkiefer aus seinem Maul und schoben sich über die Lippen.

»Wo ist der Schlüssel?«, knurrte der Kopf.

»Hä?« Plim rümpfte die Nase. »Was willst du haben?«

»Den Schlüssel!« Der Löwenkopf klapperte mit den Zähnen.

»Ach so«, sagte sie. »Warum sagst du das nicht gleich? Den habe ich verloren.«

»Dann bleibst du draußen!« Die Antwort war kurz und knapp.

»Hör mal zu«, schnauzte Plim, »ich verliere andauernd meine Schlüssel. Aber im Gegensatz zu dir macht meine Haustür nicht so ein Theater.«

»Kein Schlüssel, kein Einlass.«

Fassungslos wandte sie sich an Primus. »Was sagt man dazu? Der will uns nicht reinlassen.«

Primus versuchte es auf die freundliche Tour. »Vielleicht kannst du ja mal eine kleine Ausnahme machen«, schlug er dem Steinkopf vor. »Weißt du, wir müssen nur schnell etwas abholen. Das geht ganz flink. Am besten, du lässt uns einfach kurz hinein und wir bringen dir den Schlüssel später vorbei, einverstanden?«

Der Löwenkopf zog ein verdutztes Gesicht. Dann brach er in brüllendes Gelächter aus. »Du Schlitzohr«, lachte er, »fast hättest du mich hinters Licht geführt. Aber so leicht kommst du an mir nicht vorbei.« Er klapperte erneut mit den Zähnen und sagte: »Wo ist der Schlüssel?«

Nervös wippte Plim auf und ab. »Kann dieser Spaßvogel eigentlich auch etwas anderes sagen?«

Primus betrachtete die Tür. »Selbst wenn wir einen Schlüssel hätten«, flüsterte er ihr ins Ohr, »dann wüsste ich nicht, wo ich ihn hineinstecken sollte.«

Er tastete mit den Händen das Türblatt ab. Als er jedoch in die Nähe des steinernen Kopfes kam, fing dieser an nach ihm zu schnappen.

»VERFLIXT«, rief Primus aus und sprang zurück. »Hast du gesehen? Unser Freund hier ist bissig.«

»Vielleicht sollten wir ihm an Stelle eines Schlüssels besser einen leckeren Knochen bringen?!« In sicherem Abstand beugte sich Plim vor: »Was ist, möchtest du einen feinen Knochen haben?«

»Ich will keinen Knochen«, blaffte der Kopf. »Ich will den Schlüssel!«

Sie verdrehte die Augen. Hier schien jede Diskussion aussichtslos.

Primus dachte fieberhaft nach. Erst kürzlich hatte er doch etwas über verzauberte Türen und Schlösser gelesen. Aber sosehr er sich auch bemühte, er konnte sich nicht erinnern, dass von *so* einer Tür irgendwo die Rede gewesen war. Zähneknirschend blickte er das Türblatt an. Da stecken gewiss die Kobolde dahinter, dachte er sich. Wer sonst konnte eine derart meisterliche Steinmetzarbeit vollbringen und einem gleichzeitig derart gut den Weg versperren?! Vielleicht hatte Plim ja auch Recht und man müsste dem Löwenkopf etwas geben? Zu den Kobolden würde das auf jeden Fall passen. Aber was um alles in der Welt sollten sie einem steinernen Kopf anbieten? Sie hatten kein Essen dabei, keinen Wein und von Geld ganz zu schweigen. Abgesehen davon, was sollte ein Steinkopf schon mit Geld anfangen?

Doch Augenblick! Bei dem Gedanken an Geld fielen ihm plötzlich die Worte des Spiegels ein. Was hatte der alte Spiegel gesagt, als er ihm die goldene Plakette gezeigt hatte? Gold öffnet immer Tür und Tor.

Primus schaute sich das Maul des Wächters an und betrachtete die vier langen Zähne. War die Plakette mit den Löchern etwa ein Schlüssel und der steinerne Kopf das Schloss dazu? Hatte Rabenstein sie einst im Wald verloren, als sie zusammen dort unterwegs gewesen waren? Er griff in die Innentasche seines Fracks und zog die Plakette hervor. Einen Versuch wäre es zumindest wert.

»Sag mal, willst du vielleicht das hier haben?« Er hielt sie dem Schloss genau vor die Nase.

Als der steinerne Kopf das Goldstück erblickte, stieß er ein Fauchen aus. Gierig fletschte er die Zähne und riss das Maul auf.

Primus' Augen begannen zu funkeln. Das war also die Lösung! Der alte Spiegel hatte genau gewusst, wofür die Plakette gut war, aber er hatte ihm lediglich einen kleinen Hinweis gegeben. Das passte zu ihm.

Er streckte die Hand aus und schob dem Schloss die Plakette zwischen die Zähne. Blitzschnell schnappte dieses zu. Die Eckzähne schoben sich durch die Löcher, das Schloss begann zu knurren und mit einem Poltern schwang die Steintür auf.

Dahinter verbarg sich ein riesiger Saal.

Plim war völlig aus dem Häuschen. »Das soll der Schlüssel sein?«, rief sie. »Das Goldstück aus dem Erdloch, von dem du mir heute erzählt hast? Wie bist du denn darauf gekommen?«

»Tja«, lächelte Primus, »mit Gold kommt man immer weiter im Leben. Dieser Meinung ist zumindest mein Spiegel oben im Turm.«

Dann traten sie ein.

Der Saal glich einem Achteck. Er war hoch und mit einer kuppelförmigen Decke überspannt. Abgesehen von einer kleinen, hüfthohen Säule in der Mitte war der Saal vollkommen leer.

»Wo sind wir denn hier gelandet?«, fragte Primus, der offenbar etwas völlig anderes erwartet hatte. »Das sieht ja aus wie ein Heiligtum.«

... ligtum ... tum ... tum ... hallte das Echo von den Wänden wider. Er hielt die Zaubernuss hoch und schritt durch

den Raum. Unterdessen trat Plim auf die kleine Säule zu. Diese war kunstvoll verziert, hatte einen wulstigen Sockel und war oben wie ein Wasserbecken nach innen gewölbt. Sie strich mit ihrer Hand durch die Vertiefung, die vollständig mit Samt ausgekleidet war.

»So einen Ständer könnte ich auch gut gebrauchen«, sagte sie. »Dann würde meine Kristallkugel wenigstens nicht immer unter dem Tisch hin und her kullern.«

Plötzlich hörte sie Primus hinter sich rufen. »He, Plim! Komm mal hier herüber und sieh dir das an!«

»Hast du etwas gefunden?«, fragte sie.

»Schon möglich. Sieht zumindest ganz danach aus.«

Sie drehte sich zu Primus um, der vor einer der acht Saalwände stand. Im Lichtschein seiner Zaubernuss konnte sie ein Gemälde ausmachen. Als sie näher kam, bemerkte sie, dass es ein Wandbild war, das sich über die ganze Mauer erstreckte. Sie richtete ihr Licht gegen die Wand und betrachtete voll Faszination das Szenario, das sich vor ihren Augen eröffnete:

Eine wunderschöne junge Frau, mit langen Haaren und einem weißen Kleid, tanzte verträumt über eine nächtliche Wiese. Ihr Körper, anmutig und schlank, schien zu schweben, während sie mit erhobenen Armen zum Himmel aufblickte. Von dort strahlte zwischen den Sternen der Mond auf sie herab. Aber es war nicht jener Mond, der üblicherweise am Nachthimmel steht. Es war eine dünne Sichel, die ihm haargenau glich. Gespenstisch bog sie sich um eine tiefschwarze Scheibe, in der Primus und Plim ein altbekanntes Geflecht erkannten.

»Was soll das bedeuten?«, fragte Plim. »Wer ist diese Frau? Sie ist wunderschön.«

»Ich weiß es nicht«, antwortete er. »Ich sehe sie auch zum ersten Mal.«

»Glaubst du, *sie* hat die Sichel gebaut?«

Primus zog die Stirn in Falten. »Das würde mich schon sehr wundern.« Er trat einen Schritt zurück und leuchtete von links nach rechts über die ganze Wand.

»So sahen also einmal die Nebelfelder aus«, stellte er fest. »Und zwar vor 12000 Jahren, als die Sichel am Himmel stand. Sieh mal. Dort drüben ist auch eine Bergkette zu erkennen. Und hier!«, er deutete auf eine Vertiefung im Gras. »Das müsste der Schneckenbach sein. Nur der Finsterwald scheint damals noch viel weiter im Westen gelegen zu haben. Dort, wo heute der Distelpfad verläuft, sind lediglich ein paar Büsche zu sehen.«

Plim trat näher an das Bild heran. »Weißt du, was seltsam ist?«, fragte sie und kniff die Augen zusammen. »Ich kann mich ja täuschen, aber es sieht beinahe so aus, als wäre die Frau durchsichtig.«

»Das stimmt«, sagte Primus. »Du hast Recht. Auf den ersten Blick ist mir das gar nicht aufgefallen. Auch ihr Kleid scheint mit der Nacht zu verfließen. Die ganze Geschichte wird immer rätselhafter.« Er drehte sich um und blickte auf die kleine Säule. »Hast du da drüben etwas entdecken können?«

»Nein«, antwortete Plim. »Das ist nichts weiter als ein Sockel. Wahrscheinlich für eine Kristallkugel oder so etwas Ähnliches.«

Ungläubig blickte Primus durch die Halle. »Was? Rabenstein spielt mit Kristallkugeln? Das hätte ich jetzt nicht von ihm erwartet. Aber meinetwegen.« Er strahlte mit dem Licht über die anderen Wände. »Was ist denn das?«, rief er. »Dort, gegenüber vom Eingang! Ist da etwa noch eine Tür?«

Aufgeregt rannten die beiden durch den Saal. Sie traten vor die hölzerne Tür und drückten die Klinke. Sie war unverschlossen.

»Das muss Rabensteins Arbeitszimmer sein«, flüsterte Primus aufgeregt, als er seinen Blick durch den Raum gleiten ließ.

Ein wuchtiger Schreibtisch tauchte vor ihnen auf, hinter dem ein lederner Sessel stand. Daneben befand sich ein Lesepult, schmal und hoch, mit einem seidenen Tuch darüber. Mehrere eiserne Kerzenleuchter standen in den Ecken des Zimmers, von denen das Wachs wie Eiszapfen zu Boden hing. Es gab ein Regal mit Büchern und allerlei magischen Utensilien, die Plim sofort ins Auge fielen. An der Wand nebenan hingen in gläsernen Rahmen mehrere Pergamente. Schon von weitem konnten sie erkennen, was darauf abgebildet war.

»Sieh nur!«, rief Plim, als sie die Zeichnungen erblickte. »Dieses Ekel ist auch hinter den Steinen her. Deswegen hat er uns das Buch weggenommen. Er will nicht, dass ihm jemand zuvorkommt.«

Wie ein Detektiv schaute Primus die Zeichnungen an. Auf allen waren Ausschnitte und Vergrößerungen des mittleren Sichelstücks dargestellt.

Nachdenklich griff er sich ans Kinn. »Sieht mir ganz danach aus, als hättest du Recht«, sagte er. »Rabenstein muss sich schon seit einer Ewigkeit mit diesem Thema beschäftigen.« Er neigte den Kopf und betrachtete die akribisch gezeichneten Bilder. »Aber irgendwie habe ich den Eindruck, als interessierte er sich besonders für einen ganz bestimmten Teil der Mondsichel. Genauer gesagt, für ein bestimmtes *Element.*«

»Ach ja?«, fragte Plim. »Und was soll das für ein Element sein?«

Unschuldig schaute sie zur Decke. Bei ihr war es schließlich auch nicht anders. Sie wollte das Element der Schönheit besitzen, koste es, was es wolle. Aber Rabenstein hatte etwas ganz anderes im Sinn. Ihn verlangte es weder nach Reichtum noch nach Glück und schon gar nicht nach Schönheit.

»Er will *Macht*«, sagte Primus, wobei er auf die Pergamente zeigte. »Das alles sind Studien über das Mittelstück. Es ist das Element der Macht, hinter dem Rabenstein her ist.«

Er blickte nach rechts, wo ein weiterer Plan hing.

»Was soll denn das darstellen?«, fragte er.

Die Zeichnung sah aus wie einer von Plims alten Filzpantoffeln.

»Das ist der Mondwassersee«, sagte sie. »Von oben gesehen.«

»Der See?« Primus trat einen Schritt zurück. Da wäre er nie draufgekommen. Er zog die Augen zu zwei Schlitzen zusammen. »Glaubt Rabenstein etwa, die Splitter liegen irgendwo auf dem Grund des Sees?«

Sie zuckte mit den Achseln.

»Natürlich!«, rief er. »Deswegen stand er auch in der Neumondnacht in dem Boot und hat so eigenartig ins Wasser gestarrt. Er hat in der Tiefe nach den leuchtenden Splittern gesucht!«

Bei diesem Gedanken begann Plim zu strahlen. »Na wunderbar«, freute sie sich, »dann wissen wir ja, was wir als Nächstes zu tun haben. Wir kreisen einfach über dem See und schauen nach, wo wir etwas Helles entdecken. Von oben haben wir einen weitaus besseren Überblick. Du nimmst die linke Hälfte des Sees und ich suche die rechte Seite ab. Meinetwegen können wir auch tauschen. Rabenstein kann jedenfalls weiterhin in seiner Nussschale schippern und den Wellen zugucken. Wir sind im Vorteil!«

Doch dann verstummte sie plötzlich. »So was Blödes aber auch«, knurrte sie. »Die Splitter leuchten ja nur bei Neumond. Das habe ich jetzt glatt vergessen. Da müssen wir ja noch vier Wochen warten, bis es wieder so weit ist.« Verärgert blickte sie auf den Plan. »Aber anders finden wir sie nie. Der See ist viel zu groß.« Sie rollte mit den Augen und bekräftigte: »Vier Wochen!«

»Tja«, sagte Primus, »das ist wirklich noch eine ganze Weile.« Er wippte mit dem Kopf. »... wenngleich ich mir nicht so recht vorstellen kann, dass die Splitter wirklich dort unten liegen.«

»Wie meinst du das?«

»Ich vermute nur, dass Rabenstein glaubt, sie lägen dort unten. Warum auch immer, aber geschrieben steht das bisher noch nirgendwo. Abgesehen davon kann ich mir nicht vorstellen, dass es in 12000 Jahren niemandem aufgefallen wäre, wenn nachts im Mondwassersee das Licht brennt.« Er lächelte. »Vielleicht ist Rabenstein ja auch auf der falschen Spur. Komm«, sagte er, »sehen wir nach, was wir hier noch alles finden.«

Die beiden teilten sich auf. Primus wandte sich dem Schreibtisch zu, während Plim das Regal untersuchte. Kurz darauf hörte er es rascheln. Er blickte auf und sah Plim, wie sie nach und nach Dinge aus dem Regal holte und sie in ihre Tasche stopfte.

»He«, zischte er, »was machst du denn da?«

»Ach, ich leihe mir nur das eine oder andere aus«, flüsterte sie.

»Ausleihen? Du klaust!«

»Jetzt stell dich bloß nicht so an. Der wird gar nicht merken, dass hier etwas fehlt. Außerdem klaut der selber, darauf kannst du Gift nehmen.« Sie stand auf und ging auf das Lesepult zu. »Hier liegt zum Beispiel ein Kopftuch herum. Du kannst mir doch nicht erzählen, dass so etwas zu seiner Garderobe gehört.«

Sie zog das Tuch vom Pult, woraufhin ihr ein Quieken entfuhr. Stocksteif stand sie da. »Hier ist das Buch«, tuschelte sie. »Ich habe es gefunden.«

Sofort ließ Primus alles stehen und liegen. Tatsächlich! Vor ihnen lag das Buch, nach dem sie so sehnsüchtig gesucht hatten. Plim schlug es auf und beide lasen die Überschrift.

Die Legende aus dem Unkrautland
Die Mondsichel und ihre magischen Elemente

Primus rückte sein Licht näher an das Buch. »Schau mal, was hier unten steht.«

Knapp über dem unteren Seitenrand war eine weitere Inschrift zu lesen:

Gesammelte Forschungen von Prof. Dr. Magnus Ulme

Plim sah sich bestätigt. »Das Buch nehmen wir auch mit. Und komm bloß nicht auf die Idee, mir ein schlechtes Gewissen einzureden. Dein alter Freund Rabenstein klaut, was ihm zwischen die Finger kommt. Oder meinst du vielleicht, Professor Ulme hat ihm dieses Buch zum Namenstag geschenkt?«

»Natürlich nehmen wir es mit, aber jetzt blättere doch endlich mal weiter.«

Plim schaute ihn spitz an. Demonstrativ langsam schlug sie daraufhin die nächste Seite auf. Aber was war denn das? Dieses Objekt konnte doch beim besten Willen nichts mit der Mondsichel zu tun haben. Es sah eher aus wie die Zeichnung von einem riesigen Schornstein. Erstaunt blätterte sie zur nächsten Seite. Doch auch hier fanden sich Skizzen eines zylinderförmigen Schlots und ebenso auf der folgenden Seite. Schließlich entdeckten sie Zeichnungen von Röhren und labyrinthartigen Tunneln. *Die Halle des Eiskönigs* stand auf einem der Pläne.

»Wer zur Hölle ist denn der Eiskönig?«, fragte Plim. »Ich dachte, dieses Buch handelt von der Mondsichel.«

Primus kaute auf der Unterlippe. »Das dachte ich auch. Aber ich habe da einen Verdacht. Kannst du dich noch an das Buch erinnern, das du in der Bibliothek gefunden hast? Du weißt schon, das mit den Erzählungen von den verirrten Wanderern. Was hat dieser Mann angeblich gesehen, während er auf den Gipfeln der Schwefelzinnen umhergestolpert ist?«

Erschrocken fuhr Plim zusammen. »Die Festung«, kam es aus ihrem Mund geschossen. »Das sind Skizzen der Festung. Demnach war der Mann also doch nicht verrückt. Alles, was er gesagt hat, war die Wahrheit. Dort oben gibt es wirklich Schlote, die aus dem Erdinneren ragen.«

»Genau«, sagte Primus verschwörerisch, »und die Geschichtsbücher lügen, wenn sie behaupten, dass das Unkrautland erst vor achthundert Jahren besiedelt wurde. Dort oben im Eis hat vor Ewigkeiten einmal jemand gelebt. Und ich wette mit dir, wer auch immer das gewesen sein mag, mit Sicherheit hat der die Sichel gebaut.«

Nach den Plänen der Festung folgten zahlreiche Niederschriften von alten Legenden und beinahe vergessenen Sagen. Die meisten stammten aus den entlegenen Dörfern rund um das Bleigebirge, wo Ulme sie einst zusammengetragen hatte. Es waren vor allem Greise und Einsiedler, die ihm von Ereignissen berichtet hatten, an die sich in den Städten längst niemand mehr erinnern konnte. Und wenngleich sich diese Legenden alle voneinander unterschieden, so bestand dennoch eine Gemeinsamkeit: Überall, und sei es nur kurz, kam an irgendeiner Stelle die Mondsichel vor.

Im Eiltempo überflogen sie die Geschichten. Zu ihrer Enttäuschung musste Plim feststellen, dass von dem geheimnisvollen Ort, an dem die Splitter angeblich liegen sollten, nirgendwo die Rede war. Hektisch blätterte sie weiter. Nachdem sie von allerlei Berggeistern und Aberglaube gelesen hatten, stießen sie schließlich auf eine Sage aus dem Hügelland. Diese Geschichte war zwar eher unbedeutend und hatte nur ansatzweise etwas mit der Sichel zu tun, aber dennoch gab sie Primus zu denken. Aufmerksam begann er die Zeilen zu lesen.

Die Sage handelte von einem Bauern, der einem alten Koboldmännlein in der Not hilfreich zur Seite gestanden hatte. Dieses war von einem umfallenden Baum getroffen worden und lag eingeklemmt unter den Ästen. *So müsste es sich anfühlen, wenn die Mondsichel auf einen herunterfällt*, hatte der Kobold bemerkt, während der Bauer ihn befreite. Für Primus war diese Aussage nur bedingt von Wert. Viel wichtiger war ihm, was danach folgte:

Der kleine Wicht bedankte sich mit allerlei guten Wünschen und überreichte dem Bauern eine Tabakspfeife, die dieser fortan immer bei sich trug. Doch genau von diesem Tag an passierte etwas Seltsames. Immer wenn der Bauer mit seiner Pfeife über die Felder ging, zeichnete sich an einem der Hügel eine Pforte ab.

Primus hob überrascht den Kopf. Sollte das etwa bedeuten, dass man die geheimen Türen nur zu sehen bekam, wenn man einen Gegenstand der Hügelkobolde mit sich führte? Er griff in seine Tasche und holte den Knopf heraus. Mit Sicherheit hatte dieser Knopf einst zur Jacke eines Bergwerkskobolds gehört. Zwar hatte er den Knopf nicht von einem Kobold geschenkt bekommen, sondern von der Vogelscheuche, aber möglicherweise funktionierte es ja trotzdem.

»Was willst du denn jetzt mit dem alten Knopf?«, fragte Plim.

»Ach nichts«, antwortete er beiläufig und schob ihn wieder in seine Tasche. »Mir ist da bloß ein Gedanke gekommen.«

Schnell lasen sie weiter. Seite für Seite, Sage für Sage. Doch sosehr sich Primus und Plim auch bemühten, sie fanden nirgendwo einen Hinweis auf den Verbleib der magischen Splitter. Waren diese etwa für immer verloren? Ungeduld machte sich breit. Beinahe hatten sie die Hoffnung schon aufgegeben, als sie schließlich, im hinteren Teil des Buches, auf ein seltsames Gedicht stießen. Sie überflogen die ersten Strophen, wobei Plim der Atem stockte. Mit ihrem Daumen deutete sie in Richtung des Saals, wo sich das Wandbild befand, und schaute zu Primus. Dieser nickte. Dann begannen beide die Verse zu lesen.

Es war ein tragisches Gedicht, voll Liebe, Leid und finsteren Machenschaften. In einer längst vergangenen Zeit, als die Erde noch jung war, schritt eine Fee über die nächtlichen Felder. Sie war schöner als alles andere, was das Land je zuvor gesehen hatte. Sanfter Nebel war ihr Kleid und Schleier aus weißem Dunst ihr Haar. Voll Hingabe tanzte sie im Licht des

Mondes, den sie über alles liebte und dessen Strahlen ihr dennoch unvorstellbare Schmerzen zufügten. Je voller der Mond schien, desto stärker brannte sein Licht. Nahm der Mond jedoch ab und es nahte die Nacht vor Neumond, dann tanzte die Fee voll Glück unter der dünnen Mondsichel und freute sich seines Anblicks. Die geringen Schmerzen nahm sie hin.

Aber da gab es noch jemanden, eine geheimnisvolle Gestalt mit einer Krone aus Eis. Diese lauerte ihr auf und stellte ihr mit einem teuflischen Plan nach, um ihrer habhaft zu werden. So kam es, dass in einer Nacht, in der eigentlich Neumond hätte sein sollen, eine schmale Sichel am Himmel stand. Benommen vor Glück tanzte die Fee im Licht der Mondsichel, deren Strahlen urplötzlich gar nicht mehr schmerzten. Der Südwind warnte sie, doch es war zu spät. Die Fee wurde gefangen und auf Nimmerwiedersehen verschleppt. Dann aber passierte etwas, mit dem niemand gerechnet hatte. Die Mondsichel fiel vom Himmel und zerschlug mit katastrophalen Auswirkungen. Das Land wurde erschüttert. Es zerbrach und verfiel in eine schier unendliche Eiszeit. Erst nach Tausenden von Jahren erholte es sich, bevor es erneut zu blühen begann.

»Was sagst du dazu«, murmelte Primus. »Die Mondsichel war eine *Falle*. Nichts weiter als eine Falle. Jetzt wird mir auf einmal alles klar.«

»Du meinst, sie war nur dazu da, um die schöne Fee herbeizulocken?«

»Natürlich«, bekräftigte er. »Diese Gestalt hat ihr vorgegaukelt, die richtige Mondsichel würde am Himmel stehen. Aber dem war nicht so. Es war eine Neumondnacht und vom wirklichen Mond war nicht die geringste Spur zu sehen! Nun verstehe ich auch, warum der Splitter bei mir zu Hause nur einmal im Monat leuchtet. Das Ding war eigens für die Neumondnächte konstruiert worden. Ziemlich raffinierter Plan, das muss ich ihm lassen.«

»Wem musst du das lassen?«, fragte Plim.

Primus blätterte zurück zum Anfang des Buches, wo sich die Pläne der Festung befanden. Als er bei einem der Grundrisse angelangt war, tippte er auf die Überschrift *Die Halle des Eiskönigs.*

»Dem hier«, sagte er. »Es sei denn, zu jener Zeit hatten noch andere eine Krone aus Eis auf dem Kopf.« Er setzte sich auf den Schreibtisch. »Es würde mich brennend interessieren, was damals mit ihm passiert ist. Aber das werden wir wohl nie erfahren. Genauso wenig, wie wir erfahren werden, was aus der Fee geworden ist.«

»Aber dann war es ja wirklich so, wie du vermutet hast.« Plim ruderte mit den Armen. »Das Gerüst bestand aus Dunkelheit, damit es am nächtlichen Himmel nicht zu sehen war.«

»Genau«, bestätigte er. »Und die verführerischen Elemente, aus denen die Sichel bestanden hat, taten ihr Übriges. Da halfen auch die Warnungen des Windes nicht mehr. Normalerweise hätte die Fee nämlich Verdacht schöpfen müssen, nachdem ihr das Mondlicht plötzlich keine Schmerzen mehr zugefügt hat.«

Plim setzte sich in Rabensteins Ledersessel und legte die Füße auf den Tisch.

»Und warum ist das Ding dann auf einmal vom Himmel gefallen?«

»Vielleicht hat der Eiskönig ja etwas außer Acht gelassen«, erwiderte Primus, »oder vielleicht haben Wolken das Sternenlicht blockiert. Bei mir zu Hause ist der Stein schließlich auch gleich zu Boden gekracht, nachdem du dich vors Fenster gestellt hast.«

»Wenn das so ist«, sagte sie, »dann müssten doch noch irgendwo andere Bruchstücke herumliegen. Die können doch nicht so schwer zu finden sein.«

Plötzlich ertönte ein dumpfer Schlag.

»Hast du das gehört?«, fragte Primus.

Plim schüttelte den Kopf und gähnte. »Ich habe nichts gehört.« Ein wenig abwesend nahm sie das Buch und ließ mit dem Daumen die Seiten flattern. Als sie ganz hinten ankam, rutschte ein vergilbter Zettel heraus.

»Was ist denn das?«, fragte Primus.

Plim faltete das Papier auseinander. »Keine Ahnung. Wahrscheinlich nur ein kleiner Nachtrag zu Ulmes Geschichtensammlung. Hier, du kannst diese alte Schrift sowieso besser lesen als ich.«

Er beugte sich zu ihr und griff sich das Blatt Papier. Unbeeindruckt winkte er ab.

»Das ist keine Geschichte«, sagte er, »das ist bloß eine alte Abrechnung. Sie ging seinerzeit an Ulme und kam von den Hügelkobolden.« Primus hob erstaunt die Augenbrauen. »Ganz schön teuer dieser Verein. Hundertzwanzig Goldstücke wollten die von ihm haben.«

»Was hat er denn gekauft?«

»Nichts«, antwortete er. »Ulme hat den Postanschluss reparieren lassen, der vom Turm aus unter den Nebelfeldern hindurch …« Hier brach er ab.

»Ja?«, sagte Plim und streckte sich. »Unter den Nebelfeldern hindurch … und dann?«

Primus stand der Mund offen. Völlig überwältigt schaute er sie an, bevor er langsam zu lesen begann:

»… unter den Nebelfeldern hindurch und am Leuchtenden See vorbei bis nach Hohenweis führt.«

»Was?«, rief sie.

Primus sprang vom Tisch und zeigte Plim das Schriftstück. »Hier, lies selbst. Da steht *Leuchtender See.*«

»Also doch«, sagte sie. »Die Splitter liegen im Mondwassersee! Jetzt wissen wir auch, warum sich Rabenstein dort herumtreibt.«

Fassungslos schüttelte Primus den Kopf. »Ich fliege ständig in dieser Gegend umher und noch nie habe ich dort einen Lichtschimmer bemerkt. Ausgerechnet den Kobolden soll das aufgefallen sein? Sehr merkwürdig.« Er spitzte die Lippen und blickte zur Decke. »Irgendwas stimmt doch hier nicht.«

»Dann ist es eben ein anderer See«, schlug Plim vor. »Was soll's?!«

»Das habe ich mir auch schon gedacht, aber ich kenne weit und breit keinen anderen See. Na gut«, lenkte er ein, »möglicherweise verstecken sich in den Bleibergen noch einige kleine Wasserlöcher, aber dort läuft bestimmt nicht meine Postleitung vorbei.«

Er reichte Plim den Zettel und schritt grübelnd auf und ab.

»Wo ist der See?«, murmelte er. »Bei den Nebelfeldern ist er jedenfalls nicht, dieses Gebiet kenne ich wie meine Westentasche.«

»Und im Finsterwald kann er auch nicht sein«, fügte Plim hinzu. »Zumindest habe ich von oben keinen gesehen.«

Primus nickte. Dann schaute er sie mit einem durchdringenden Blick an.

»Wie meinst du das?«

»Na, wie wohl?«, entgegnete Plim. »Von oben, aus der Luft eben. Was alles unter den Baumkronen liegt, weiß ich natürlich nicht.«

Regungslos stand er da. Dann durchfuhr es ihn wie ein Blitz.

»Das ist es«, rief er. »Du hast das Rätsel gelöst!«

»Da bin ich aber froh«, sagte sie. »Erklärst du es mir bitte kurz?«

»Der See!«, schoss es aus ihm heraus. »Kein Wunder, dass wir ihn nicht kennen. Man kann ihn gar nicht von oben sehen, sondern nur von unten. Weißt du, was ich meine?!«

»Nein, nicht die Bohne.«

Primus riss die Augen auf. »Es muss irgendwo einen unterirdischen See geben. Einen See, der nur den Kobolden bekannt ist, die die Postleitungen graben. Jetzt ist mir auch klar, was die Rätselrübe gemeint hat. Sie hat von einer anderen Seite gesprochen! Von einem verkehrten Ort, wo sich der Himmel auf dem Boden befindet.« Er ballte die Fäuste. »Damit hat sie den unterirdischen See gemeint. Das leuchtend blaue Wasser soll der Himmel sein – auf der verkehrten Seite.« Er kratzte sich an der Nase. »Nur die Bäume«, sagte er zu sich, »was sollte der Hinweis mit den Bäumen, die von oben nach unten wachsen?«

Plim hatte Feuer in den Augen. »Die Bäume sind mir jetzt völlig egal! Wir müssen so schnell wie möglich in die Koboldgänge und den See aufsuchen. Wo hast du die Karte von Magnus Ulme?«

Er betastete seine Taschen. »Na, das hat mir gerade noch gefehlt«, sagte er. »Die liegt oben im Turm.«

»Wir brauchen sie«, rief Plim. »In diesem Labyrinth dort unten finden wir uns sonst niemals zurecht.« Dann aber schaute sie ihn kritisch an. »Ach du Schreck. Wir wissen doch gar nicht, wie man diese Türen aufbekommt.«

»Warte ab«, sagte er, »ich ahne da etwas. Ich glaube, man muss nur …«

Da ertönte das Poltern schon wieder.

»Jetzt habe ich es auch gehört«, flüsterte Plim. »Da ist noch jemand in der Bibliothek.«

»Komm«, zischte er, »lass uns schnell von hier verschwinden. Den Zettel nehmen wir auch mit.«

Die beiden huschten aus dem Zimmer.

Doch noch während sie durch den angrenzenden Saal liefen, vernahmen sie auch schon Schritte. Primus blickte in den Gang und bemerkte ein Licht. Dieses kam von der Treppe und bewegte sich Stück für Stück auf sie zu. Plötzlich stand es still.

Für Sekunden passierte nichts.

Dann aber hörten sie Rabenstein aus voller Kehle brüllen: »EINBRUCH! MÖRDER! VERRAT!«

Sogleich sprang Plim auf ihren Besen. Sie startete den Motor, drehte sich um und schaute zu Primus, der mit seinem Licht geradewegs auf das Wandbild zulief.

»Was willst du jetzt mit dem Bild?«, schrie sie. »Sieh zu, dass wir hier herauskommen!!!«

Wie ein Wahnsinniger kam Rabenstein durch den Gang auf sie zugerannt. Aber er hatte nicht mit dem Pflichtbewusstsein der Steintür gerechnet. Kurz vor seiner Nase ging diese zu.

»Wo ist der Schlüssel?«, hörten sie das Schloss rufen.

»Du verdammtes Ding«, fluchte Rabenstein hinter der Steintür, »ich werde dich rausmeißeln lassen!«

»Kein Schlüssel, kein Einlass«, war die Antwort.

Plim hob ab und umkreiste die kleine Säule, während Primus mit seinem Licht das Gemälde absuchte.

»Kannst du dich jetzt endlich von diesem Bild losreißen?«, kreischte sie.

Sie steuerte mit einer Hand den Besen und kramte mit der anderen in ihrer Tasche. Flink zog sie die Ampulle mit dem *Lachsackzauber* heraus.

»So, Freundchen«, grinste sie siegessicher. »Komm nur herein. Gleich wirst du den Spaß deines Lebens haben.«

Primus hielt unterdessen seine Zaubernuss dicht an das Gemälde. Fieberhaft beäugte er das Gebüsch im Hintergrund. Dann brach er in lautstarken Jubel aus.

»Ich habe ihn gefunden«, rief er, während er auf Plim zugelaufen kam. »Ich habe seine Krone entdeckt! Ein schwarzer Schatten, im Hintergrund beim Gebüsch. Der Eiskönig ist auch auf dem Bild!«

In diesem Moment schwang die Steintür auf.

»PRIMUS!!!«, brüllte Rabenstein. »Denk bloß nicht, du kommst mir noch mal davon.«

»Du mir auch nicht«, schallte es von oben.

Rabenstein hob den Kopf. Im Sturzflug kam Plim aus der Gewölbekuppel gesaust und ging zum Angriff über. In ihrer Hand schwang sie die kleine Flasche.

»Primus, hau ab!«, rief sie, wobei sie die Ampulle auf Rabenstein schleuderte.

Dieser sprang wie eine Katze zur Seite. Die Explosion ließ die Halle erzittern, als das Fläschchen auf dem Boden zerschlug. Staub rieselte von der Decke und beißender Gestank breitete sich aus. Nur Rabenstein hatte sie nicht getroffen. Hustend hielt er sich die Hand vors Gesicht.

»Natterschleim und Quallenfuß«, schimpfte Plim und

setzte zu einem Bogen in Richtung Ausgang an. »Die ganze Arbeit ist beim Teufel.«

Primus hatte sich bereits verwandelt.

»PLIM!«, rief er und flitzte voraus. »Wir müssen durchs Treppenhaus!«

»Das wirst du schön bleibenlassen, du stinkende kleine Hexe«, rief Rabenstein, der mit aller Kraft die Steintür zuzog.

Plim aber holte das Letzte aus ihrem Besen heraus. Mit heulendem Motor schoss sie zwischen Rabenstein und dem Türblatt hindurch und geradewegs zur Wendeltreppe. Rasend vor Wut eilte Rabenstein ihnen nach. Primus jagte währenddessen schon die Treppe nach oben. Unter sich hörte er den Besen donnern. Nachdem er an Milbenwangs Schreibstube vorbeigeflogen war, rief er Plim durchs Treppenhaus zu:

»Brems den Besen, Plim! Ab jetzt sind es noch vier Umdrehungen.«

Schlenkernd und mit einem gehörigen Drehwurm erreichten sie die Bibliothek.

Plim musste sich erst einmal orientieren.

»Da oben ist das Fenster«, schrie Primus. »Glaubst du, du kommst im Flug hindurch?«

Sie nahm den Griff ihrer Tasche zwischen die Zähne und beugte sich weit über den Fahrradlenker.

»Daf werden wir fon fehen!«

Die Glasscheiben des Daches vibrierten, als Plim in der Halle Vollgas gab. Sie schlug einen Haken, nahm Anlauf und zog dann senkrecht nach oben. Um Haaresbreite steuerte sie den Rennbesen durch die Fensterluke ins Freie, bevor sie in ein lautes JIPPIEEE ausbrach. Auch Primus jubelte. Er kam auf sie zugeflogen, hockte sich auf den Fahrradlenker und so sausten die beiden knatternd über die Hauptstadt dahin.

Im Eiltempo ging es über den Mondwassersee und schnurstracks auf die Nebelfelder zu. Der alte Turm, in dem sich die Karte befand, war ihr nächstes Ziel. Schon vom Seeufer aus konnten sie das Gemäuer erkennen, wie es auf dem höchsten Hügel der Felder stand. Plim flog so schnell, wie sie konnte. Vor dem Turm ging sie tiefer, zog eine Kurve und schraubte sich schwungvoll nach oben zur Turmstube. Dort sprang Primus vom Lenker. Er breitete seine Flügel aus und ließ sich seitlich nach unten fallen. Im Segelflug ging es durch das Fenster hinüber zum Tisch.

Der Spiegel schlug die Augen auf.

»Gold öffnet immer Tür und Tor, nicht wahr?«, sagte Primus zu ihm, wobei er sich mit seinen Krallen die Karte schnappte. »Danke für den Hinweis.«

Anschließend ging es wieder zum Fenster hinaus. Plim umkreiste noch immer die Turmstube.

»Ich habe die Karte«, rief Primus ihr zu. »Flieg mir nach! Ich weiß, wo die Tür ist.«

Er kippte nach vorne. Pfeilgerade ging es den Turm hinunter. Unten im Garten saß Snigg mittlerweile wieder auf seinem Komposthaufen und wühlte, wie immer hungrig, unter den Blättern. In Windeseile schoss die Fledermaus über seinen Kopf hinweg. Doch noch bevor Snigg etwas sagen konnte, folgte der zweite Anschlag. Plim kam auf ihrem Besen hinterhergeflogen, trat aufs Gas und ließ den Kürbis in einer dicken Rauchwolke stehen.

»Heee! Soll das etwa der Willkommensgruß sein, dass ich

wieder zu Hause bin?«, hustete Snigg. »So etwas nennt man nächtliche Ruhestörung!«

Er sprang auf die Gartenmauer und sah Primus im Dunkel der Nacht verschwinden. Plim folgte ihm dicht auf den Fersen.

»Jetzt verstehe ich gar nichts mehr«, knurrte Snigg. »Ist sie etwa schon wieder hinter ihm her?« Für einige Sekunden dachte er nach. »Oder gibt es dort unten vielleicht etwas zu essen?«

Er sprang von der Mauer und hoppelte ihnen durch das Gras hinterher.

In der Zwischenzeit waren Primus und Plim bei den drei kleinen Hügeln am Waldrand angekommen. Genau hier lag die Stelle, wo Primus vor einigen Tagen die Kobolde beobachtet hatte und wo er anschließend von Plim überrascht worden war. Er holte den Knopf aus der Tasche, hielt ihn in die Höhe und lief um den ersten Hügel herum. Verwundert schaute ihm Plim dabei zu.

»Und du glaubst, damit gehen die Türen auf?«

»Das werden wir gleich sehen«, antwortete er. »Ich bin mir ziemlich sicher, dass ein ganz billiger Trick dahintersteckt.«

»Ein Trick?« Sie reckte den Kopf, während Primus hinter dem Hügel verschwand. »Könntest du vielleicht ein wenig deutlicher werden?!«

»Entweder«, tönte es hinter dem Hügel hervor, »muss man etwas dabeihaben, das man einmal von einem Kobold geschenkt bekommen hat, oder aber …« Primus kam an der anderen Seite wieder zum Vorschein und wedelte mit dem Knopf zwischen den Fingern. »… oder aber man muss etwas dabeihaben, das einmal einem Kobold gehört hat. Mit irgend so einem Hokuspokus hängt es zusammen. Darauf gebe ich dir mein Wort.«

Er zuckte mit den Schultern und betrachtete den Hügel. Dieser zeigte trotz alledem nicht die geringste Spur einer Veränderung.

»In einer von Ulmes Geschichten hat es jedenfalls so funktioniert«, bekräftigte er. Dann setzte er ein zuversichtliches Gesicht auf und lief zum Nachbarhügel.

»Vielleicht war es ja auch der falsche. Ich probiere es noch schnell bei diesem, und wenn es hier auch nicht funktioniert, da drüben ist noch …«

Doch die letzten Worte blieben ihm im Halse stecken. Plötzlich und wie aus dem Nichts heraus flammte ein schwaches Licht auf. Regungslos blieb er stehen. Dann gab er einen triumphierenden Aufschrei von sich. Plim stand der Mund offen. Sie glaubte ihren eigenen Augen nicht trauen zu können. An der Vorderseite des Hügels zeichnete sich in einer dünnen, glühenden Linie die Kontur eines Türrahmens ab. Primus begann zu laufen.

Mit jedem Schritt, mit dem er sich dem Hügel näherte, wurde die Kontur deutlicher und deutlicher. Schließlich verblasste das Gras, die Halme verschwanden und eine hölzerne Tür tauchte auf.

Plim war ihm sofort gefolgt. »Das ist ja nicht zu fassen«, flüsterte sie. »Geht das etwa bei jeder von diesen Türen?«

»Sieht ganz danach aus«, strahlte Primus. »Man muss lediglich wissen, wo sie versteckt sind.«

»Und was machen wir jetzt?«

»Na, was wohl?« Er zeigte mit dem Kopf zur Tür. »Da gehen wir jetzt rein.«

Er hob die Hand und pochte gegen das Türblatt. Kurz darauf ging es auf. Für Primus war dies die Erfüllung eines seiner sehnlichsten Wünsche. Er blickte in einen erleuchteten Gang, der schräg in den Erdboden hinabführte. Im Gegensatz zu dem geräumigen Tunnel, den Primus letzte Nacht durchflogen hatte, war dieser Stollen eher eng und niedrig. Eichene Holzbalken stützten die Decke, von der in regelmäßigen Abständen kleine Leuchtschalen baumelten. Ein Kobold mit einem dicken Bauch starrte sie fragend an. Er stellte sich auf die Zehenspitzen und fuchtelte Primus mit einer Laterne vor der Nase herum.

»Seid ihr etwa auch eingeladen?«

Primus hielt die Luft an. Er spitzte die Lippen und blickte zu Plim.

Doch diese Frage gehörte zweifellos zu jener Sorte, bei der man bei Miss Plim nicht lange auf eine Antwort warten musste. »Natürlich«, sagte sie trocken, »die warten schon alle auf uns. Wir wollten ja eigentlich schon viel früher kommen, aber du weißt ja, wie das ist. Verpflichtungen und Termine. Dann wird man wieder aufgehalten … Es ist eben immer das Gleiche.«

»Schon gut«, brummte der Wächter. »Aber deinen Schrubber lässt du gefälligst draußen.« Er deutete auf Plims geliebten Rennbesen.

»Was soll ich?!«, rief sie empört. »Ich denke ja gar nicht daran. Den nehme ich schön mit!« Sie zeigte mit dem Finger auf die Nase des Kobolds. »Weißt du eigentlich …«

Primus zog sie beiseite. »Lass das Ding hier«, drängte er. »In den engen Gängen wird er uns sowieso nicht viel bringen.«

»Ach ja?«, grummelte sie. »Und wo soll ich ihn hinstellen,

hä? Glaubst du vielleicht, ich lasse ihn hier einfach so auf dem Feld herumliegen?!«

»Den klaut schon keiner«, versicherte Primus. »Da hinten ist ein Gebüsch. Leg ihn einfach dort hinein und wir holen ihn später wieder ab.«

Plim zog eine Schnute. Widerwillig versteckte sie den Besen zwischen den Sträuchern am Waldrand, bevor sie mit eingezogenen Köpfen den Stollen betraten.

»Wenn *der* nachher nicht mehr da ist«, sagte sie im Vorbeigehen zu dem Wächter, »dann wirst du dein blaues Wunder erleben. Wir sind nämlich die *Ehrengäste*!«

Primus verdrehte fassungslos die Augen.

Sie waren erst wenige Schritte weit gekommen, als sie den Kobold hinter sich schreien hörten:

»HALT«, schallte es im Befehlston durch den Gang. »STEHEN BLEIBEN!«

Die zwei blickten sich an. Gequält verzog Plim das Gesicht, während sich beide ganz langsam umdrehten. Die Hände in die Hüften gestemmt, stand der Koboldwächter neben der Eingangstür.

»Gehört der da etwa auch zu euch?«, fragte er, wobei er mit dem Kopf zum Boden deutete.

Auf der Schwelle saß Snigg, der sie mit großen Augen anschaute. Erleichtert atmete Primus aus.

»Ja«, sagte er, »das ist ein Freund von uns. Den hätten wir beinahe vergessen.«

Snigg hüpfte am Wächter vorbei, woraufhin dieser die Tür hinter ihm zuzog.

Mit dem Einrasten des Schlosses verschwand der Eingang an der Außenseite des Hügels. Dichtes Gras bedeckte nun wieder die Stelle, wo kurz zuvor noch die Pforte gewesen war. Niemand hatte in jener Nacht das Schauspiel beobachtet, das sich hier am Waldrand abgespielt hatte. Niemand hatte gesehen, dass die Tür aufgegangen war und die drei in das Reich der Kobolde hinabgestiegen waren. Niemand außer einem Schwarm Krähen. Diese zogen in sicherer Entfernung über dem Schauplatz ihre Kreise, bevor sie in Windeseile in Richtung Hohenweis jagten.

Geflüster im Dunkeln

Immer tiefer führte der Stollen ins Erdreich hinab. Die Luft war kühl und es roch nach Lehm und alten Wurzeln. Snigg sprang hinter den beiden her, die in gebückter Haltung vorauseilten. Wie eine Kette aus Lichtern wiesen ihnen die leuchtenden Schalen den Weg. Primus hob den Kopf. Im Vorbeigehen tippte er gegen eine der Schalen und blickte hinein. Das hatte er vermutet. Im Inneren lag eine Zaubernuss. Praktisches Zeug, dachte er sich. Glüht und wird nicht einmal warm. Ein Feuer konnte so in den Gängen nicht ausbrechen. Dass er, bis vor einigen Tagen, noch nicht einmal von den Leuchtnüssen gehört hatte, war für ihn unverständlich. Schnell ging es weiter, tiefer und tiefer.

Nach etlichen Klaftern bohrte sich der Stollen durch zahlreiche Schichten massiven Felsgesteins. Die Wände waren von nun an fein säuberlich behauen und sogar der Fußboden wies lang gestreckte Stufen auf. Was Tunnelbau und Steinmetzarbeit betraf, so waren die Kobolde wirklich unübertrefflich. Hinter einer Biegung teilte sich schließlich der Gang in mehrere Richtungen auf. Ein Stollen führte nach rechts, einer nach links und ein dritter geradeaus. Die drei blieben stehen.

»Dann wollen wir mal sehen, welchen Weg wir einschlagen müssen«, sagte Primus.

Er holte die Karte hervor, ging in die Knie und breitete sie über dem Boden aus.

»Meine Güte«, staunte Plim, »was für ein Tunnelgewirr.«

»Darf man erfahren, wo ihr eigentlich hinwollt?« Snigg blickte die beiden verständnislos an.

»Wir suchen einen See«, antwortete Primus. »Hast du zufällig schon einmal etwas von einem See unter den Nebelfeldern gehört?«

»Ein See? Ich dachte, ihr geht zu einer Einladung?« Der Kürbis ließ die Mundwinkel hängen. »Hat dieser Wächter vorhin nicht etwas von einer Einladung gesagt?«

»Ja schon«, erwiderte Primus, »aber da wollen wir nicht hin. Das war nur ein kleines Missverständnis. Wir sind hier unten, weil wir einen unterirdischen See suchen.« Er drehte sich zu Snigg um. »Keine Idee, wo der sein könnte?«

Wortlos wackelte der dicke Kürbis hin und her.

Primus gab ein leises Brummen von sich und wandte sich dann wieder der Karte zu.

»Hier«, sagte er zu Plim, »an dieser Stelle sind wir hereingekommen.« Er deutete auf ein kleines Kreuz und folgte mit dem Finger einer dünn gestrichelten Linie. »Wir sind durch den langen Stollen gelaufen, sind dort um die Kurve gebogen und befinden uns jetzt genau an dieser Kreuzung knapp hinter dem Waldrand.«

Nachdenklich blickte Primus sich um. »Ich glaube, wir sollten nach links gehen. Der Karte nach biegt der Stollen irgendwann einmal nach Süden ab.« Er beugte sich vor und kniff die Augen zusammen. »Da scheinen mir auch eine Menge Höhlen zu sein oder was sollen die Kreise hier drüben bedeuten?«

»Kreise, Meise, Reise …«, trällerte Plim. »Ich finde, wir sollten nach rechts gehen.«

»Nach rechts?« Primus zog fragend die Nase hoch.

»Ja«, sagte sie, »nach rechts.«

»Wieso denn ausgerechnet nach rechts?«

Sie schob trotzig ihre Unterlippe vor. »Na einfach so«, sagte sie. »Finde ich eben besser!«

»Nein, nein«, entgegnete Primus, wobei er auf den Plan tippte. »Dann laufen wir ja genau in die falsche Richtung. Wir müssen *da* rüber.«

Die beiden steckten ihre Köpfe über der Karte zusammen und brachen in reges Geplapper aus. Nach einiger Zeit zwängte sich der Kürbis dazwischen. Neugierig und mit einem fachmännischen Gesichtsausdruck betrachtete er die Tunnelkarte. Er drehte seinen Kopf nach unten, wobei er immer weiter nach vorne rutschte.

»Snigg«, sagte Primus, »runter von der Karte. Wir können ja gar nichts mehr sehen.«

Der Kürbis hüpfte zurück.

»Also wenn ihr mich fragt, dann würde ich geradeaus gehen. Der See liegt doch eindeutig dahinten.« Er nickte zu dem großen Fleck, den Primus bisher für einen Tintenklecks gehalten hatte. »Aber wenn ich es mir recht überlege«, fuhr Snigg fort, »dann gehe ich doch lieber nach Hause. Was wollt ihr denn bitte mitten in der Nacht hier unten an einem See?«

Primus starrte auf den eiförmigen Fleck. Dann fiel es ihm plötzlich wie Schuppen von den Augen.

»Natürlich«, rief er freudig. »Snigg, wenn wir dich nicht hätten.« Er klopfte dem Kürbis auf den Kopf. »Da haben wir doch glatt den Wald vor lauter Bäumen nicht gesehen.«

Auch Plim begann aufgeregt zu nicken.

»Und ich habe geglaubt, Magnus Ulme wäre das Tintenfass umgefallen. Wir hatten den See die ganze Zeit vor der Nase.«

Kopfschüttelnd faltete Primus die Karte zusammen und steckte sie ein. »Los«, sagte er, »wir müssen weiter. Kommst du nun mit oder was ist?«

»Nein«, antwortete Snigg, »das ist mir viel zu anstrengend. Wir sehen uns später, wenn ihr von eurem Badeausflug wieder zurückkommt.«

Gerade wollte er zum Sprung in Richtung Ausgang ansetzen, als er plötzlich wie angewurzelt stehen blieb.

»Was ist denn jetzt los?«, fragte Primus.

Snigg stand da und fing an zu schnüffeln. »Riecht ihr das nicht?«

»Nein«, sagte Primus. Doch schon nach einer kurzen Pause fügte er hinzu: »Aber ich *höre* etwas.«

Der Kürbis weitete sein Nasenloch. Schmachtend schloss er die Augen.

»Das riecht nach Apfelstrudel«, rief er, wobei er freudig zu hüpfen begann. »WARMER APFELSTRUDEL MIT ZIMT!«

In diesem Moment waren auch die Schritte ganz deutlich zu hören. Eilig bewegten sie sich aus dem linken Stollen heraus genau auf sie zu. Den dreien blieb gerade noch genügend Zeit, um den Weg frei zu machen, als eine Handvoll Kobolde mit zwei mächtigen Bratpfannen an ihnen vorbeigeflitzt kam.

»Zum Gruß! Zum Gruß! Zum Gruß!«, sagten die Kobolde und bogen im Laufschritt vor ihnen um die Ecke. Sie liefen in den Gang geradeaus und waren kurz darauf wieder verschwunden.

Dem Kürbis lief das Wasser im Mund zusammen. Mit großen Augen blickte er den Kobolden hinterher.

»Komm gut heim«, sagte Primus zu ihm. »Plim und ich müssen auch in diese Richtung.«

»Genau«, fügte Plim hinzu, »und wenn du oben zur Tür herauskommst, dann schau bitte kurz nach, ob mein Besen noch da ist.«

Sie wandten sich um und liefen in den Tunnel hinein.

»WARTET«, rief Snigg, »ich habe es mir anders überlegt. Vielleicht komme ich ja doch lieber mit. Nur für den Fall, dass ihr euch verlauft.«

Dann sprang er ihnen, mit dem Duft von Apfelstrudel in der Nase, hinterher.

Je weiter sie nun kamen, desto höher und breiter wurde der Stollen. Nach einiger Zeit konnte sogar Primus aufrecht gehen, ohne mit seinem Zylinder gegen die Decke zu stoßen. Aber das war längst nicht das Einzige, das sich hier ändern sollte. Denn in dieser Richtung wurde es auch zunehmend lauter und belebter. Von allen Seiten mündeten nun Tunnel in den Stollen und von überall her strömten Kobolde herbei. Primus und Plim kamen sich bald vor wie zwischen den Marktbuden in Hohenweis – nur mit dem Unterschied, dass dieser Trubel hier wesentlich ausgelassener war. Eine undurchdringliche Geräuschkulisse aus Flötentönen, Gelächter und klirrendem Geschirr erfüllte den Gang, in dem sich Hunderte von Kobolden tummelten. Es wurde jongliert, getanzt und gefeiert. Ganz ohne Zweifel, hier unten war ein Volksfest im Gange!

Der komplette Stollen war festlich geschmückt und hell beleuchtet. Fässer wurden umhergerollt, Töpfe herangetragen und an jeder Ecke roch es nach Backwerk, Braten, Honig oder Süßigkeiten. Snigg fühlte sich wie im Paradies. Die Koboldmusikanten zwängten ihre Instrumente durch die Menge, die Kellermeister trugen Krüge und Flaschen, und die

Köche brachten die leckersten Speisen herbei. Sie alle bewegten sich, unter Lautenschlag und Schellenklang, auf einen großen Torbogen zu, der zu einer gewaltigen Halle führte. Darin fand das Bankett statt.

Primus und Plim konnten in dem Gewühl kaum einen Schritt tun. Die Menge drängte und drückte, versperrte ihnen den Weg und schob sie, ob sie wollten oder nicht, langsam in den Festsaal hinein.

Dieser erstrahlte in funkelndem Glanz. Unzählige lange Tafeln waren aufgereiht, vor denen kleine Holzschemel standen. Fahnen hingen von der Decke, Girlanden aus Kornblumen spannten sich durch den Raum und überall schimmerten gelbe Laternen voll tanzender Glühwürmchen. Im hinteren Teil des Saals befand sich ein Podium, um das sich die Musikanten mit ihren Harfen und Trompeten gruppierten. Daneben stand ein alter Kobold mit einem prächtigen Hut und einer goldenen Schärpe. Feierlich hielt er eine Schriftrolle in seinen Händen, wobei er erhaben über seinen Zwicker hinwegblickte.

Primus und Plim merkten schnell, dass sie nicht die einzigen Menschen waren, die sich hier unter das Koboldvolk mischten. Mehrere bärtige Würdenträger, die offenbar der Regierung oder der Akademie von Hohenweis angehörten, saßen an einem Tisch vor dem Podium. Einige von ihnen hatte Primus schon einmal im Zauberzirkel abgebildet gesehen. Doch namentlich kannte er keinen der hohen Herren.

Dann wurden die Speisen hereingetragen. Es klimperte und klapperte. Deckel wurden geöffnet und Töpfe verteilt. Ein regelrechter Aufruhr ging durch die Menge, als daraufhin die Getränke folgten.

»Wo sind wir denn hier hineingeraten?«, fragte Plim. »Wir

haben jetzt überhaupt keine Zeit für ein gemütliches Nachtmahl in trauter Gesellschaft. Wir müssen zusehen, dass wir schleunigst die Splitter finden.«

Ratlos zuckte Primus mit den Schultern. »Bei dem Tumult da draußen kommen wir sowieso nicht weit«, sagte er. »Am besten, wir bleiben erst einmal hier und warten ab. Sobald sich eine Gelegenheit bietet, stehlen wir uns davon und machen uns weiter auf die Suche.«

»Jawohl!«, rief Snigg und sprang auf einen der Schemel. »Ich bin ganz deiner Meinung. Die Leute hier wollen jetzt erst einmal in Ruhe essen.«

Primus und Plim nahmen Platz. Sie setzten sich zwischen die Kobolde an die Tafel und warteten darauf, dass sich die Menge beruhigte. Doch so wie es aussah, konnte das wohl noch dauern. Erst einmal wurde serviert. In kleinen Schubkarren schafften die Kobolde von der Küchentruppe das Geschirr herbei und fingen an es zu verteilen. Als Erstes kamen die Teller. Dann wurden die Krüge vergeben und schließlich folgte auch das Besteck. Mittlerweile fand Primus das alles hochinteressant. Er hatte es in dieser Nacht nicht nur geschafft, in die Gänge der Kobolde hineinzugelangen, sondern nahm jetzt sogar an einem ihrer Volksfeste teil. Bucklewhee würde ihm bestimmt kein Wort glauben, wenn er ihm morgen davon erzählte.

Anders war es dagegen bei Plim. Für sie war der ganze Zinnober hier vollkommen überflüssig. Reine Zeitverschwendung sozusagen. Sie wollte so schnell wie möglich aus der Halle hinaus und weiter nach den Steinen suchen. Gelangweilt stocherte sie mit der Gabel zwischen den Zähnen herum, wobei sie grimmig in die Menge blickte. Dann fuhr sie plötzlich zusammen. Sie nahm die Gabel in beide Hände und versuchte sie durchzubiegen. Aufgeregt zupfte sie Primus am Ärmel.

»Du«, flüsterte sie ihm zu, »die haben hier ja richtiges Silberbesteck.«

Doch genau in diesem Moment ertönte ein Tusch. Die Musikanten strichen über die Saiten und ließen die Hörner ertönen. Daraufhin verstummte der ganze Saal und alle Augen richteten sich auf das Podium. Ein schmächtiger Kobold mit einer glänzenden Halbglatze trat vor und ergriff das Wort:

»VEREHRTE FESTGÄSTE«, rief er über die Köpfe hinweg. »Geehrte Meister, treue Gesellen und fleißige Novizen der Bergwerksgilde. Ich übergebe feierlich das Wort an unseren geschätzten Minenmeister und Grubenvorstand, den geachteten Baldus Butterbaum.«

Wieder folgte ein Tusch, doch diesmal begleitet von stürmischem Applaus. Die Kobolde hielten die Teller hoch, johlten und klopften mit ihren Löffeln dagegen.

Dann trat der alte Kobold mit der Schärpe auf das Podium. Er nickte dankend und nahm die Schriftrolle zur Hand. »Habt Dank, habt Dank«, rief er. »Es sei euch gedankt.« Er räusperte sich, wobei er würdevoll den Zwicker zurechtrückte. Dann trank er einen Schluck Wein, atmete tief durch und fing an zu lesen:

»Liebe Freunde und kühne Gefährten«, setzte er an. »Aufgrund des erfolgreichen Abbaus von 5000 Zentnern Quarzschotter im Landkreis Unterwurz darf ich euch heute Nacht alle herzlich zur Gildefeier der Bergwerkstruppe begrüßen.« Er hob die Hand, um einen voreiligen Applaus zu unterbinden. »Mein ganz besonderer Dank gilt hierbei vor allem unseren geschätzten Ehrengästen, die unser kühnes Unterfangen von Anfang an so tatkräftig unterstützt haben. Begrüßen wir also zunächst den ehrwürdigen Bürgermeister von Unterwurz!«

»Ich weiß nicht einmal, wo das überhaupt sein soll«, flüsterte Primus.

»… sowie die Hausräte des Amtes für Bergbau und natürlich ganz besonders: die Professoren der Geheimwissenschaftlichen Fakultät für Alchemie und Sprengpulverkunde. Lasst mich betonen«, rief er, »ES WAR EINE REKORDGRABUNG!«

Der Applaus und das Löffelgeklimper ließen die Halle erbeben.

Unter lauten Zurufen und Jubelgeschrei erzählte Minenmeister Butterbaum daraufhin von unvorstellbaren Gefahren, heroischen Einsätzen und nahezu sagenhaften Heldentaten, welche die tapferen Mitglieder der Bergwerksgilde auf sich genommen und vollbracht hatten. Es wurden Urkunden verliehen, zahlreiche Orden verteilt sowie goldene Schaufeln und Spitzhacken übergeben. Die Menge war schlichtweg begeistert.

Primus schielte unterdessen zum Ausgang. Langsam, so dachte er, schien sich das Koboldgewühl vor der Halle ein wenig zu lichten. Nicht mehr lange und sie konnten sich von hier verdrücken. Es folgte ein weiterer stürmischer Applaus, der jedoch kurz darauf in einen massiven Aufruhr überging. Ein Aufruhr, der ausgerechnet an Primus' und Plims Tisch losbrach.

Denn in der Zwischenzeit hatte jener Kobold, der links neben Plim saß, bemerkt, dass er überhaupt nichts mehr zum Applaudieren besaß. Weder Messer noch Gabel, noch Löffel. Er hatte mittlerweile nicht mal mehr einen Teller!

Das Gleiche galt übrigens auch für Primus, dem das lediglich nicht aufgefallen war. Völlig außer sich vor Zorn sprang der Kobold auf den Tisch, packte Miss Plim bei den Schultern und rüttelte sie so fest, dass ihr Hören und Sehen verging. Plim kreischte aus voller Kehle, woraufhin der ganze Saal zu ihnen herübersah. Sofort kamen zwei andere Kobolde dazu. Sie packten Plim bei den Armen und zogen sie bäuchlings über den Tisch. Um sich tretend versuchte sie sich zu befreien, wobei nach und nach das ganze gestohlene Tafelsilber aus ihrer Schürze purzelte. Der Silberregen hörte gar nicht mehr auf. Offenbar hatte Plim auch die Gedecke von den Tischen hinter sich geklaut, da mindestens sechs Teller, Löffel, Gabeln und Messer auf diese Weise zum Vorschein kamen.

Primus sprang auf. Er griff nach Plims Hand und wollte sie durch die Menge zum Ausgang zerren. Aber es war zu spät. Von allen Seiten strömten die Wachleute herbei, packten die beiden und stopften sie in zwei Säcke. Bis Primus wusste, wie ihm geschah, war der Sack auch schon unter seinen Füßen verschnürt.

Ruck, zuck wurden sie aus der Halle getragen. Primus versuchte noch darauf zu achten, in welche Richtung es ging, aber er verlor schnell die Orientierung. Das Einzige, was er deutlich vernahm, war das laute Rumsen einer Tür, die hinter ihnen zugeschlagen wurde, das Klicken eines Schlosses und stapfende Schritte, die sich entfernten. Dann wurde es still.

Es dauerte fast eine halbe Stunde, bis sich Primus aus dem muffigen Sack hatte befreien können. Ächzend krabbelte er heraus und rieb sich die Augen.

»Einmachgläser und Kartoffelsäcke«, schimpfte er. »Ich möchte wissen, was wohl als Nächstes kommt.«

Er rückte seinen Zylinder zurecht und schaute sich um. Es war eine kleine Zelle, niedrig und ohne Fenster. Einzig durch das Schlüsselloch und einen Spalt unter der Tür drang ein klein wenig Licht herein. In der hinteren Ecke erkannte er eine Reihe von Mehlsäcken, die an der Wand lehnten. Ansonsten war der Raum vollkommen leer. Primus erhob sich. Mit eingezogenem Kopf trat er auf das zappelnde Bündel zu, das neben ihm auf dem Boden lag. Er bückte sich und löste den Strick. Pustend kam Plim zum Vorschein. Sie schüttelte den Kopf und bewegte knackend die Arme. Dann stand sie auf. Doch der Raum war so niedrig, dass sie sich sogleich gehörig den Kopf stieß.

»Schimmliger Schimmel, autsch«, rief sie. »Was ist denn das hier für ein Loch?«

»Na dreimal darfst du raten«, antwortete Primus. »Das hier sind unsere neuen Gemächer.« Galant wies er mit der Hand durch die Zelle. »Ich hoffe, sie sind dir genehm. Leider gibt es hier nichts, was du mitnehmen könntest, außer du hast vielleicht Interesse an einem der Mehlsäcke.«

»Was soll denn das heißen?«, schnappte sie. »Hab ich jetzt etwa an allem Schuld?«

»NA, WER DENN SONST???!!!«

Plim blickte bockig zur Decke und richtete ihr Haar. »Lächerlich«, sagte sie. »Das war doch deine Idee. Du wolltest ja unbedingt zu den Kobolden hinunter.«

»Natürlich«, rief Primus, »aber ich hatte nicht vor, alles zu klauen, was mir zwischen die Finger kommt.«

»Ach«, winkte sie ab, »papperlapapp. Das waren doch bloß ein paar Löffel. Ich finde, du übertreibst.«

»Das finden unsere Gastgeber da draußen aber gar nicht«, schimpfte er. »Jetzt können wir sehen, wie wir hier herauskommen.«

Plim gähnte gelangweilt. »Gar kein Problem. Da habe ich schon ganz andere Türen aufbekommen. Einmal kurz mit der Haarnadel gestochert und schon ist sie offen.« Sie tastete im Halbdunkeln über den Fußboden. Anschließend durchwühlte sie die leeren Kartoffelsäcke.

»Wo ist denn meine Handtasche?«

Primus streckte die Arme aus. »Na, woher soll ich denn wissen, wo *du* deine Handtasche hast.«

»Willst du damit sagen, du hast sie nicht mitgenommen?« Bei diesen Worten drohten ihr fast die Augen aus dem Gesicht zu fallen.

»ICH SIE MITGENOMMEN???« Primus beugte den Kopf vor und zeigte auf seine Brust. »Ob du es glaubst oder nicht, ich hatte da draußen anderes zu tun, als mich um deine Tasche zu kümmern!«

»Ja und wo ist sie jetzt?«

»Na, wahrscheinlich immer noch da, wo du sie hingestellt hast. Drüben im Festsaal!«

»Das kann doch wohl nicht wahr sein«, kreischte Plim. »Mein Besen ist weg, meine Tasche ist futsch und ich sitze hier in irgendeinem Loch am hinterletzten Wurstzipfel der Welt!« Sie verzog das Gesicht. »ICH WILL JETZT SOFORT HIER RAUUUS.«

Wütend stemmte Primus die Hände in die Hüften. Er konnte sich wahrlich auch etwas Angenehmeres vorstellen, als mit der kreischenden Plim in einer kleinen Zelle eingesperrt zu sein. Doch Augenblick! Was war das? Er drehte den Kopf zur Seite und blickte zur Tür. Hatte er da nicht gerade etwas gehört? Er griff sich Plim und hielt ihr die Hand vor den Mund.

»Pssst«, sagte er, »sei doch mal still.«

Wie gebannt standen die beiden da und lauschten.

»Hallo?«, kam es hinter der Tür hervor. »Hallo, seid ihr da drinnen?«

»SNIGG!«, rief Primus und rannte zur Tür. »Snigg, wir sind hier! Wir sind hier in der Zelle. Du musst uns herausholen!«

»Plim? Primus?«, rief der Kürbis. »Seid ihr hinter dieser Tür?«

»JAAAAA!!!«, schrien die beiden.

Es gab ein Poltern, als der Kürbis gegen das Türblatt sprang.

»Ich glaube, die Tür ist verschlossen«, sagte Snigg.

»Ich wusste, er ist ein schlaues Kerlchen«, flüsterte Plim und schüttelte den Kopf.

Primus spähte durch das Schlüsselloch nach draußen.

»Das haben wir auch schon bemerkt«, rief er. »Du musst sie uns aufsperren.«

»Und wie soll ich das anstellen?«

»Ganz einfach«, sagte Primus. »Sieh zu, dass du die Wachleute findest. Einer von ihnen muss einen Schlüssel haben. Den schnappst du dir, kommst anschließend wieder hierher und schiebst ihn uns dann unter der Tür hindurch.«

»Nein«, rief Plim, »da habe ich eine viel bessere Idee.« Sie drückte Primus zur Seite und presste ihren Kopf vor das Schlüsselloch. »Hol mir lieber meine Tasche.«

»Deine Tasche?«, fragte Snigg.

»Ja, die steht irgendwo unter einem Tisch in der Halle. Du schiebst sie einfach vor die Tür und kippst sie um. Pass aber auf, dass du nichts kaputt machst.«

»Das ist doch viel zu umständlich«, sagte Primus.

»Ist es nicht«, fauchte sie. »Meine Haarnadel ist da drin. Die ist genauso gut wie der Schlüssel. Außerdem will ich meine Tasche wiederhaben.«

»Also gut«, sagte Snigg, »ich sehe zu, was ich machen kann. Ich bin gleich wieder da.«

Es dauerte noch Stunden, bis auch die letzten Festgäste endlich den Saal geräumt hatten. Scheppernd sammelten die Kobolde von der Küchentruppe das Geschirr ein, während andere das übrig gebliebene Essen nach draußen schafften. Snigg saß unterdessen versteckt hinter einem der Weinfässer neben dem Ausgang. Immer wieder spähte er unter den Tischen hindurch, ob er nicht irgendwo Plims Tasche entdecken konnte. Zwar hatte Primus gesagt, er solle den Schlüssel holen, aber von den Kerkermeistern fehlte bislang jegliche Spur. Winselnd verzog er sein Gesicht, als die Pfannen und Töpfe mit all den leckeren Essensresten an ihm vorbei aus der Halle getragen wurden.

Minenmeister Butterbaum stand als einer der Letzten neben dem Podium und verabschiedete sich persönlich von den aufbrechenden Ehrengästen. Verzückt fuchtelte er mit den Händen durch die Luft, wobei er über das ganze Gesicht strahlte. Die Feier schien offenbar ein großer Erfolg gewesen zu sein.

Jetzt oder nie, dachte sich Snigg. Er hoppelte hinter den Fässern hervor und arbeitete sich langsam unter den Tischreihen hindurch. Lautlos rutschte er von einem Tischbein zum nächsten, um nicht von den Kobolden entdeckt zu werden. Was würden sie wohl mit ihm anstellen, wenn sie ihn sähen? Würden sie ihn zu den anderen Gemüseresten stecken und auf den Komposthaufen werfen? Bei genauerer Überlegung fand er den Gedanken eigentlich gar nicht so schlecht. Wer weiß, welch luxuriöse Komposthaufen die Kobolde eventuell hatten? Doch dann erblickte er plötzlich, hinter einem umgefallenen Schemel, ein dunkelrotes Bündel mit einem Tragegriff. Das war garantiert Plims Tasche! Er hatte sie doch tatsächlich gefunden. Jetzt musste er sie nur noch hinausschaffen.

Er kroch über den Boden, drückte den Schemel zur Seite und versuchte die Tasche in Richtung Ausgang zu schieben. Nach wenigen Sekunden blieb er stehen.

»Was hat die bloß alles da drin?«, schnaufte er. »Schleppt die etwa ihre ganze Hexenküche mit sich herum?«

Verbissen drückte Snigg weiter. Doch schon bald ging ihm wieder die Luft aus. Hechelnd ließ er seine Zunge heraushängen. So wird das nie was, dachte er. Da musste schon eine andere Technik her. Er sprang um die Handtasche herum, biss in den Tragegriff und wackelte rückwärts unter den Tischen hindurch. Sehen, wohin er ging, konnte er auf diese Weise zwar nicht mehr so gut, aber dafür war die Tasche leichter vom Fleck zu bewegen.

Völlig aufgelöst näherte er sich dem Ausgang, als er plötzlich Schritte vernahm. Irgendjemand kam von hinten auf ihn zu. Snigg blieb mit dem Griff zwischen den Zähnen stehen. Vorsichtig schielte er unter dem Tisch hervor, bis er schließlich etwas erkennen konnte. Es waren zwei Wachleute. Daran bestand überhaupt kein Zweifel.

Die beiden Kobolde hatten Topfhelme auf, die ihnen anscheinend um einige Nummern zu klein waren. Sie trugen spitze Schuhe, lederne Rüstungen und breite Gürtel über den Bäuchen. Der etwas größere der beiden hatte eine Lanze dabei, während der andere eine dicke Keule hinter sich herzog. So wie die beiden daherschlurften, dachte sich Snigg, gehörten sie gewiss nicht zur Truppe der eifrigen Recken, von der Butterbaum zuvor gesprochen hatte. Sie trotteten an ihm vorbei, ohne von dem Kürbis Notiz zu nehmen, und gingen zu Baldus Butterbaum. Snigg konnte zwar nicht verstehen, was die drei sprachen, aber er hatte zumindest einen Verdacht. Dieser Verdacht bestätigte sich schon kurz darauf, als die beiden wieder an ihm vorbei nach draußen gingen und er ein Schlüsselbund sah, das der Kleinere an seinem Gürtel trug. Was sollte er nun tun? Sollte er sich weiter mit der schweren Tasche abmühen oder einfach den beiden hinterherlaufen und versuchen an den Schlüssel zu kommen? Snigg zog noch einmal an der Tasche und damit war die Entscheidung gefällt. Flink huschte er aus der Halle und heftete sich den Wachleuten an die Fersen.

Plim war zu dieser Zeit längst eingeschlafen. Eingerollt lag sie neben der Wand auf den Mehlsäcken und zuckelte im Schlaf immer wieder unruhig umher. Primus hatte sie noch mit den leeren Kartoffelsäcken zugedeckt, bevor er selbst müde geworden war. Hoffentlich ist Snigg nichts passiert, dachte er. Ihm fiel keine Erklärung dafür ein, was den Kürbis so lange hatte aufhalten können. Mit angezogenen Beinen lehnte er an der Zellentür und wusste nicht, wie es nun weitergehen sollte. Diese Nacht nahm anscheinend niemals ein Ende.

Plötzlich da war es ihm, als hörte er im Halbschlaf eine Stimme. Leise und beinahe säuselnd drangen die Worte an sein Ohr.

»Primus«, hörte er die Stimme sagen. »Primus, mein alter Freund.«

Benommen hob er den Kopf. Träumte er oder sprach da wirklich jemand zu ihm?

»SNIGG«, rief er. »Snigg, bist du das?«

»Hast dich wirklich gut gehalten«, flüsterte die Stimme, »das muss ich dir lassen.«

Primus öffnete die Augen und blickte durch den dunklen Raum. »Wer ist da?«

»Nun komm schon, mein Freund, du weißt doch genau, wer ich bin.« Die Stimme kam hinter seinem Rücken hervor, von der anderen Seite des Türblatts. »Hast dich kein Stückchen verändert. Siehst immer noch genauso aus wie damals.«

»Rabenstein?!«, fuhr Primus zusammen. »Woher hast du gewusst, dass wir hierher …«

»Ich habe meine Späher«, unterbrach dieser ihn. »Meine Krähen sind euch bis zur Hügelpforte gefolgt.« Er stieß ein verächtliches Lachen aus. »Wer hätte gedacht, dass du dich noch immer in diesem wackligen Turm herumtreibst. Und sogar den alten Gehrock hast du noch an. Wie hast du das angestellt, hm?«

»Wie habe ich *was* angestellt?«, fragte Primus.

»Nun …«, es folgte eine kurze Pause und ein langer Atemzug, »… ich habe mich jedenfalls ein wenig verändert. Ich bin gewachsen, bin älter geworden und sogar meine Haare sind nach und nach grau geworden – wenngleich das alles natürlich überaus langsam vonstattengegangen ist.« Rabenstein trommelte mit den Fingern gegen das Türblatt. »Aber dann frage ich mich doch«, fuhr er mit einem bösen Unterton fort, »wie konnten zweihundert Jahre an einem schmächtigen Bürschchen wie dir so einfach vorübergehen, ohne auch nur die geringste Spur zu hinterlassen? Kannst du mir das mal verraten?«

Primus raffte sich auf und blickte durch das Schlüsselloch nach draußen. Er sah in Rabensteins finsteres Gesicht.

»War in diesem Erdspalt vielleicht doch noch mehr als das winzige Bruchstück Unsterblichkeit, das du mir damals heraufgereicht hast?«, raunte er.

Dann schlug Rabenstein den Umhang zur Seite. Mit spitzen Fingern holte er den Stein hervor, den er um seinen Hals trug. Er hielt ihn vor das Loch.

Primus riss verblüfft seine Augen auf.

»*Ich* dir heraufgereicht?«, fragte er. Wovon redete dieser Kerl eigentlich?

Doch dann betrachtete Primus den milchigen Stein, der kaum größer war als ein mittlerer Finger. Diesen Splitter, dachte er, den hatte er doch schon einmal gesehen! Er griff sich an die Stirn und schloss seine Augen. Plötzlich tauchte eine blasse Erinnerung auf. Schwach und wie aus dem Nebel heraus setzten sich die Fetzen zusammen.

Er hatte den finsteren Erdspalt vor Augen, den Felsvorsprung und den tosenden Bach. Er sah seine Hände, wie sie vor langer Zeit neben den Steighaken durch das eisige Wasser tasteten.

»Das Wasser …«, murmelte Primus, »es war so bitter-, bitterkalt …«

Doch da war noch etwas, an das er sich erinnerte. Zwei Hände! Blitzschnell kamen sie auf ihn zu.

»Gibst mir diesen kleinen Splitter herauf und behauptest, es würde das Einzige sein, was dort unten im Wasser liegt.« Rabenstein zischte. Dann aber fing er zu lachen an. »Dafür werde ich niemals dein Gesicht vergessen, als du nach hinten weggekippt bist. Was für ein Anblick! Du warst so entsetzt, dass du nicht einmal geschrien hast.« Er senkte die Stimme und fuhr im Flüsterton fort: »Den goldenen Schlüssel hast du mir damals vom Hals gerissen, weißt du noch? Wolltest dich an mir festhalten. Beinahe hättest du mich noch mitgerissen.«

»Weggekippt?«, rief Primus. »Ich soll weggekippt sein? Nein«, knurrte er, »ich sehe es jetzt genau vor mir. Du hast mich gestoßen! In den Spalt gestoßen, nachdem ich dir den Stein geholt habe!«

»Ein gar tragischer Unfall«, sagte Rabenstein abfällig. »Magnus Ulme hat beinahe einen Herzschlag bekommen, als ich ihm davon berichtete.« Er schüttelte den Kopf. »Dieser alte Narr. Ich musste mich schwer zusammenreißen, um mir das Lachen zu verkneifen. Er wollte sogar in das Loch steigen, um nach dir zu suchen. Kannst du dir das vorstellen? Dieses alte Wrack wollte zu dir hinunterklettern. Aber leider bist du ja noch viel, viel tiefer gefallen als nur bis zum Felsvorsprung.«

Primus rollte mit den Augen. Wie war das? Er war noch tiefer gefallen? Fieberhaft dachte er nach. Doch sosehr er sich auch anstrengte, die Erinnerungen waren wie ausgelöscht.

»Was hast du am Boden des Abgrunds gefunden?«, fragte Rabenstein. »Etwa ein bisschen mehr als dieses kleine Stückchen hier?« Seine Augen begannen zu funkeln. »Was ich aber noch viel interessanter finde, ist: Wie bist du bloß von dort unten wieder ans Tageslicht gekommen? Du scheinst ja ein echter Klettermeister zu sein.«

Primus wollte noch etwas sagen, doch er schloss schnell seinen Mund und schwieg. Offensichtlich war Rabenstein etwas entgangen. Hatte dieser denn nicht bemerkt, dass Primus sich in eine Fledermaus verwandeln und fliegen konnte?

Plim musste ihn demnach zu sehr abgelenkt haben, bevor sie aus der Bibliothek geflüchtet waren. Und seine Krähen hatten es ihm wohl auch nicht erzählt.

Gut, freute er sich. Was Rabenstein nicht wusste, das konnte ihnen wiederum nur von Vorteil sein.

»Was willst du hier?«, fragte er.

»Ach Primus«, kam es spottend zurück, »willst du mich etwa für dumm verkaufen? Du weißt ganz genau, wonach ich suche. Schließlich hast du mein Studierzimmer durchwühlt. Das Buch habt ihr mir auch gestohlen«, sagte er. »Aber meinetwegen könnt ihr es behalten. In diesem Loch wird es euch ohnehin nicht viel bringen.« Nachdenklich strich er sich über das Kinn. »Da kommt ihr zwei einfach so in die Bibliothek spaziert und stellt Fragen über die Mondsichel. Ich hätte euch schon bei der ersten Gelegenheit schnappen sollen. Möchte wissen, woher diese kleine Hexe von der ganzen Sache erfahren hat. Hast du ihr etwa davon erzählt? Aber wer hätte es ihr sonst erzählen können? Magnus Ulme hat seine geheimen Nachforschungen zuletzt sogar vor mir versteckt.«

»Dazu wird er wohl allen Grund gehabt haben«, sagte Primus und dachte an das geheime Arbeitszimmer im Turm hinter den Weinfässern.

Aber Rabenstein ließ sich nicht provozieren. »Ich habe mich die ganze Zeit über gefragt, nach welchem der Elemente du wohl suchst«, fuhr er fort. »Reichtum war dir doch eigentlich noch nie wichtig gewesen, alter Freund. Und Unsterblichkeit dürftest du doch schon mehr als genug besitzen, nicht wahr?« Er beugte sich ganz nahe zum Türblatt vor. »Wo bewahrst du das Element auf, das du damals offenbar gefunden hast? Möglicherweise in Ulmes altem Turm? Ich werde mich da wohl mal ein wenig umsehen müssen, glaube ich.«

Primus hörte, wie Rabenstein sich erhob.

»Vorher aber hole ich mir das, wonach ich schon seit mehr als einer Ewigkeit suche. Ich hatte immer geglaubt, die wenigen Splitter, die von der Mondsichel übrig geblieben sind, würden im Mondwassersee liegen. In Ulmes Aufzeichnungen stand zumindest etwas von einem See. Du kannst dir daher nicht vorstellen, wie erstaunt ich war, als mir die Kobolde vorhin erzählten, es gäbe noch einen weiteren, einen *unterirdischen* See im Unkrautland. Der Schneckenbach hat demnach tatsächlich einst Stücke der Mondsichel mit sich fortgetragen und in den Erdspalt gespült. Wer hätte das gedacht? Wir beide waren also damals doch auf der richtigen Spur. Aber dass sich das Wasser unter dem Boden hindurch bis zu einem unterirdischen See schlängelt, darauf bist nicht einmal du gekommen.« Rabenstein verzog das Gesicht und schmunzelte abfällig.

»Ich habe mich natürlich reichlich für diese Auskunft bei den Koboldon bedankt«, fuhr er fort. »Außerdem habe ich ihnen gesagt, dass ihr zwei ganz gefährliche Gauner seid und dass sie schön auf euch aufpassen sollen. Wahrscheinlich werden sie das auch für die nächsten paar Jahre tun.« Er nickte respektvoll. »Ein ausgesprochen zuvorkommendes Völkchen, diese Hügelkobolde«, sagte er. »Man möchte es nicht glauben, aber die haben mir sogar den Weg beschrieben, wie ich zu diesem See komme.« Er machte eine Verbeugung.

»Dann adieu, mein Freund. Ich hoffe, dein neues Zuhause gefällt dir. An dunkle Löcher dürftest du dich doch eigentlich schon gewöhnt haben, oder?«

»RUVEN!!!«, schrie Primus ihm nach. »Lass uns sofort hier raus!«

Er hämmerte mit den Fäusten gegen die Tür. Doch es kam nur ein gellendes Lachen, das langsam in der Dunkelheit verstummte.

Plim gab ein entrüstetes Brummen von sich. »Was machst du denn für einen Lärm? Ist der Kürbis etwa schon wieder da?« Sie rieb sich die Augen. »Der werte Herr wird sich doch nicht etwa bequemt haben, so schnell wieder zu uns zurückzukommen.«

»Nein«, antwortete Primus, »von Snigg ist weit und breit nichts zu sehen. Dafür war Rabenstein hier!«

»Was?«, rief Plim und sprang auf. »Willst du mich auf den Arm nehmen?«

»Wir müssen hier raus«, drängte Primus, »und zwar so schnell wie möglich. Rabenstein weiß über alles Bescheid. Auch darüber, wo der Leuchtende See ist.«

»Das darf doch nicht wahr sein«, rief Plim. »Wir müssen sofort diese dämliche Tür aufbekommen.«

Rasend vor Zorn trat sie mit dem Fuß dagegen. Doch das Einzige, was passierte, war, dass sie sich den Zeh stieß.

»Autsch«, heulte sie und hüpfte auf einem Bein. »Diese dumme, blöde, alte, modrige HOLZTÜR! Dämlich, dumm und blöd!« Sie zog eine Schnute, bevor sie jammerte: »Und hart.«

Die Grotte

Ein unaufhörliches Knacken erfüllte den Raum. Es raschelte und knabberte in der kleinen Wachstube, als wäre eine ganze Horde wild gewordener Eichhörnchen am Werk. Die Wachstube war eng, hatte schiefe Wände und erschien sogar für Koboldverhältnisse überaus niedrig. Doch davon einmal abgesehen – ungemütlich war sie trotz alledem nicht, ganz im Gegenteil. Ein Feuerchen flackerte in einem verrußten Eisenofen, neben dem sich ein Haufen gehackter Eichenspäne türmte. Es gab eine kleine Kommode, zwei hölzerne Schränkchen sowie ein überladenes Bord voll mit Tellern, Töpfen und Bierkrügen. Den meisten Platz beanspruchte jedoch ein wuchtiger Tisch, der in der Mitte des Raums stand. Dieser war rund, wurmstichig und mit einer rot-weiß karierten Tischdecke bezogen. An diesem Tisch saßen nun die beiden Wächter und warteten auf das Ende der Nachtschicht.

Jeder von ihnen hatte einen Abfallkübel zwischen die Knie geklemmt, hielt einen Nussknacker in der Hand und kramte in einem Sack mit Steinnüssen. Steinnüsse gab es im Unkrautland zu jeder Jahreszeit. Sie sahen aus wie dunkle Walnüsse, schmeckten ein bisschen wie Mandeln und wuchsen in rauen Mengen tief in der Erde. Zwar musste man sich durchaus ein wenig anstrengen, um die harten Schalen zu knacken, aber dafür schmeckte das Innere der Nüsse anschließend umso besser.

Doch leider zählte gerade *Anstrengung* zu jenen Dingen im Leben, mit denen die beiden trägen Herren rein gar nichts am Hut hatten.

»Unpraktisch«, schnaufte der kleinere der beiden Wächter. »So was von unpraktisch.«

Er hatte seine Keule hinter sich an die Wand gelehnt und quetschte mit einem verbissenen Gesicht den Nussknacker zusammen.

»Genau«, schmatzte der andere, »unpraktisch, aber ziemlich lecker.«

Der Kleine presste die Zähne zusammen. »Natürlich schmecken sie lecker«, keuchte er, »aber können diese Dinger nicht auch ohne die beinharte Schale aus dem Boden kommen?«

»Weiß nicht«, kam es als Antwort. Sein Kollege war offensichtlich nicht gerade das, was man als redselig hätte bezeichnen können.

Dann stieß der Kleine ein Knurren aus. Er nahm seine ganze Kraft zusammen und drückte, so fest er nur konnte. Endlich hatte er es geschafft. Mit einem lauten Krachen platzte die Nuss auf, woraufhin er sich sofort über den Inhalt hermachte. Er ließ die Nussschale in den Kübel zwischen seinen Beinen fallen und schnappte sich sogleich die nächste Steinnuss.

»Nach so einer Nacht bin ich immer fix und fertig.«

»Geht mir genauso«, nickte der andere. »Ich bin jetzt schon erledigt.«

Der Dienst der zwei Nachtwächter schien nicht gerade sonderlich aufregend zu sein. Doch andererseits erweckten die beiden auch nicht den Eindruck, als würde sie das in irgendeiner Weise stören.

Snigg saß währenddessen klammheimlich in der Ecke unter dem Tellerbord. Lautlos hatte er die Tür aufgedrückt und war, ohne dass die beiden etwas bemerkt hatten, in die Wachstube geschlüpft. Eine wahre Meisterleistung, wie er angesichts seiner Körperfülle selbst feststellen musste. Verschwörerisch und mit gesenktem Kopf lugte er zu den Wächtern hinüber, die noch immer nicht die Spur einer Notiz von ihm nahmen. Vielleicht war er ja am Ende gar nicht so dick, wie Primus immer tat, überlegte er, sondern eher schlank und unauffällig?! Das würde er bei der nächsten Gelegenheit sofort einmal überprüfen. Jetzt aber hatte er andere Sorgen.

Vorsichtig kippte er nach vorne und rollte mit den Augen. Wo war der Schlüssel? – fragte er sich. Am Gürtel des Wächters hing er jedenfalls nicht mehr. Er streckte sich, so weit es nur ging, und schielte um die Ecke an den Schränken vorbei. Dann endlich hatte er ihn im Visier. Das ganze Schlüsselbund baumelte jetzt an einem Haken neben der Kommode, etwa zwei Fuß hoch über dem Boden. Ein Kinderspiel, dachte sich Snigg. Er musste eigentlich bloß hinüberrutschen und es sich schnappen.

Prüfend betrachtete er die Kobolde. Ihm fiel überhaupt keine Erklärung dafür ein, warum sich die beiden so mit den Nüssen abmühten. Im Gegensatz zu ihnen hätte er die Nüsse gleich mitsamt der Schale gegessen – und zwar die ganzen zwei Säcke voll.

Nun aber los! Stück für Stück wackelte der Kürbis über den Boden auf das Schlüsselbund zu. Sniggs schlurfende Bewegungen gingen im Geraschel und Geschmatze der Wächter vollkommen unter, während er sich langsam seinem Ziel näherte. Dennoch musste er sich gehörig in Acht nehmen, da der Größere der beiden immer wieder verwundert zu ihm herübersah. Aber Snigg meisterte auch diese Situation. Er zuckte zusammen, schloss seine Augen und spielte bühnenreif das leblose Gemüse.

Seine Tarnung war offenbar überzeugend. Oder aber die Wächter waren viel zu sehr mit ihren Nüssen beschäftigt, als dass sie sich von irgendetwas hätten ablenken lassen. Snigg glitt unter den Haken und bezog Position. Jetzt hieß es abwarten. Sobald die richtige Gelegenheit käme, würde er hochspringen und sich das Schlüsselbund schnappen. Danach müsste er sich nur noch verkrümeln.

»Ich habe jetzt einmal mitgezählt«, sagte der Kleine. »Ich brauche durchschnittlich viermal so lange, um eine Nuss *auszupacken*, als sie zu essen. Bei den harten Brocken dauert es sogar manchmal fünfmal so lange. Kannst du dir das vorstellen?«

»Das hast du herausgefunden?«, fragte der andere. »Nicht zu fassen.«

»Na, wenn ich's dir doch sage.« Er stopfte sich gierig seinen Mund voll und fuhr schmatzend fort: »Aber nun warte erst mal ab, es kommt noch viel besser! Wenn wir hier nämlich fünf Stunden lang nichts anderes tun als nur dasitzen und Nüsse essen, dann haben wir dafür mindestens vier Stunden lang knochenhart schuften müssen.«

»Unglaublich«, brabbelte sein Kollege und schüttelte gelangweilt den Kopf.

»Ist aber so.« Der kleinere Wächter nahm die nächste Nuss zur Hand. »Stell dir nur vor, Erbsen würden auch in so einer Schale stecken. Man müsste wahrscheinlich vier Wochen lang buckeln, um einen Eintopf zu bekommen.«

»Ich mag keine Erbsen.«

»Ist doch völlig egal«, kam die knurrende Antwort, »das

ist doch bloß so ein Beisp…« Dann brach der Kleine mitten im Satz ab.

Die Nuss, die er jetzt erwischt hatte, zählte zweifellos zu denen der besonders hartnäckigen Sorte. Er hielt die Luft an, stieß ein Gurgeln aus und presste mit beiden Händen den Nussknacker zusammen. Vergeblich. Das Ding war unverwüstlich.

Doch so leicht ließ er sich offenbar nicht entmutigen. Dieser widerspenstigen Nuss wollte er es zeigen. Er stand mit dem Eimer zwischen den Knien auf und beugte sich nach vorne. Jetzt gab er der Nuss Saures. Er drückte und drückte, dass sein Kopf so rot anschwoll, als würde er jeden Moment platzen. Plötzlich rutschte der Nussknacker ab. Wie eine Flintenkugel kam die Nuss zwischen seinen Händen hervorgeschossen, flog quer durch den Raum und donnerte in einer Rußwolke gegen das Ofenrohr. Den Wächtern standen die Münder offen.

Das war genau die Gelegenheit, auf die Snigg gewartet hatte. Jetzt oder nie, dachte er. Blitzschnell hüpfte er zum Schlüsselbund hoch, machte den Mund auf und schnappte zu. Geschafft! Mit vollen Backen landete er auf dem Boden, wo er regungslos liegen blieb.

»Hast du das gesehen?«, fragte der Größere.

»Was?«

»Der Kürbis da drüben. Der hat sich bewegt.«

»Was für ein Kürbis?«

»Na, der da. Der neben deiner Keule liegt.«

Der Kleine drehte sich um. Er schaute zuerst zu Snigg und anschließend wieder zu seinem Kollegen.

»Der hat sich tatsächlich bewegt?«, fragte er.

»Natürlich«, bekräftigte der andere, »so wahr ich hier

sitze. Also ich weiß wirklich nicht so recht, was ich davon halten soll.«

Der Kleine schob seine Unterlippe vor. »Sagst du es mir, wenn du es weißt?«

»Meinetwegen«, nickte der andere, »mach ich dann.«

Damit war das Thema beendet. Die beiden setzten sich wieder an den Tisch und knusperten weiter.

Snigg bewegte sich daraufhin, so leise, wie er nur konnte, in Richtung Ausgang. Das Schlüsselbund in seinem Mund schmeckte grässlich, vor allem wenn er an den Sack voller Steinnüsse dachte. Zwar schaute der Größere noch einmal verdutzt zu ihm herüber und hob seinen Finger, doch dann winkte er ab. Wahrscheinlich beschloss er, sich lieber wichtigeren Dingen zuzuwenden, als einen wandelnden Kürbis zu verfolgen. Snigg schlüpfte aus der Wachstube und sprang durch die Gänge zurück zur Zelle. Primus und Plim würden gewiss schon auf ihn warten.

Die Stollen rund um die Festhalle waren inzwischen nahezu gänzlich verlassen. Von der ausgelassenen Feier, die hier noch vor wenigen Stunden getobt hatte, war keine Spur mehr zu sehen. Zwar schlenderten hier und da noch vereinzelt ein paar Kobolde umher, welche die restlichen Glühwürmchenlaternen einsammelten, aber außer ihnen war zu jener Stunde niemand mehr in diesem Tunnelabschnitt unterwegs. Das Gleiche galt auch für den Seitenstollen, der zu Primus' und Plims kleiner Zelle führte. *Wäre* hier jedoch jemand vorbeigegangen, so hätte er mit Gewissheit die verdächtigen Kratzgeräusche gehört, die hinter der Holztür hervorkamen.

»Das wird doch nichts«, sagte Primus.

»Sag nicht immer *das wird nichts*«, schnappte Plim. »Das wirst du schon sehen. Der Knopf ist nur ein bisschen zu dick, das ist alles.« Keuchend biss sie die Zähne zusammen. »Mach dir jetzt bloß keine Gedanken, ich bekomme das schon hin.«

Die beiden knieten in der Ecke hinter der Tür und schabten an den Türangeln. Plim hatte Primus' Messingknopf in der Hand und versuchte damit unter den Kopf des Scharnierstifts zu gelangen. Auf diese Weise wollte sie ihn heraushebeln, um anschließend das Türblatt aushängen zu können. Doch leider zeigte das Unternehmen nicht den geringsten Erfolg.

»Wenn ich doch wenigstens etwas sehen könnte«, keifte sie.

»Lass mich mal ran«, schlug Primus vor.

»Nichts da, geh weg. Das mache ich selber.« Wütend drückte sie die Kante des Knopfs in die dünne Fuge des Stiftkopfs.

Dann rutschte sie ab.

»AUUUUUUUU!!!«, heulte sie. »JETZT HABE ICH MIR DEN ANDEREN NAGEL AUCH NOCH ABGEBROCHEN!«

Primus tippte ihr auf die Schulter. »Ich habe doch gleich gesagt, du sollst mich das machen lassen. Gib mir mal den Knopf.«

»ACH, DIESER BLÖDE KNOPF«, schrie sie. »Wenn dir Chuck dieses rostige Ding nicht gegeben hätte, dann säßen wir auch nicht hier in diesem Loch fest! Ich möchte wissen, wo …«

Doch Plim musste den Satz gar nicht zu Ende sprechen, da schon im nächsten Moment eine vertraute Stimme ertönte:

»Hallo!«, schallte es durch die Tür. »Hallo, Primus!«

»SNIGG«, rief Primus. »Snigg, wir sind hier!«

»Hallo, Primus? Plim? Hallo, seid ihr noch da drin?«

Plim trommelte mit den Fäusten gegen die Tür. »NA, WO, GLAUBST DU, SOLLEN WIR SONST SEIN???«

»Ich habe den Schlüssel«, rief Snigg. »Bäh, scheußlich!« Und er spuckte ihn aus.

Plim sah Primus mit schmalen Augen an. »Hat dieses Früchtchen etwa meine Tasche stehen gelassen? Ich habe ihm doch extra gesagt, er soll …«

»Schhhh, du und deine Handtasche.« Primus schüttelte den Kopf. »Das hast du ganz toll gemacht«, rief er Snigg durch das Schlüsselloch zu. »Jetzt schieb ihn uns schnell unter der Tür hindurch.«

»Alles klar«, kam es daraufhin von draußen. »Kommt sofort.«

Snigg neigte den Kopf und schob das Schlüsselbund mit dem Mund auf den Türspalt zu.

Sie hatten Glück. Dort, wo der Schlitz unter der Tür am größten war, passte das Schlüsselbund gerade so hindurch. Primus nahm es in Empfang. Hastig probierte er einen Schlüssel nach dem anderen aus, bis er endlich den richtigen gefunden hatte. Er sperrte das Schloss auf und öffnete die Zellentür. Snigg saß strahlend und voller Stolz vor ihnen im Tunnel.

»Das war geradezu meisterhaft«, lobte Primus, dem die Eile deutlich anzumerken war. »Jetzt hast du uns schon zum zweiten Mal geholfen.«

»Ach was, keine Ursache«, antwortete Snigg mit gespielter Gelassenheit. »Überhaupt kein Problem. Das war doch schnell erledigt.«

Auch Plim beugte sich zu Snigg hinunter und tätschelte seinen Kopf. »Fabelhaft hast du das gemacht, Herr Meisterdieb, ganz große Klasse.« Sie hob ihre Augenbrauen. »Meine Tasche hast du aber nicht zufällig gesehen, oder?«

»Doch, hab ich«, sagte Snigg. »Aber die war mir zu schwer. Falls du sie suchst«, fuhr er fort, »die steht in der Halle, irgendwo unter den vorderen Tischen.«

»… in der Halle unter den vorderen Tischen«, wiederholte Plim und zog Primus am Ärmel. »Los jetzt. Wir haben schon viel zu viel Zeit verloren.«

Primus drehte sich noch einmal zu Snigg um und winkte ihm zu.

»Wir müssen leider weiter«, rief er. »Wir sehen uns dann später, oben beim Turm.«

»Halt, einen Augenblick mal!« Snigg schaute ihnen verwundert nach. »Wollt ihr etwa noch hierbleiben?«

Doch es kam keine Antwort mehr.

Die beiden rannten, so schnell sie nur konnten. Rabenstein hatte einen gewaltigen Vorsprung, den sie um jeden Preis wieder wettmachen mussten. Im schlimmsten Fall, so befürchteten sie, hatte er die Splitter der Mondsichel vielleicht sogar schon gefunden und war mit ihnen über alle Berge verschwunden.

Primus schlidderte über den Boden, als sie am Ende des Seitenstollens herauskamen. Wohin jetzt? Nach links oder nach rechts? Nach links! Die Halle musste irgendwo in dieser Richtung liegen. Konfetti wirbelte vom Boden auf, als Primus und Plim durch den Tunnel jagten. Glücklicherweise waren die Leuchtschalen an der Stollendecke noch nicht gelöscht. In Windeseile ging es weiter. Dann endlich tauchte die Festhalle auf. Plim hoffte nur, dass die Kobolde in der Zwischenzeit ihre Tasche nicht weggeräumt hatten. In diesem Fall wäre wahrscheinlich für Miss Plim die Welt untergegangen.

Die beiden stürmten in den Saal, in dem es inzwischen stockfinster war. Das wenige Licht, das aus dem Tunnel kam, reichte gerade einmal aus, damit sie sich grob orientieren konnten. Plim ging in die Knie. Wie beim Topfschlagen tastete sie zwischen den Tischbeinen umher und griff nach allem, was ihr dabei zwischen die Finger kam. Doch das Einzige, was sie fand, waren büschelweise alte Papiergirlanden.

Primus hatte sich verwandelt und flatterte im Zickzack unter den Tischen hindurch. Als Fledermaus brauchte er bekanntlich kein Licht, weshalb er auch schon nach kurzer Zeit fündig wurde.

»Ich hab sie«, rief er.

»Wo?«, schrie Plim.

»Hier drüben!«

»Ist noch alles drin?«

»Woher soll ich denn das wissen?«

Er wechselte seine Gestalt, bückte sich und griff nach der Tasche. So schwer, wie Snigg getan hatte, war sie nun auch wieder nicht. Jetzt aber weiter!

Primus rannte zu Plim, die ihm aus der Halle hinaus in den Tunnel folgte. Dort musste sie erst einmal nachsehen, ob sich nicht doch jemand an ihren Schätzen vergriffen hatte. Sie stellte sich unter eine Leuchtschale und kramte in ihrer Tasche. So wie es schien, war aber alles noch da. Glück für die Kobolde.

Primus holte die Tunnelkarte hervor und faltete sie auseinander. »Von hier aus kann es eigentlich nicht mehr weit sein«, sagte er. »Mir scheint, wir müssen nur dem Stollen hier folgen, bis wir an eine große Abzweigung kommen.« Er fuhr mit dem Finger über eine der Linien. »Der Gang, der zum Leuchtenden See führt, ist offensichtlich ein kleiner Verbindungsstollen, der von der Abzweigung weiter geradeaus führt.«

Er blickte zu Plim und neigte den Kopf. »Na klar«, sagte er, »der Stollen wird wahrscheinlich bloß für die Leitungen der Wurzelrohrpost da sein. Eigentlich können wir ihn nicht übersehen. Wenn wir auf diesem Weg bleiben, stoßen wir direkt darauf zu.«

Er faltete die Karte wieder zusammen und steckte sie ein. Dann machten sie sich auf.

Der Weg durch den Tunnel war um einiges länger, als Primus anfangs angenommen hatte. Immer wieder passierten sie einmündende Gänge, Treppen und Rampen, die steil nach oben oder noch weiter nach unten führten. Erst nach mehr als einer halben Meile erreichten sie schließlich die Stelle, von der Primus gesprochen hatte. Ein groß angelegter Stollen führte von hier aus nach links und ein anderer nach rechts. Geradeaus aber war der Tunnel zu Ende.

»Jetzt kenne ich mich gar nicht mehr aus«, schnaufte Primus. »Nach der Karte müsste es doch eigentlich noch weitergehen?!«

Sie schauten sich nach allen Seiten um.

»Bist du dir auch sicher, dass wir hier richtig sind?«, fragte Plim. Sie trat einen Schritt zur Seite und ging dann in den rechten Stollen hinein.

»Natürlich«, antwortete Primus verwundert. »Auf der Karte ist es schließlich so eingezeichnet. Das gibt es doch gar nicht …«

Er griff in seine Tasche, um sich noch einmal den Plan anzusehen, als plötzlich Plims Rufe ertönten:

»Hier ist eine Tür!«, schrie sie.

Primus fuhr herum. Eine Tür? Das musste er sich ansehen. Und tatsächlich. Zwanzig Schritte von der Abzweigung entfernt befand sich inmitten der Felswand eine Brettertür. Diese war angelehnt.

Ohne zu zögern, riss Plim sie auf. Ein modriger Geruch nach Erde und feuchten Wurzeln trat ihr entgegen. Die Karte jedoch stimmte: Hinter der Tür lag der gesuchte Verbindungsgang!

Dieser war niedrig und ebenso finster, wie er eng war. Plim verzog das Gesicht. Sie hatte ja schon so manches gesehen, aber dieses Loch hier sah alles andere als einladend aus. Muffig und stinkend war es da drin, ohne Licht und ohne Luft. Nicht einmal Taddel und Mills hätte sie dort hineingejagt – und das sollte etwas heißen. Aber ob es ihnen nun gefiel oder nicht, ihnen blieb keine andere Wahl. Hier mussten sie durch.

Plim stieß ein Seufzen aus. Zuallererst brauchten sie Licht. Sie machte ihre Tasche auf und wühlte zwischen Fläschchen, Dosen und Wurzeln.

»Ich habe doch noch welche«, sagte sie, »das weiß ich genau. Ah, da ist ja schon eine.«

Sie warf Primus eine Zaubernuss zu und kramte kurz darauf noch eine zweite hervor. Dann brachte sie die Nüsse zum Glühen. Primus zog den Zylinder vom Kopf und nahm die Zaubernuss zwischen die Finger.

»Gut«, sagte er, »dann wollen wir doch mal sehen, was uns dort am anderen Ende erwartet. Gehen wir zum Leuchtenden See!«

Durch Wasserpfützen und gespenstische Fäden aus Schmutz und Staub kämpften sich die beiden voran. Im Inneren des Tunnels war es so dunkel, dass sogar das Licht der Zaubernüsse nur wenige Ellen weit kam, bis es vollständig vom pechschwarzen Gestein der Wände verschluckt wurde. Gebückt eilte Primus voraus. Für ihn grenzte es geradezu an ein Wunder, dass dieser Stollen noch nicht eingestürzt war. Auf der ganzen Strecke gab es fast keine Stützpfeiler. Und wenn er welche zu Gesicht bekam, dann waren diese von oben bis unten vermodert.

Plim lief dicht hinter ihm her. Dieser Weg war noch ekliger, als sie es sich in ihren schlimmsten Träumen hätte ausmalen können. In Klumpen bröselte der Schmutz von der Decke oder es tröpfelte Wasser auf sie hernieder. Angewidert stapfte sie über die Pfützen, die von Mal zu Mal größer wurden. Das Grässlichste jedoch waren die klebrigen Staubfäden. Ständig flog ihr das Zeug ins Gesicht oder verfing sich in ihren Haaren. Plim quietschte beinahe bei jedem Schritt oder schüttelte bibbernd den Kopf. Es war zum Fürchten.

Dann aber, etwa nach einer viertel Meile, verbreiterte sich der Gang und auch seine Höhe nahm zu. Primus blieb stehen und lauschte. Aus nicht allzu weiter Entfernung drangen Geräusche an sein Ohr.

»Hörst du das auch?«, flüsterte er.

Plim blickte ihn an. In kleinen Wölkchen stieg ihr Atem zur Decke.

»Ja«, schnaufte sie, »ich höre plätscherndes Wasser. Hier muss irgendwo ein Bach fließen.«

»So ist es«, nickte er, »und ich weiß auch genau, woher der kommt.«

Primus hatte ein Funkeln in seinen Augen. Je weiter sie

kamen, desto lauter wurde das Rauschen. Kurz darauf huschte der Schein ihrer Lichter über die Wände und traf auf Hunderte schwarzer Zapfen, die über ihnen von der Decke hingen.

Plim zupfte Primus am Frack.

»Sieh nur«, sagte sie, »deine Kollegen sind auch alle da. Hätte ich gewusst, dass es die hier unten wie auf dem Servierteller gibt, dann hätte ich mir die Verfolgungsjagd mit dir neulich sparen können. Hier kann man sich ja bequem eine aussuchen.«

Wovon zum Kuckuck spricht sie? – dachte Primus. Dann aber sah er es selbst.

Fledermäuse! So weit das Auge reichte. In Scharen baumelten sie über ihren Köpfen, hatten die Flügel um die Körper gewickelt und schliefen. Primus lief ein Schauder über den Rücken. Auch das hatte er schon einmal gesehen, kam es ihm in den Sinn.

Plim aber ließ ihm keine Gelegenheit, um weiter darüber nachzudenken.

»Komm schon«, sagte sie, »wir haben es eilig. Falls du von denen jemanden kennst, kannst du ihm ja auch auf dem Rückweg *Hallo* sagen.« Sie kicherte hinter vorgehaltener Hand.

Aber Plim hatte Recht. Sie durften keine Zeit mehr verlieren. Primus löste seinen Blick, kniff kurz die Augen zusammen und eilte weiter.

Nur wenige Minuten später erreichten sie eine Stelle, an der der Gang zu seiner doppelten Breite anwuchs. Die Decke öffnete sich und mit Geprassel stürzte ein schmaler Wasserfall vor ihnen zu Boden. Daher kam also das Rauschen. Primus wusste genau, wo sie sich gerade befanden und woher der Wasserfall kam: Das war das Wasser des Schneckenbachs!

Er und Plim mussten am untersten Ende des Erdspalts stehen, weit unterhalb des Felsvorsprungs. War *das* etwa die Stelle, von der Rabenstein gesprochen hatte? War Primus hier einst hinuntergefallen, nachdem ihn sein alter Freund in den Abgrund gestoßen hatte? Primus blickte sich um. Der Boden war felsig und vom Wasser über die Jahrhunderte hinweg vollkommen ausgewaschen. Wäre *das* nicht gewesen, dann hätte Primus gewiss einen Abdruck wahrgenommen: den keilförmigen Abdruck eines milchig schimmernden Steins, auf dem er bei seinem Sturz vor langer Zeit aufgeschlagen war!

Die beiden traten zur Seite. Das Wasser breitete sich fortan über den gesamten Boden aus, bevor es im weiteren Verlauf gurgelnd den Tunnel hinabfloss. Nasse Füße würden er und Plim trotz allem nicht bekommen, da die Kobolde vorsorglich einen Holzsteg gebaut hatten. Dieser verlief nur wenige Handbreit über der Wasseroberfläche und war notdürftig mit einer Leine gesichert. Nun hieß es wieder *Kopf einziehen*.

Sie zwängten sich am Wasserfall vorbei und betraten den Steg. Das Holz war ebenso morsch, wie es alt war. Es knackte und polterte, als würde es jeden Moment auseinanderbrechen. Doch was die Kobolde bauten, das war stabil. Und so kam es, dass die beiden schließlich das Ende des Tunnels erreichten.

Plim stockte der Atem. Sie schritt aus dem niedrigen Stollen, wobei sie sich langsam aufrichtete. Da fehlten ihr nun wirklich die Worte! Dieser Anblick war geradezu überwältigend. Nie und nimmer hätte sie gedacht, dass sich so etwas während all der Jahre unter dem Wald hatte verbergen können. Wie ein Trichter wichen die Felsen zur Seite und öffneten sich zu einer gigantischen Grotte, die vor ihren Augen mindestens neunzig Fuß weit in die Höhe ragte. Selbst Primus blieb wie angewurzelt stehen und ließ verblüfft seinen Blick schweifen. Sie hatten es also endlich geschafft. Vor ihnen lag der unterirdische See.

Allerdings – *leuchtend* war er nicht. Vielmehr glitzernd. Klar wie Kristall glitt das Wasser dahin und funkelte im Schein ihrer Lichter wie tausend Sterne. Wie würde diese Grotte wohl schimmern, wenn die Splitter bei Neumond erglühten? – dachten die beiden. Dann erst blickten sie langsam zur Decke. Was sollte das denn bedeuten? Plim hielt ihr Licht in die Höhe. Da hing doch etwas in der Luft?! Waren das Tropfsteine? Nein, ging es ihr durch den Kopf, dafür war das Zeug viel zu krumm.

Primus aber lächelte. »Sieh mal einer an«, flüsterte er. »Das also sind die geheimnisvollen Bäume, die von oben nach unten wachsen. Nicht zu fassen. Es sind Wurzeln! Die Rübe hat von Baumwurzeln gesprochen. Von den Wurzeln der uralten Bäume des Finsterwalds. Ach, dass ich da nicht gleich draufgekommen bin.« Er schlug sich mit der Faust in die flache Hand. »Und ich habe geglaubt, der See läge irgendwo unter den Nebelfeldern. Kannst du dir vorstellen, wo wir jetzt wären, wenn wir ganz am Anfang die falsche Richtung eingeschlagen hätten? Zum Glück hat Snigg diesen Tintenfleck …«

Doch plötzlich stieß Plim einen Schrei aus, dass es von den Wänden zurückhallte.

»DA HINTEN IST EIN LICHT!«, kreischte sie. »DAS EKEL IST NOCH HIER!«

Primus riss den Kopf herum. Jetzt sah er es auch! Sie sprangen vom Steg und begannen zu laufen.

Ein breites Ufer zog sich an der rechten Seite des Sees entlang, der offensichtlich nicht sonderlich tief zu sein schien. Selbst in der Dunkelheit und von hier aus waren noch die Kiesel auf dem flachen Grund zu erkennen. Angesichts des eintretenden Schneckenbachs musste der See einen Abfluss haben, mit dem höchstwahrscheinlich die Quellen des Waldes gespeist wurden.

Die beiden rannten, so schnell sie nur konnten, auf das glimmende Licht zu. Es war eine Öllampe – dieselbe wie in jener Nacht auf dem Mondwassersee. Sie stand auf dem Boden, dicht neben dem Wasser. In ihrem Licht erkannten Primus und Plim auch die hölzernen Postleitungen, die, an der Felswand entlang, bis zum anderen Ende der Grotte verliefen. Ein paar alte Eimer lagen verstreut auf dem Boden und im Schatten nah bei der Wand erblickte Primus eine Reihe von Schaufeln und Spitzhacken.

Doch vor allem erkannte er Rabenstein!

Dieser kniete über der Lampe und blickte ihn mit teuflischen Augen von unten herauf an. Das aufstrahlende Licht verzerrte sein Gesicht zu einer bösartigen Fratze, während er sich langsam erhob. In seinen Händen hielt er ein großes Bruchstück der Mondsichel.

»Primus, Primus«, begann er zu zischen. »Jetzt überraschst du mich aber wirklich. Du scheinst ja ein wahrhafter Tausendsassa zu sein, lieber Freund.« Seine Augen blitzten und verengten sich zu zwei schmalen Schlitzen. »Kletterst nicht nur aus Spalten heraus, sondern schlüpfst sogar hinter verschlossenen Türen hervor.« Rabenstein hob sein Kinn und richtete sich bedrohlich vor ihnen auf. Sein Umhang war völlig durchnässt.

»Bemerkenswert«, fuhr er fort. »Ausgesprochen bemerkenswert. Du bist ein faszinierendes Kerlchen, das muss ich dir lassen. Der alte Magnus Ulme wäre gewiss wieder einmal stolz auf dich. Wobei er das doch ohnehin immer gewesen ist.«

»Ach ja?«, blaffte Primus. »Nur schade, dass er dazu nun keine Gelegenheit mehr hat. Was ist aus ihm geworden, hm? Raus mit der Sprache! Hast du ihn etwa auch um die Ecke gebracht, nachdem du *mich* aus dem Weg geräumt hattest, du feiger Verräter?«

Rabenstein brach in schallendes Gelächter aus.

»Ja, das wüsstest du wohl gerne, nicht wahr?« Er schloss genüsslich seine Augen. »Da zieht er hin, über Weg' und Brück', und kehrt nie mehr nach Haus zurück. Ich bin überzeugt, dass wir beide uns eine Menge zu erzählen hätten, lieber Primus. Eigentlich eine vergnügliche Vorstellung, wenn man bedenkt, dass uns dafür vielleicht nun die restliche Zeit der Welt zur Verfügung steht.«

Er hob seine Hand und hielt ihnen das Bruchstück entgegen, welches er kurz zuvor im Wasser gefunden hatte. Als Plim dieses erkannte, riss sie die Augen auf. Es war die andere Spitze der Sichel! Jenes Stück, wonach sie so sehnsüchtig suchte.

Rabenstein bewegte sich nun vorsichtig und ganz langsam rückwärts auf die Felswand zu. Er fletschte die Zähne.

»Doch leider, leider muss ich dich enttäuschen«, hauchte er. »Aus unserer Unterhaltung wird wahrscheinlich nichts werden. Weißt du, Primus, du fängst an gehörig lästig zu werden. Du bist wie eine Zecke, wie eine Laus. Wie eine Klette, die man nicht losbekommt. Das Gleiche gilt übrigens auch für diese Hexe da drüben, oder was dieses Gör auch immer darstellen soll.«

Er tastete nach dem Grubenwerkzeug. »Sobald der

nächste Neumond kommt«, sagte er, »werde auch ich wieder hier sein, hörst du? Dann werde ich mir einfach alles holen, was mir vom Grund dieser Pfütze entgegenschimmert. Und sollte in diesem Bruchstück hier zufällig jenes Element stecken, das ich vermute, dann kann ich mir dafür auch noch mächtig viel Zeit lassen.«

»Nein«, rief Plim, »gib auf der Stelle den Stein her. Das ist der falsche. Dieses Stück wird dir überhaupt nichts bringen, das weiß ich genau.«

»Ach was«, lachte Rabenstein, »will die kleine Hexe das vielleicht haben? Na, dann komm doch und hol es dir.« Er nickte und warf das Bruchstück vor sich in den Kies.

Wie eine Besessene stürzte Plim darauf zu.

»BLEIB STEHEN!!!«, schrie Primus, wobei er noch nach ihr greifen wollte. Doch es war zu spät.

Plim reckte die Hände, beugte sich nieder und hätte den Stein beinahe erreicht – da stand Rabenstein bereits über ihr. Erschrocken schaute sie zu ihm auf. Sie sah in sein böses Gesicht, erblickte die hasserfüllten Augen und sah den blitzenden Spaten, den er mit beiden Händen auf sie herniederschmetterte. Dann wurde ihr schwarz vor Augen.

Rasend vor Wut ging Primus auf Rabenstein los. Dieser holte, ohne zu zögern, zum zweiten Schlag aus. Skrupellos zielte er auf die bewusstlose Plim, die gekrümmt vor seinen Füßen auf dem Boden lag.

Aber Primus war schneller. Er sprang Rabenstein so fest gegen die Brust, dass dieser rückwärts gegen die Felswand donnerte. Schaufeln und Eimer flogen, als Rabenstein den Boden unter den Füßen verlor. Doch er stand gleich wieder auf. Gebückt blickte er Primus von unten herauf an, wobei ihm die Spucke aus dem Mund lief.

»So, mein Freundchen«, schnaufte er, »jetzt bist du an der Reihe. Auf diesen Moment habe ich mich schon lange gefreut.«

Er bäumte sich auf und schwang den Spaten wie eine Sense. Primus wich schnell zurück. Zischend sauste das Metall an seinem Körper vorbei, verfehlte nur knapp seinen Hals und flog kurz darauf haarscharf über seinen Zylinder hinweg. Rabenstein kochte vor Zorn. Er säbelte durch die Luft, bevor er begann wie mit einem Hammer auf Primus einzuschlagen. Doch das Einzige, was er traf, war der Boden am Ufer.

Diese Gelegenheit machte sich Primus zu Nutze. Er stieg mit einem Fuß auf den Spaten und trat Rabenstein mit dem anderen direkt ins Gesicht. Rabenstein brüllte vor Schmerz. Er ließ den Spaten los, taumelte einige Schritte zurück und stolperte dann über die bewusstlose Plim. Kopfüber fiel er zwischen die Eimer und das übrige Grubenwerkzeug. Plim stöhnte. Sie öffnete langsam die Augen, blieb aber immer noch regungslos liegen. Ganz anders Rabenstein! Dieser rollte zur Seite und raffte sich auf. Wutentbrannt packte er einen Eimer und schleuderte ihn Primus entgegen. Dann griff er sich eine Spitzhacke.

»Primus«, flüsterte er, »du entkommst mir nicht. Egal wo du dich in Zukunft auch verstecken wirst, ich werde dich finden.« Er stieg über Plims Körper und kam auf ihn zu. »Das Erste, was ich machen werde, ist: Ich werde diesen Turm abfackeln. Sobald ich hier herauskomme, gehe ich es an. Das wird ein Feuerchen geben, darauf kannst du dich verlassen. Das Holz wird brennen wie Zunder. Hei, und erst dieser schäbige Spiegel. Schade, dass ich seinen Holzkopf nicht sehen kann, wenn er in Flammen aufgeht. Was meinst du, Primus? Ob er dann immer noch so kluge Sprüche von sich gibt, wie er es früher zu tun pflegte?«

Primus jedoch hörte ihm gar nicht zu. Vielmehr dachte er fieberhaft darüber nach, wie er Rabenstein wohl am besten aufhalten konnte. Doch sosehr er sich auch anstrengte, ihm fiel keine Lösung ein.

Unterdessen kam Plim wieder zur Besinnung. Jammernd hielt sie sich ihren Kopf, der fürchterlich schmerzte. Was zum heiligen Hexenbesen war nur passiert? Warum war es auf einmal so dunkel? Sie schaute sich um und erblickte die Öllampe. Dabei fiel es ihr wieder ein. Sie waren in dieser seltsamen Grotte, tief unter dem Wald. Aber warum tat ihr Schädel bloß so weh? Sie rieb sich die Augen, zwinkerte einige Male und starrte dann geradeaus. Zwar sah sie noch alles verschwommen und konnte sich kaum orientieren, aber das Bruchstück der Mondsichel hätte sie im Leben nicht übersehen. Dieses lag nur wenige Ellen entfernt vor ihrer Nase auf dem Boden. Sie musste es haben, und zwar um jeden Preis. Unter heftigen Anstrengungen und mit zusammenhangslosem Gebrabbel kroch sie langsam auf den Splitter zu.

Doch Rabenstein hatte sie nicht vergessen.

»NIMM DEINE DRECKIGEN HÄNDE DA WEG!!!«, brüllte er aus Leibeskräften.

Er ließ auf der Stelle von Primus ab.

Diese Hexe ist zäh, dachte er. Aber nun würde er ihr endgültig den Garaus machen. Er rannte zu Plim, holte mit dem Fuß aus und schoss das Stück bis ans hinterste Ende der Grotte.

»JETZT IST SCHLUSS«, schrie er, wobei er die Spitzhacke schwang.

Das war Primus eindeutig zu viel. Rabenstein war offensichtlich zu allem fähig. Wie der Blitz wechselte er seine Gestalt und flog zu ihm hin. Nun kannte auch er keine Gnade mehr. Mit aller Kraft heftete er sich an Rabensteins Kopf, grub ihm seine Krallen in die Haut und zerbiss ihm, so fest er nur konnte, das Gesicht. Rabenstein heulte vor Schmerz auf. Er ließ die Spitzhacke fallen und taumelte wie blind am Ufer entlang. Unentwegt zerrte er dabei an Primus' Flügeln. Dieser kratzte und biss, dass Rabenstein fast die Besinnung verlor.

Doch dann fing Rabenstein an mit großer Wucht auf Primus einzuschlagen. Zwar traf er sich dabei auch selbst im Gesicht, aber der Fledermaus brach es dafür beinahe die Flügel. Schließlich blieb Primus nichts anderes mehr übrig. Er musste Rabenstein loslassen. Mit wunden Flügeln flatterte er durch die Luft, während Rabenstein mit einer Schaufel bewaffnet die Verfolgung aufnahm. Primus war mittlerweile am Ende seiner Kräfte. Lange würde er diese Hetzjagd bestimmt nicht mehr durchhalten.

»Ah, jetzt weiß ich Bescheid«, keuchte Rabenstein. »Der kleine Primus kann sich verwandeln! Ha, dass ich nicht lache. Dann ist mir auch klar, wie du aus dieser Spalte wieder herausgekommen bist. Aber das wird dir nichts nützen, hast du gehört? Ich werde dich schon kriegen.«

Was sollte Primus nun tun? Über den See fliegen und sich in Sicherheit bringen, das konnte er nicht. Sobald er Rabenstein auch nur die Gelegenheit bieten würde, wäre Plim wieder in Gefahr. Er flüchtete in den hinteren Teil der Grotte – den wütenden Rabenstein dicht auf den Fersen.

Verzweifelt flatterte er kreuz und quer über den Boden. Er musste an all die schrecklichen Dinge denken, die Rabenstein in seinem Irrsinn anstellen konnte. Selbst wenn er und Plim wieder heil aus der Grotte herauskämen, so würden sie dennoch ihres Lebens nicht mehr froh werden. Ganz egal an welchem Ort sie sich gerade befänden, sie wären fortan immer in tödlicher Gefahr. Und das war noch nicht einmal das Schlimmste. Vielmehr hatte Rabenstein angekündigt, er wolle den Turm anzünden. Bei diesem Gedanken lief es Primus kalt den Rücken herunter. Außer dem Spiegel und all den wichtigen Schriften befand sich vor allem auch der kleine Bucklewhee darin.

Hilflos blickte Primus sich um. Hätte ihn der Spiegel doch nur besser auf Rabenstein vorbereitet, wünschte er sich. Er hätte ihm ruhig etwas mehr sagen können als nur, dass er immer der Klügere gewesen ist. Doch dann, genau in dem Moment, als er an die letzten Worte des Spiegels dachte, fiel ihm etwas ins Auge: In der Ecke zwischen den Kieseln lag das milchige Bruchstück der Mondsichel!

Gebannt starrte Primus auf den Stein. Augenblick mal, kam es ihm in den Sinn, wie war das? Was war damals passiert, als die Sichel vom Himmel gefallen und auf dem Boden aufgeschlagen war? In seinem Kopf schossen die Gedanken umher. Natürlich! – dachte er. Das könnte funktionieren. Zwar ahnte er, dass Plim dieses Stück um jeden Preis besitzen wollte, aber darauf konnte er keine Rücksicht nehmen. Eine andere Lösung, diese Grotte lebend zu verlassen, gab es offenbar nicht.

Sofort ging er wieder zum Angriff über. Doch diesmal um einiges gezielter!

Blitzschnell kam Primus hervorgeschossen. Er verpasste Rabenstein einen kräftigen Schlag ins Gesicht und flatterte einige Male um ihn herum. Dann landete er genau vor seinen Füßen im Kies. Mit einem breiten Grinsen blickte er von dort zu ihm auf. Rabenstein schwankte. Fluchend schwang er die Schaufel und ließ sie auf Primus heruntersausen. Doch dieser war längst wieder in der Luft. Er streckte den Flügel aus und verabreichte Rabenstein einen Hieb, der sich gewaschen hatte. Rabenstein schrie vor Wut. Wie ein Wildgewordener prügelte er auf Primus ein. Aber er traf wieder nur den Boden. Immer weiter ging es und immer fester schlugen die beiden zu. Rabenstein hämmerte auf das Ufer ein, dass der Kies durch die Luft flog.

Dann war es endlich so weit. Jetzt hatte ihn Primus genau da, wo er ihn haben wollte. Er schlug Rabenstein mit aller Kraft ins Auge und landete vor seinen Füßen auf dem Bruchstück der Mondsichel.

Zitternd wartete er ab, ob sein Plan gelingen würde.

Noch *ein* Schlag, dachte Primus. Nur noch ein Schlag und alles wäre vorbei …

Die Sekunden, die jetzt folgten, kamen Primus wie eine Ewigkeit vor. Er sah zu Rabenstein auf und blickte in dessen Augen, die vor Raserei glühten. Rabenstein hatte sich mittlerweile völlig vergessen. Der Schweiß lief ihm in Bächen über das Gesicht, als er den Kopf nach hinten warf und mit der Schaufel zum Schlag ausholte. Primus war zum Zerreißen gespannt. Er blickte auf das herabsausende Metall, konnte den Luftzug spüren und sehen, wie in Rabensteins Gesicht die Wut einem Entsetzen wich, als sich die Fledermaus im letzten Moment von dem Stein erhob und davonschnellte. Mit vollem Schwung traf Rabenstein das Stück der Mondsichel. Die Explosion, die daraufhin folgte, ließ die Grotte erbeben.

Es knackten die Felsen und Primus wurde von der Druckwelle ins Wasser geschleudert. Doch er kam gleich wieder zur Besinnung. Schnell schwang er sich aus dem See, wobei er zuerst nach Rabenstein schaute. Von diesem aber war nicht mehr das Geringste zu sehen. Lediglich ein Haufen Geröll markierte die Stelle, an der Rabenstein noch kurz zuvor gestanden hatte. Erleichtert atmete Primus durch – wenngleich auch nur für einen kurzen Augenblick. Denn zum Verschnaufen blieb ihm keine Zeit. Er musste auf der Stelle nach Plim sehen und dann so schnell wie möglich aus der Grotte verschwinden.

»Plim«, rief er. »Geht es dir gut?«

Er landete neben ihr und verwandelte sich.

»Wo ist der Stein?«, murmelte sie. »Hat Rabenstein ihn doch noch bekommen?«

»Von Rabenstein ist nichts mehr übrig. Genauso wenig wie von dem Bruchstück. Das ist ihm mit aller Wucht um die Ohren geflogen. Vergiss den Stein am besten und komm mit. Wir müssen hier schleunigst raus. Die ganze Höhle stürzt gleich ein.«

Er beugte sich nieder und packte sie bei der Hand. Die Wurzeln über ihnen zuckten und zappelten, als die ersten Felsen von der Decke fielen. Platschend krachten sie hinter ihnen ins Wasser.

»WAS SOLL ICH???«, kreischte Plim. »Wofür, glaubst du eigentlich, bin ich bis hierher gelaufen?«

»Der Stein ist futsch!«, schrie Primus. »Und wir zwei sind auch gleich futsch, wenn du hier weiter solche Zicken machst.«

Mit einem Ruck zog er sie hoch.

Plim griff nach ihrer Tasche, bevor sie schimpfend hinter ihm her in Richtung Ausgang stolperte.

Nun war jede Sekunde kostbar. Der Tunnel zitterte unter den Schlägen der einstürzenden Grotte und es staubte, dass sie kaum noch Luft bekamen. Primus hielt Plim bei der Hand. Hustend tastete er sich in dem engen Stollen Schritt für Schritt voran und zog sie hinter sich her. Dann hatten sie es endlich geschafft. Primus trat die Brettertür auf und beide flüchteten in den großen Tunnel hinein. Hinter ihnen brach der Stollen zusammen. Völlig erschöpft und über und über mit Schmutz bedeckt sanken die zwei an der Wand zu Boden. Doch zum Ausruhen war es zu früh. Schon wenig später hörten sie die Kobolde anrücken. Aufgeregtes Stimmengewirr ertönte aus den angrenzenden Gängen und das Klappern von Werkzeug mischte sich dazu.

»Ach du Schreck«, rief Primus, »da kommen unsere werten Gastgeber. Die haben mir gerade noch gefehlt.« Er zückte die Karte, breitete sie aus und suchte den am nächsten gelegenen Ausgang.

»Komm«, rief er und sprang auf, »lass uns ganz schnell das Weite suchen. Am Ende sperren die uns noch ein zweites Mal ein.«

Augenblicklich machten sie sich aus dem Staub. Mit allerletzter Kraft liefen Primus und Plim den scheinbar endlos langen Tunnel entlang, bis sie schließlich durch einen schmalen Ausgang nach oben ins Freie gelangten. Keiner der Kobolde war ihnen gefolgt. Sie befanden sich in Sicherheit. Kühl und angenehm war die Abendluft und sanft strich der Wind durch das Gras.

Plim hatte seit der Flucht aus der Grotte keinen Ton mehr gesprochen. Todunglücklich trottete sie im Mondlicht über das Feld und blickte zu Boden.

»Aus der Traum«, hauchte sie. »Dann bleib ich eben so, wie ich bin.«

»Wovon sprichst du?«, fragte Primus.

Sie blickte ihn mit zuckenden Mundwinkeln an. »Du … hast … meinen Stein kaputt gemacht«, wimmerte sie.

Dann griff sie sich an den Kopf, auf dem eine gewaltige Beule thronte. Als sie diese bemerkte, setzte sie sich und fing bitterlich an zu weinen.

»He, Plim«, beruhigte Primus sie. »Nun komm schon. Vergiss doch einfach diesen Stein. Wofür wolltest du ihn eigentlich haben?«

Unter Tränen erzählte sie Primus ihre ganze Geschichte und klagte ihm ihr Leid. Jeder Blick in den Spiegel wäre eine unsagbare Qual und sie wollte schon gar nicht mehr hineinsehen, da sie mittlerweile vor sich selber erschrak. Niemand in ihrer Familie hatte einen Damenbart. Weder ihre Mutter noch ihre Tante und nicht einmal ihre Großmutter … na gut, die schon, aber die war schließlich auch viel, viel älter.

Primus setzte sich neben Plim ins Gras und hörte ihr aufmerksam zu. Der Mond strahlte hell über den Feldern und leise ertönte das Zirpen der Grillen.

Eine überraschende Lieferung

Der folgende Tag war ruhig und friedlich. Alles nahm seinen üblichen Lauf. Es schien, als wäre nie etwas Ungewöhnliches passiert. Von dem kleinen Waldstückchen, das beim Einsturz der Grotte mit einem lauten Rums im Erdboden versunken war, hatte kaum jemand etwas bemerkt. Wen kümmerte schon, was sich nächtens alles im Finsterwald abspielte? Lediglich die Koboldtruppe, welche die Wurzelpostleitungen in Schuss hielt, durfte sich auf ein gehöriges Stück Grubenarbeit einstellen.

Beschaulich und beinahe vertrauenerweckend thronte der alte Turm im Vogelgezwitscher über den Hügeln. Ein warmer Lufthauch strich durch das Gras und oben am Gartentor brummten die Bienen. Snigg lag platt ausgestreckt auf seinem Komposthaufen und ließ sich die Sonne auf den Kopf scheinen. In seinem ganzen Leben hatte er sich noch nie so viel bewegt wie in den vergangenen paar Tagen. Natürlich dachte er durchaus daran, sich bald wieder auf den Weg zu Chuck zu machen und – ganz nebenbei – auch Plims schmackhaftem Gemüsegarten einen Besuch abzustatten. Doch bis es so weit sein würde, wollte er tunlichst jede Bewegung vermeiden. Von nun an, so hatte er beschlossen, konnte ihn nichts und niemand mehr aus der Ruhe bringen. Das galt vor allem für das beharrliche Schnarchen, das schon den ganzen Tag aus dem Dachfenster zu ihm in den Garten drang.

Bis in die Abendstunden hielt sich das Geräusch. Erst nach Sonnenuntergang verstummte es endlich. Doch damit wurde es keineswegs besser. Vielmehr war das der Anfang vom Übel, da nun schlagartig Leben in das Gemäuer kam – und zwar mit einer unverschämt deutlichen Lautstärke! Es schepperte und polterte. Türen wurden zugeschlagen und hinter nahezu jedem Fenster des Hauses flammte Licht auf. Snigg hatte keine Ahnung, was Primus da oben gerade anstellte, aber es hörte sich an, als wolle er das ganze Haus auf den Kopf stellen.

Neugierig hockte Bucklewhee auf seiner Stange. Durch die Pfosten des Geländers spitzelte er zum Kaminzimmer hinunter, wo er inmitten dicker Staubwolken Primus erkennen konnte. Dieser kramte umtriebig in den Ecken. Er schob Bücher beiseite, durchsuchte die Regale und wühlte in jeder Schachtel, die ihm dabei zwischen die Finger kam. Sogar unter dem Sessel schaute er nach. Keuchend kroch er unter die Fransen, kam jedoch kurz darauf mit lautem Niesen wieder hervor. Doch so wie es aussah, war seine Suche bisher nicht sonderlich erfolgreich gewesen. Von Kopf bis Fuß voller Staub stand er im Zimmer und kratzte sich hinterm Ohr. Daraufhin flitzte er rüber in die Küche, wo das Rumpeln gleich weiterging.

Bucklewhee neigte sein Köpfchen. »Hast du denn schon einmal im Turmzimmer nachgesehen?«, rief er durch die Bodenbretter zu Primus hinunter. »Ich dachte immer, das ganze Flaschenzeugs würde oben auf dem Schreibtisch herumliegen.«

»Na klar«, schallte es aus der Küche, »da habe ich gleich als Erstes nachgeschaut. Die sind aber alle zu groß. Ich brauche etwas viel, viel Kleineres. Außerdem muss es irgendwie *magisch* aussehen, sonst schöpft sie am Ende noch Verdacht.«

Primus zog die Küchenschränke auf, klimperte zwischen

den Pfannen und machte die Türen anschließend mit einem Knall wieder zu. Dann kam er aus der Küche geschlichen. Mürrisch knabberte er auf seiner Unterlippe.

»Das ist noch gar nicht lange her«, murmelte er, »da habe ich so ein Ding irgendwo hier herumliegen sehen – aber wo?« Er blickte zu Bucklewhee empor. Just in diesem Moment fiel es ihm ein. »HA!«, rief er. »Jetzt weiß ich es wieder. Oben in der alten Truhe!«

Er breitete seine Flügel aus und flatterte zum Dachgeschoss. Dort öffnete er die Truhe, legte das Bruchstück der Mondsichel beiseite und holte eine kleine violette Glasampulle hervor.

»Tatatataaa!«, trällerte er. »Genau danach habe ich gesucht.«

Gerade als er den Deckel wieder zumachen wollte, fiel ihm eine kleine glänzende Metallfeder auf, die ebenfalls unter dem Stein gelegen hatte. Er zog sie heraus und hielt sie Bucklewhee vor die Nase.

»Schau mal«, sagte er, »wäre das nichts für dich? Damit könntest du vielleicht deine Uhr ein wenig aufpeppen, was meinst du?«

»Ich werd verrückt«, rief Bucklewhee strahlend. »Die ist ja noch blitzblank und ganz ohne Rost. Die baue ich auf der Stelle ein.«

Er sauste am Bettpfosten vorbei, schnappte sich mit dem Schnabel die Feder und verschwand blitzschnell hinter der Klappe im Uhrenkasten. Ein Surren und Rattern ertönte, als er sich im Innern ans Werk machte.

Primus ließ sich aufs Bett fallen. Er streckte die Beine aus und zog den Korken von der Ampulle: Nichts drin! Na, umso besser. Mit einem tiefen Atemzug hauchte er gegen das Glas und wischte es am Kopfkissen sauber. Dann blickte er neben sich auf das Bett. Ein aufgeschlagenes Büchlein lag auf der Decke, in das er amüsiert hineinblickte.

»Du, hör mal«, rief er zur Pendeluhr hinüber. »Du kannst dir gar nicht vorstellen, was es alles für Spiegel gibt. Hihi, ich könnte mich kringeln. Der von Plim scheint mir nicht einmal der schlimmste zu sein. Da gibt es noch ganz andere Sorten.«

»Ach ja?«, kam es dumpf aus dem Uhrenkasten. »Und was sollen das für welche sein?«

»Na zum Beispiel solche, in denen man sich immer von hinten sieht«, sagte Primus. »Man kann sich drehen und wenden, wie man will, das Einzige, was man zu sehen bekommt, ist der eigene Hinterkopf. Was für eine Frechheit.« Er stieß einen Pfiff aus und blätterte zur nächsten Seite.

»Außerdem«, fuhr er fort, »gibt es Spiegel, die einem den ganzen Tag jenes Gesicht präsentieren, mit dem man am Morgen zum ersten Mal in sie hineingeblickt hat. Toll, nicht wahr? Das muss für jeden Gebissträger, der morgens seine Zähne noch nicht im Mund hat, der reine Albtraum sein. Oder noch besser – für all diejenigen, die außer einem Gebiss noch eine Perücke tragen.«

Primus kugelte sich auf dem Bett, während die Uhr unter kreischendem Gelächter hin und her schwankte.

»Bei mir würde das allerdings nicht viel bringen«, rief Bucklewhee. »Ich sehe schon seit hundert Jahren immerzu gleich aus.«

»Stimmt«, kicherte Primus, »und wahrscheinlich wird sich daran auch in Zukunft nicht sonderlich viel ändern. Aber jetzt pass mal auf, was als Nächstes kommt.« Er tippte auf das Buch und tat so, als würde er lesen. »Wusstest du, dass es auch Spiegel gibt, die einem exakt die Zeit ansagen?

Man muss sie nur darum bitten, dann wecken sie einen darüber hinaus auch noch auf. Ist doch praktisch, oder?«

Schlagartig wurde es still. Das Klappern im Uhrenkasten verstummte und für kurze Zeit passierte gar nichts. Dann schob Bucklewhee seinen Kopf aus dem Kasten. Hochnäsig rümpfte er den Schnabel, wobei er misstrauisch auf das Buch schielte.

»Ich denke«, sagte er spitz, »und das möchte ich mit allergrößtem Nachdruck betonen, dass diese Art von Literatur gewiss in keiner Weise das Prädikat *wertvoll* verdient.« Er wölbte sein Hühnerbrüstchen. »Vielmehr darf ich zum wiederholten Male erwähnen, dass man es, nach einer fundierten Ausbildung zum staatlich geprüften Präzisionsweckvogel, in jedem Fall mit irgend so einem Zauberschnickschnack …«

»Lass dich nicht auf den Arm nehmen«, lachte Primus und schlug das Buch zu. »Das war doch alles nur Spaß. Kein Wecker auf dieser Welt könnte es mit einem Profi wie Sir Bucklewhee aufnehmen.« Er stieg aus dem Bett und zog den Zylinder auf.

»Ach hoppla, das hätte ich jetzt beinahe vergessen«, sagte er. »Ich muss ja vorher noch etwas in das Fläschchen hineinfüllen. Ja, was nehme ich denn da am besten?« Primus schnippte mit dem Finger. »Ah, ich weiß schon, was. Ich nehme den Wein! Für irgendwas muss der Dunkeltropfen ja schließlich gut sein.«

Er verwandelte sich, nahm das Fläschchen zwischen die Beine und segelte zum Kaminzimmer. Von dort aus ging es weiter in Richtung Keller. Nur wenige Minuten später kam er mit der gefüllten Ampulle zurück.

»Ich mache mich jetzt auf den Weg«, rief er. »Wahrscheinlich wird es mehrere Stunden dauern, aber bis zum Morgen bin ich bestimmt wieder da. Kommt ganz darauf an, wie schnell der Kerl weich wird.«

Bucklewhee kam aus dem Kasten gefahren.

»Sei aber nicht allzu gemein zu ihm«, sagte er. »Er wird bestimmt seinen Grund gehabt haben. Du weißt ja, was Plim letztens mit dir angestellt hat.«

»Wie könnte ich das wohl vergessen«, lachte Primus. »Aber lass mich nur machen. Das gibt auf jeden Fall eine lustige Nacht. Vielleicht fliege ich auf dem Rückweg noch schnell nach Klettenheim. Die freuen sich bestimmt, wenn ich wieder einmal vorbeischaue.«

»Das finde ich eine vorzügliche Idee«, rief Bucklewhee. »Ich hätte gerne eine Handvoll Sesam und die übliche Ladung Sonnenblumenkerne. Die letzten waren übrigens ein wenig spröde und trocken. Es wäre *geniös*, wenn du diesmal vielleicht frische bekommen könntest.«

»Ich werde sehen, was ich tun kann«, versprach Primus.

Dann machte er einen Schlenker und schoss durch das Loch in der Scheibe nach draußen.

Am nächsten Morgen blieb in Plims Häuschen der Kessel kalt. Mit einem dicken Eisbeutel auf dem Kopf saß sie in der Hexenküche und schnippelte Wurzeln. Die Beule, die ihr Rabenstein verpasst hatte, glich mittlerweile einem Zuckerhut. Sie hatte das Glas von Taddel und Mills in den Schrank gestellt, da sie das Gelächter der beiden nicht mehr hatte ertragen können. *»Plim trägt ein Geburtstagshütchen«*, hatten die zwei sie gehänselt, wobei sie ihr immerzu gratuliert und lauthals Ständchen gesungen hatten.

Der Ärger schien überhaupt nicht mehr aufzuhören. Stein kaputt, Spott im Haus und obendrein auch noch einen Höcker auf dem Kopf. Was musste man eigentlich als ehrliche Hexe noch alles durchmachen?

Für heute hatte Plim jedenfalls genug. Heute blieb der Laden geschlossen, und zwar ohne jegliche Ausnahme! Sie hatte ein Schild mit der Aufschrift *Nix gibt's! Keiner da!* an die Tür gehängt und den Riegel vorgeschoben. Das Einzige, was ihr jetzt noch fehlte, war eine Salbe gegen die Beule. Mehr wünschte sie sich gar nicht. Danach würde sie sich geradewegs ins Bett legen und die Decke über den Kopf ziehen. Sie griff sich einen Mörser, stellte ihn auf den Schoß und zerstampfte mit grimmigem Gesicht die Wurzeln.

Plötzlich bimmelte es an der Tür.

Plim gab keinen Mucks von sich.

Es dauerte nicht sehr lange, da ertönte das Klingeln von neuem.

Sie riss die Augen auf. »ES IST GESCHLOSSEN!«, plärrte sie. »WOFÜR, GLAUBT IHR WOHL, HÄNGT DIESES SCHILD DA DRAUSSEN?!«

Aber ihr Geschrei war zwecklos. Ohne Pause klingelte es weiter.

Jetzt reichte es ihr. Egal wer das auch sein mochte, der konnte jetzt was erleben, aber gewaltig! Sie knallte den Mörser auf den Tisch, schlüpfte in ihre Hausschlappen und stampfte mit wehender Schürze durch die Küche.

»SCHNECKENSCHLEIM UND SCHIMMELPILZ«, schrie sie, als sie die Tür aufriss. »ES IST TRAUERTAG, BEI MIR JEDENFALLS!!!«

Dann aber verstummte sie. Mit offenem Mund schaute sie auf den Mann, der vor ihr auf der Schwelle stand. Ist er das wirklich? – dachte sie. Meine Güte, was ist denn mit dem nur passiert?

Der Mann war kein Geringerer als Glasermeister Plundersack – derjenige, der Plim einst den Spiegel vermacht hatte. Er trug noch immer die Karnevalsnase, die ihm Plim nach zäher Verhandlung so günstig verkauft hatte und die er dafür seither nicht mehr hatte abnehmen können. Aber selbst mit der lustigen Nase wirkte seine Erscheinung alles andere als fröhlich. Plundersacks Zustand war, gelinde ausgedrückt, *jämmerlich*. Unrasiert, übernächtigt und kreidebleich zuckelte er von einem Bein aufs andere, als wäre er am Rande des Nervenzusammenbruchs. Seine Augen waren rot wie glühende Kohlen und er konnte sie kaum noch offen halten. Mit heiserer Stimme begann er zu sprechen.

»Hallo, Miss Plim«, stammelte er. »Bitte verzeiht meine plötzliche Störung, aber ich muss Euch dringend etwas anliefern.«

»So?«, sagte Plim. »Ich habe aber gar nichts bestellt.« Sie schaute ihn von oben bis unten an. »Ihr seid freilich ganz schön blass um die Nase, mein Lieber. Kann ich Euch vielleicht etwas anbieten?«

»Nein danke!«, rief er und zuckte zusammen. »Es geht mir ausgezeichnet.« Plundersack wollte so schnell wie möglich vergessen, was er letzte Nacht mit diesem Ungeheuer von Flughund, der in seine Schlafkammer eingedrungen war, alles durchgemacht hatte. »Wirklich, ich fühle mich bestens«, fuhr er fort. »Ihr erinnert Euch gewiss noch an den Spiegel, den ich Euch vor einiger Zeit vermacht habe.«

»Natürlich«, raunte sie. »Was soll damit sein? Der hängt da hinten.«

»Oh, gut … äh, nein … ich meine, ganz und gar nicht gut.« Er zog den Kopf ein. »Ich würde ihn gerne gegen ein neueres Modell austauschen. Euer Spiegel ist nämlich nicht vollkommen glatt.«

Plim beugte sich vor. »Hä? Was soll der sein?«

»Er ist ein bisschen gewölbt«, antwortete Plundersack. »Ein klitzekleines Missgeschick, welches mir bei dieser Serie damals widerfahren ist. Möglicherweise verzerrt er dadurch Euer Antlitz ein wenig. Ich würde ihn gerne gegen diesen hier austauschen – natürlich vollkommen kostenlos.« Er bückte sich und griff nach einem flachen Paket, das vor ihm auf dem Boden stand.

Plim schüttelte den Kopf. »Den brauche ich nicht«, sagte sie. »Der andere ist genau richtig.« Und mit diesen Worten wollte sie die Tür vor seiner Nase zuziehen.

»Nein, nein, nein, nein«, jammerte Plundersack und stellte einen Fuß in die Tür. »Es ist mir unsagbar wichtig!« Er kramte in seiner Tasche und holte das kleine violette Fläschchen hervor. »Ich habe außerdem ein Pflegemittel für Euch. Auf Kosten des Hauses, versteht sich. Wegen all der Unannehmlichkeiten.«

Das war das Zauberwort!

Es gab nichts, worauf Plim im Zweifelsfall besser gehört hätte als auf *Pflegemittel.* Sie rümpfte die Nase und blickte auf das Fläschchen.

»Ein Pflegemittel?«, fragte sie. »Wofür soll das denn gut sein?«

Plundersack schielte zum Himmel. Offenbar versuchte er etwas aufzusagen, was er bis zum Morgen krampfhaft hatte auswendig lernen müssen.

»Ein … äh, Schön-heits-trank … der, äh, auch die schönsten Frau-en noch weit-aus schö-ner macht«, trug er Plim singend vor.

Sie schnellte nach vorne. »SEHE ICH VIELLEICHT SO AUS, ALS HÄTTE ICH DEN NÖTIG?«, schrie sie ihn an. Doch noch im gleichen Atemzug riss sie ihm das Fläschchen aus der Hand. »HER DAMIT!« Sie zog den Korken ab und fing an zu schnüffeln. »Riecht irgendwie ein bisschen streng. Ist das etwas zum Trinken oder zum Auf-die-Haut-Schmieren?«

Herrje, genau auf diese Frage hatte ihn Primus leider nicht vorbereitet.

»Äh, ja, äh, das weiß ich nicht«, antwortete er.

»Ja, wie jetzt?« Plim zuckte mit den Achseln. »Das musst du doch wissen.«

»Ja, natürlich«, stotterte Plundersack. »Wisst Ihr, das ist so eine Art Allzweckmittel. Es ist völlig egal, wie Ihr es verwendet. Es wirkt bestimmt, garantiert und mit allergrößter Sicherheit. Ihr werdet schon sehen.«

Plim zuckte mit dem Mundwinkel und trat beiseite. Sichtlich erleichtert atmete Plundersack auf. Er packte den Spiegel und ging eilends ins Haus.

Kurz vor der Mittagsstunde kam Primus über die Tannen geflogen. Dem Lärm nach zu urteilen, den er schon von weitem hatte hören können, musste bei Plim wohl eine mächtige Stimmung herrschen. Und tatsächlich. Als er wenig später die Lichtung erblickte, die unter ihm im hellen Sonnenschein lag, wusste er gleich, dass sein Plan funktioniert hatte.

Jubelnd und singend tanzte Plim mit Chuck durch den Garten. Sie schwang ihre Beine, drehte sich im Kreis und hüpfte freudestrahlend mit der Vogelscheuche an der Hand über die Beete. Ein seltener Anblick, dachte er sich. So glücklich hatte er sie in all den Tagen noch nie gesehen. Primus sauste über ihre Köpfe, bremste ab und setzte vor den Bohnenstangen zur Landung an.

»Plim«, rief Chuck. »Plim, so wartet doch.« Er riss sich von ihr los und bewegte pikiert seine Finger. Anschließend zeigte er auf Primus. »Da seht! Ihr habt Besuch! Der Herr mit dem Zylinder ist wieder da.«

Plim sprang über die Kohlköpfe und stellte sich breitbeinig vor Primus ins Gras. Stolz stemmte sie ihre Hände in die Hüften.

»Na«, rief sie, »was sagst du? Fällt dir vielleicht irgendwas an mir auf?«

Primus gab sich die größte Mühe, einen überwältigten Eindruck zu machen.

»Unglaublich«, sagte er. »Plim, du siehst ja wie ausgewechselt aus. Also wirklich … mir fehlen die Worte.«

Sie lupfte die Schürze, schlenkerte mit den Beinen und schoss in hohem Bogen vor Übermut ihre Schlappen durch den Garten.

»Ich sage dir, ich habe ein Mittel ausprobiert – EIN MITTEL – einfach atemberaubend!« Sie lächelte und machte einen Knicks. »… und das hier ist das Ergebnis. Toll, nicht wahr?«

Doch Primus hatte gar nicht erst die Gelegenheit, einen Kommentar abzugeben. Denn sogleich zählte Plim mit Hilfe ihrer Finger die Vorteile des Mittels auf:

»Perfekt verträglich, hautfreundlich, entschlackend und obendrein auch noch gut für die Haare. Da fällt dir nichts mehr ein, oder? Eigentlich habe ich Plundersack ja gesagt«, sie wackelte mit dem Kopf, »du weißt schon, Plundersack eben, dieser Glaser, von dem habe ich dieses Teufelszeug nämlich bekommen. Ich habe ihm gesagt, er soll mir auf der

Stelle alles vorbeibringen, was er davon noch auf Lager hat, aber leider, hat er gemeint, war es das letzte Fläschchen. Ich weiß zwar nicht, ob ich diesem Gauner trauen kann, aber fürs Erste will ich es mal dabei belassen.«

Die Vogelscheuche stand unterdessen wortlos daneben und wippte mit fragendem Blick auf und ab. Plim deutete mit dem Daumen in seine Richtung.

»Dieser kleine Lügner«, flüsterte sie hinter vorgehaltener Hand, »der behauptet doch steif und fest, dass ich immer noch genauso aussehe wie eh und je und dass ihm angeblich nie etwas Unschönes an mir aufgefallen wäre. Ist er nicht niedlich?« Sie schnappte nach der Vogelscheuche.

»Nein, nein, vielen Dank«, kreischte Chuck. »Ich habe heute schon genug Aufregung gehabt. Wenn die werten Herrschaften nichts dagegen haben, dann würde ich mich sehr gerne wieder in mein Beet zurückziehen. Einen schönen Tag noch.«

Er drehte sich um und hüpfte über die Wiese zu seinem Salatbeet.

Primus und Plim begannen zu lachen. Dann schloss Plim ihre Augen und atmete genüsslich die frische Waldluft ein. Jetzt war alles wieder gut. Sie glaubte fest an die Wirkung des geheimnisvollen Tranks und freute sich fortan über ihr Spiegelbild, in dem sogar die dicke Beule nur noch halb so schlimm aussah.

Nachdem sich Plim wieder gefasst hatte, schlenderten die beiden entspannt durch den Garten. Sie gingen zum Brunnen, wo sie sich, einige Schritte weiter, auf den hohlen Baumstamm setzten. Dort saßen sie dann und sprachen kein Wort. Sie blickten über die Lichtung in den Himmel hinauf und sahen den Wolken zu.

»Was für ein Sommer«, sagte Plim schließlich.

»Und der ist noch lange nicht zu Ende«, fügte Primus hinzu. »Wenn du Lust hast, dann können wir beide ja in den nächsten Tagen noch mal zusammen durch den Wald fliegen und vielleicht auch ein bisschen durch die Dörfer jagen. Mal sehen, was die Klettenheimer dazu sagen. Bei meinem Besuch heute Morgen kamen sie mir ein wenig eingerostet vor.«

Plim zeigte ein schelmisches Grinsen. »Jederzeit«, sagte sie. »Und es wird bestimmt nicht so anstrengend werden wie beim letzten Mal. Jetzt brauche ich ja zum Glück keine Fledermaus mehr.« Sie hob die Augenbrauen. »Ach übrigens, wo wir schon dabei sind. Möchtest du meinen Bauplan der Mondsichel haben? Er gehört doch eigentlich in deine Sammlung. Und außerdem glaube ich, ist er bei dir um einiges besser aufgehoben. Bei mir brennt es nämlich hin und wieder, weißt du.«

»Na gut«, lachte Primus, »wenn das so ist, dann nehme ich ihn natürlich gerne.« Er lehnte sich zurück und streckte die Beine aus. »Was wohl mit Rabensteins Aufzeichnungen passiert?«, fragte er. »Die von der Akademie werden bestimmt alles einsammeln, wenn sie bemerken, dass er nicht mehr zurückkommt.«

»Ist doch egal«, meinte Plim, »was soll's?! Die Mondsichel ist kaputt, die Bruchstücke sind offensichtlich verloren und das einzig Wichtige, was in Rabensteins Arbeitszimmer herumgelegen hat, haben wir schließlich bekommen. Vielleicht enthält dieses Büchlein ja außer den Festungsplänen und diesem Gedicht noch andere Dinge, die dir beim ersten Mal gar nicht aufgefallen sind.«

»Ja«, gähnte Primus, »ich werde es in den kommenden Nächten mal genauer unter die Lupe nehmen.«

Plim schwieg.

Erst nach einer kurzen Pause stieß sie ein Seufzen aus.

»Was für ein Bild«, sagte sie.

»Hm? Wovon sprichst du?«

»Na, das Bild in der Bibliothek«, antwortete sie. »Unten im Keller. Ich habe noch nie eine so schöne Frau gesehen wie die, die dort auf dem Wandbild dargestellt war.«

»Du sprichst von der Nebelfee«, sagte Primus.

»Ja, genau.« Sie blickte zu Boden. »Denkst du, man kann diesem Gedicht Glauben schenken? Denkst du, diese Geschichte ist wirklich genauso passiert, wie es geschrieben steht?« Plim sah ihm in die Augen. »Glaubst du, es hat die Nebelfee wirklich gegeben?«

»Anzunehmen«, sagte Primus. »Ansonsten würde ja alles keinen Sinn ergeben. Die Mondsichel, die Festung und der Untergang eines ganzen Zeitalters. Das alles hängt zweifellos mit dieser Erscheinung zusammen – und möglicherweise auch noch andere Dinge.«

»Kann sein, dass du Recht hast.« Plim reckte und streckte sich. »Aber was soll das ganze Kopfzerbrechen. Es ist aus und vorbei. Das, was von der Sichel noch übrig war, hat sich entweder in Luft aufgelöst oder liegt irgendwo tief unter dem Wald in der Erde begraben. Es gibt nichts mehr, wonach es sich zu suchen lohnt.«

Primus wackelte mit dem Kopf. »Da bin ich mir eben nicht so sicher«, sagte er.

Verwundert schaute Plim ihn an. »Willst du damit vielleicht andeuten, dass irgendwo doch noch weitere Stücke herumliegen?«

»Gut möglich«, antwortete er. »Aber das ist es nicht, was mich beschäftigt. Da gibt es noch so eine Sache.«

»Jetzt bin ich aber mal gespannt«, sagte sie.

»Ich weiß, es klingt wahrscheinlich verrückt«, begann Primus, »... verrückt und gänzlich aus der Luft gegriffen, aber irgendwie muss ich immer an diese Säule denken.«

Plim blickte sich um. »Wo hast du denn bitte eine Säule gesehen?«

»Na, du weißt schon«, sagte er, »diese kleine Säule in der Halle. Eben dort, wo auch das Bildnis der Nebelfee zu sehen war.«

»Ach *die* meinst du«, plapperte sie. »Natürlich kann ich mich daran erinnern. So eine hätte ich auch gerne. Ich klaue, äh, kaufe mir nämlich beim nächsten Besuch in Hohenweis eine neue Kristallkugel ...«

Primus schnitt ihr das Wort ab. »Genau das meine ich«, sagte er. »Rabenstein war nicht der Kerl, der mit Kristallkugeln hantiert. Das ist mir gleich verdächtig erschienen. Ich glaube vielmehr, der hat etwas ganz anderes vorgehabt. Mir kommt diese Säule im Nachhinein vielmehr wie ein Podest vor. Ein Podest – so ähnlich wie in einem Museum.«

»Wie in einem Museum?«

»Ja«, antwortete Primus. »So eines, auf dem man eine Trophäe präsentiert. Natürlich kann ich mich täuschen und vielleicht ist das alles nichts als ein Hirngespinst, aber ich bin mir ziemlich sicher, dass dort etwas außergewöhnlich Wertvolles ausgestellt werden sollte. Etwas, das Rabenstein nur für sich haben wollte und wofür diese Halle in all ihrer Pracht gerade einmal ehrwürdig genug war.«

Er machte ein ernstes Gesicht. »Rabenstein wäre ohnehin nicht der Erste gewesen, dem nach der Nebelfee verlangt hätte. Jahrtausende vor ihm hatte schließlich jemand das

Gleiche im Sinn. Und der hat sie, zumindest dem Gedicht zufolge, in irgendetwas eingesperrt.«

»Du meinst, dass es die Nebelfee noch gibt?«, rief Plim.

»Ja«, nickte Primus. »Genau das glaube ich.«

»Und wo, denkst du, ist sie jetzt? Wo ist sie geblieben?«

Primus nahm den Zylinder ab und strich sich durchs Haar.

»Ich weiß es nicht«, seufzte er. »Woher sollte ich auch?«

Er blickte in den Himmel, wo die Wolken gemächlich gen Süden zogen.

»Sieh nur«, sagte er, »da oben. Die Wolke sieht aus wie Magnus Ulme.«

»Genau«, lachte Plim. »Fast wie auf der Fotografie. Nur der Bart ist ein wenig länger.«

Sie hielten die Hände über die Augen und schauten der Wolke nach, wie sie langsam hinter den Schwefelzinnen verschwand.

Das Abenteuer geht weiter!

Stefan Seitz
Das Unkrautland, Band 2: Das Geheimnis der Schwarzen Hütte
320 Seiten
Taschenbuch
ISBN 978-3-551-31267-9

Um die sagenumwobene Nebelfee zu befreien, müssen Primus und Plim unbedingt das Buch finden, das Primus' Mentor Magnus Ulme hinterlassen hat. Doch auch der fürchterliche Bergteufel ist hinter dem Buch her. Dessen Gehilfe, ein gerissener Narr, dem Primus schon seit 200 Jahren im Traum begegnet, verfolgt sie auf Schritt und Tritt. Bald schon sind Primus und Plim in größerer Gefahr denn je.

CARLSEN

www.carlsen.de

Der Stoff, aus dem die Mythen sind

Rick Riordan
Percy Jackson, Band 1: Diebe im Olymp
448 Seiten
Taschenbuch
978-3-551-31058-3

Rick Riordan
Percy Jackson, Band 2: Im Bann des Zyklopen
336 Seiten
Taschenbuch
978-3-551-31059-0

Rick Riordan
Percy Jackson, Band 3: Der Fluch des Titanen
368 Seiten
Taschenbuch
978-3-551-31113-9

Rick Riordan
Percy Jackson, Band 4: Die Schlacht um das Labyrinth
432 Seiten
Taschenbuch
978-3-551-31156-6

Rick Riordan
Percy Jackson, Band 5: Die letzte Göttin
464 Seiten
Taschenbuch
978-3-551-31246-4

Die griechischen Götter sind mitten unter uns! Als Percy herausfindet, dass sein verschwundener Vater der Meeresgott Poseidon ist, kann er es nicht fassen. Plötzlich ergibt alles einen Sinn: sein Verständnis der griechischen Sprache, seine Affinität zu Wasser und vor allem, warum ihn ständig irgendwelche Monster aus der griechischen Mythologie verfolgen! Begleite Percy Jackson bei seinem Kampf um den Olymp – fünf spannende Bände lang ...

CARLSEN

www.carlsen.de